GERHARD LOIBELSBERGER

Die Naschmarkt-Morde

MARKT DER EITELKEITEN Wien 1903. Auf dem nächtlichen Naschmarkt, dem größten Viktualien-Markt der Stadt, wird ein brutaler Mord verübt. Das Opfer: die junge Gräfin Hermine von Hainisch-Hinterberg, eine Waise aus reichem Haus, die bei ihrer Tante und ihrem Cousin in der Wiener Innenstadt lebte.

Die Presse macht viel Lärm um den »Naschmarkt-Mord«, vor allem der Journalist Leo Goldblatt übt Druck auf die Polizei aus. Doch das kümmert Joseph Maria Nechyba, ermittelnder Inspector des kaiserlich-königlichen Polizeiagenteninstituts, zunächst wenig. Der korpulente Genussmensch widmet sich lieber seinem leiblichen Wohlbefinden und seiner neuen Liebe Aurelia Litzelsberger. Bis am Naschmarkt ein weiterer Mord geschieht …

Eine kulinarisch-kriminelle Reise ins Wien der Jugendstilzeit. Inklusive Begegnungen mit Gustav Klimt, Peter Altenberg und Otto Weininger, köstlichen Altwiener Rezepten und Kaffeehausatmosphäre.

Gerhard Loibelsberger wurde 1957 in Wien geboren und arbeitet seit 1984 als freier Werbe- und PR-Texter. Er ist Autor von Sach- und Gourmetbüchern, Songtexten und Kriminalromanen. Im Herbst 2008 erschien sein Buch »Wiener Weihnachtsbäckereien«, das Gerhard Loibelsberger gemeinsam mit dem Wiener Chefpatissier Herwig Gasser verfasst hat. »Die Naschmarkt-Morde« ist sein erster historischer Kriminalroman.

Bisherige Veröffentlichungen im Gmeiner-Verlag:
Reigen des Todes (2010)

GERHARD LOIBELSBERGER

Die Naschmarkt-Morde

Ein Roman aus dem alten Wien

GMEINER *Original*

Die Zitate auf Seite 248 wurden entnommen:
Otto Weininger, ›Geschlecht und Charakter‹, Matthes & Seitz Verlag, München 1997, S. 296

Besuchen Sie uns im Internet:
www.gmeiner-verlag.de

Im Ehnried 5, 88605 Meßkirch
Telefon 07575/2095-0
info@gmeiner-verlag.de

5. Auflage 2010

Lektorat: Claudia Senghaas, Kirchardt
Herstellung: Katja Ernst, Susanne Tachlinski
Umschlaggestaltung: U.O.R.G. Lutz Eberle, Stuttgart
unter Verwendung des Bildes »Danae« von Gustav Klimt
www.zeno.org, © Hans Dichand, Wien
Druck: Fuldaer Verlagsanstalt, Fulda
Printed in Germany
ISBN 978-3-8392-1006-2

Für meine Lebensgefährtin Lisa, meinen verstorbenen Freund Utz und meinen Buchhändler Walter. Ohne ihre Hilfe wäre dieses Buch nicht entstanden.

Verzeichnis der historischen Personen

Peter Altenberg (1859 – 1919): Schriftsteller, Exzentriker, Poet.

Ferdinand Gorup von Besanez (1855 – 1928): Zentralinspector der Wiener Sicherheitswache. Im Roman ein Vorgesetzter Nechybas.

Gustav Klimt (1862 – 1918): Hauptvertreter des Wiener Jugendstils. Zu seiner Zeit sehr umstritten. Heute wahrscheinlich der bekannteste Maler Österreichs.

Adolf Kratochwilla (1860 – 1938): Besitzer des Café Sperl seit 1884. Im Roman Tarockpartner von Nechyba und Goldblatt.

Josef Lang (1855 – 1931): Scharfrichter (Henker). Im Roman Tarockpartner von Nechyba und Goldblatt.

Leopold Lipschütz (1870 – 1939): Bekannter Wiener Journalist. Im Roman ein Vorgesetzter Goldblatts.

Alfred Fürst Montenuovo (1854 – 1926): Obersthofmeister. Im Roman ein Verwandter der Schönthal-Schrattenbachs und Hainisch-Hinterbergs.

Adalbert Graf Sternberg (1868 – 1930): Politiker, Spieler, Lebemann. Gefürchteter Duellgegner.

Otto Weininger (1880 – 1903): Philosoph und Schriftsteller. Verfasser von ›Geschlecht und Charakter‹.

1. Teil

Amtsblatt der k. k. Polizei-Direction in Wien:

Polizei-Directions-Erlass vom 4. Juni 1903, Z. 52.045/A. B.

Im Einklang mit den Bestimmungen der Kundmachung des Wiener Magistrates vom 15. Februar 1901, Z. 78.666, werden von nun an, an Branntweinschänker im Wiener Policei-Rayon Licenzen zum Öffnen ihrer Lokale vor der gesetzlich zulässigen Eröffnungsstunde nicht mehr ertheilt, und sind demzufolge auch derartige, seinerzeit von hier aus ertheilte Bewilligungen von den betreffenden k. k. Policei-Bezirks-Commissariaten ab 1. Juli d. J. unter keinen Umständen mehr zu erneuern.

Bei der Erledigung derartiger mündlicher oder schriftlicher Ansuchen ist übrigens auf die Bestimmungen des h. o. Decrets vom 9. Februar 1897, Z. 14.681/A. B., entsprechend Bedacht zu nehmen.

Selbstredend sind auch Bewilligungen zum Offenhalten von Branntweinschänken über die gesetzliche Sperrstunde (10 Uhr abends) nicht zu ertheilen.

Prolog

Kühl schmiegte sich das Springmesser an die Außenseite seines Schenkels. Bei jedem Schritt rutschte es in der Hosentasche ein Stückchen hin und her und vermittelte ihm ein Gefühl der Macht.

Durch die schmalen Gässchen der Innenstadt verfolgte er sein Opfer. Als es die Weite des Karlsplatzes überquerte, blieb er bewusst zurück, um keinen Argwohn zu erregen. Gleichzeitig begann sein Puls höher zu schlagen, mit feuchten Fingern tastete er nach dem kühlen Metallgriff des Messers. Jenseits des Karlsplatzes begann die dunkle Zone des Naschmarktes, dort würde er sein Opfer stellen. Zwischen einer Erfrischungsbude und einem gemauerten Stand mit der Aufschrift ›Seefische‹ tauchte seine Beute in eine Schattenwelt ein. Der Weg führte sie durch locker gruppierte Bäume, Büsche und allerlei Marktgerümpel. Linker Hand ragte die düstere Silhouette des Freihauses – ein heruntergekommener Miethauskomplex aus dem 18. Jahrhundert – in den sternenlosen Himmel. Vor dieser Kulisse schwebte wie ein mechanischer Mond die riesige ›Nachtleuchtende Uhr‹. Sie zeigte drei Minuten vor 9 Uhr. Die hallenden Schritte der jungen Frau wurden vom Rauschen der Bäume sowie vom leisen Rumoren der Großstadt untermalt. Sie trug ein bodenlanges Kostüm sowie einen keck auf dem Kopf sitzenden Hut samt Schleier. Außer ihr, einigen Ratten und herumstreunenden Katzen schienen keine Lebewesen das nächtliche Marktareal zu bevölkern. Flinken Schrittes lief der Verfolger über den Platz, kam ihr immer näher, zog das Springmesser und ließ die Klinge mit einem scharfen Klick Abendluft schnuppern. Als er zum Angriff ansetzte, rutschte er auf verfaultem Gemüse aus und stürzte zu Boden. Das Springmesser flog in hohem Bogen weg, eine herumstreunende Katze flüchtete kreischend. Die junge Frau erschrak, hielt kurz inne, blickte sich um und setzte dann, rascher ausschreitend, ihren Weg fort. Ihre anfängliche Sicherheit war einer nervösen Angespanntheit gewichen. Den Blick immer starr vorwärts auf das hohe Gebäude des Theaters an der Wien gerichtet, marschierte sie nun schnell durch die dunkle Gasse, die sich zwischen den Marktständen auftat. Die Lichter der nahen Magdalenenstraße* erschienen ihr wie Leuchtbojen eines rettenden Ufers. Ihre Schritte waren nicht mehr locker und unbekümmert, Muskeln und Sehnen waren angespannt, sie trat ziemlich fest auf, das Stakkato ihrer Schritte hallte. Ein einziger Gedanke hatte von ihr Besitz ergriffen: Weg von hier! So schnell wie möglich die unheimliche Szenerie von Schatten, Schirmen, Kisten, Körben und Fässern verlassen. Außerdem war da noch etwas. Sie vermeinte, Schritte zu hören. Dann wieder nicht. Alles nur Einbildung – ein Phantom ihrer Fantasie?

»Ich bin eine hysterische Blödistin …«, sagte sie halblaut und zwang sich, langsamer zu gehen und tief

---

* Heute: Linke Wienzeile

durchzuatmen. Wer sollte ihr schon folgen? Vielleicht war es auch nur ein Obdachloser, der betrunken zwischen dem Marktgerümpel hin und her torkelte. Das Durchatmen half. Ihre Schritte wurden entspannter. Die dunklen Gespenster verflogen, der Sommerabend umfing sie mit samtiger Geborgenheit. Voll Vorfreude dachte sie an das bevorstehende Rendezvous. Sie bog in das gähnend schwarze Loch eines Durchgangs ein. Plötzlich war es wieder da: das Gefühl, verfolgt zu werden. Gänsehaut. Sie hörte ganz deutlich Schritte hinter sich. Nahe. Ganz nahe. Sie rannte. Ihre Füße bewegten sich mechanisch. Blut pochte in ihren Schläfen. Stoßweiser Atem. Luft, Luft! Der vermaledeite Schleier! Laufen, stolpern, laufen, kollidieren mit einem massiven Körper.

»Aufpassen, Mädl! Wo rennst denn hin? Welcher Zerberus ist denn dir auf den Fersen?«, scherzte der weißhaarige Herr, in dessen kugelförmige Gestalt sie hineingerannt war. Ihre Finger krallten sich in den Stoff seines Sakkos. Sie presste, um Atem ringend, hervor: »Ich werd verfolgt …!«

Der Mann sah sich um, konnte aber außer ein paar Papierfetzen, die von einem plötzlichen Windstoß aufgewirbelt wurden, nichts Ungewöhnliches entdecken.

»Da is' nix«, stellte er beruhigend fest. »Aber ich geh eh hinüber ins Café Dobner. Bis dorthin begleit ich dich. Dort sind dann wieder mehr Leut' auf der Straße. Da brauchst nachher keine Angst mehr zu haben …«

Im Schatten eines Marktstandes kauerte ein Mann. Das Messer war weg, seine Finger umklammerten einen Seidenschal. Heute hatte er Pech gehabt, aber früher oder später würde er es schaffen – allerdings nicht mit dem Springmesser. Die Vorstellung, sie zu erdrosseln, hatte von ihm Besitz ergriffen; eine unblutige, lautlose Lösung, um seine Lebensumstände wieder in den Griff zu bekommen.

1.

Es klang wie das Donnergrollen eines fernen Gewitters. Ganz tief unten in den Kavernen begann es, schwoll mächtig an, durchbrach einen geheimnisvollen Damm, hinter dessen dicken Mauern gewaltig drängende Massen an komprimierter Luft aufgestaut waren. Sie rauschten wie eine gigantische Woge empor, überrollten dabei ein zartes, vorauseilendes Prickeln und explodierten schließlich als röhrender Rülpser. Das darauf folgende Aaahhhh der Erleichterung war für den vor der Tür wartenden Pospischil das Zeichen, dass Joseph Maria Nechyba sein Gabelfrühstück beendet hatte. Dienstbeflissen betrat er das Zimmer.

»Er kann abservieren«, nuschelte der Inspector, lehnte sich zurück und angelte sich eine Zigarre aus der länglichen Kartonschachtel. Es war eine Virginier, die einen Strohhalm als Mundstück hatte. In diesem Mundstück steckte ein weiterer Halm, den Nechyba vor dem Anrauchen herauszog. Seine dicken Finger entwickelten dabei eine Grazie, die man ihnen nicht zugetraut hätte. Eilfertig kramte Pospischil in seiner Jacke, brachte Schwefelhölzer zum Vorschein und entzündete eines. Nechyba benutzte den herausgezogenen Halm als Fidibus, zündete ihn an der dargebotenen Flamme an und entfachte paffend eine Glut. Während der Inspector kunstvolle Rauchkringel formte, räumte Pospischil den Schreibtisch auf, knüllte das Papier, das als Essensunterlage gedient hatte, zusammen und warf es treffsicher in den Papierkorb. Daraufhin wischte er mit der Handkante die Brösel auf dem Schreibtisch zu einem Häufchen und kehrte es auf die offene Handfläche seiner linken Hand. Dann nahm er das leere Bierglas und verließ den Raum, um draußen die zusammengekehrten Brösel von seiner Handfläche zu schlecken.

Nechyba, der diese Schrulle seines Assistenten kannte, fand das ekelhaft. Trotzdem ließ er es weiter geschehen. Das war typisch für den Charakter sowie für die Menschenkenntnis des Inspectors. Im Gegensatz zu manchem anderen Beamten bei der Sicherheitswache glaubte er nicht an die Änderungsfähigkeit des Menschen. ›Einmal ein Strizzi – immer ein Strizzi‹ war eine seiner stehenden Redewendungen, die auf der Gewissheit beruhte, dass ein Gauner immer ein Gauner bleibt. Und dass einer, der sich wie ein Hund benahm, immer hündisch reagieren wird. Deshalb hatte er auch keinerlei Skrupel, seinen Assistenten wie einen Hund zu behandeln: mit einer gewissen Härte und mit dem Anspruch auf unbedingten Gehorsam und Unterordnung.

»Pospischil!«, dröhnte es aus dem Inspectorenzimmer. »Pospischil! Hierher!«

»Jawohl, schon zur Stelle, Herr Inspector!«, rief dieser und lief von dem Spülbecken, wo er das Bierglas gewaschen hatte, mit nassen Händen vor dessen Schreibtisch. Er nahm Haltung an.

»Er wird jetzt die Akte mit der Wirtshausrauferei zwischen den Deutschradikalen und den Sozialdemokraten bearbeiten. Er weiß eh, was zu tun ist. Protokoll anfertigen, Zeugenaussagen einfügen, alles kurz und klar zusammenschreiben, keine Rechtschreibfehler, keine Eselsohren, keine Tintenflecken. Er hat bis Nachmittag Zeit. Und – Pospischil – bevor er die Akte zur Hand nimmt, trockne er sich die Finger ab. Das ist alles. Er kann gehen.«

»Jawohl, Herr Inspector.«

Der k. k. Polizeiagent trat ab und eilte zurück zum Spülbecken, wo unter fließendem Wasser ein mittlerweile blitzsauberes Bierglas stand.

Joseph Maria setzte seine Melone auf und verließ das Büro. Draußen empfing ihn die Schwüle eines Wiener Frühsommertages. Ein bisserl Sonnenschein, ein bisserl Wolken, vermischt mit hoher Luftfeuchtigkeit und ein paar vorwitzigen Regenspritzern. Kurzum:

ein Wetter zum Aus-der-Haut-Fahren. Er nahm das Wetter mit einem grimmigen Schnaufer zur Kenntnis und ging mit der Würde eines kaiserlich-königlichen Beamten zur nächsten Tramwayhaltestelle, wo er sich in einen Zug Richtung Oper setzte. Bei der Babenbergerstraße stieg er aus und machte sich auf den Weg zu seinem Lieblingsfleischhauer*. Aus einer Toreinfahrt schoss ein kleiner, zotteliger Spitz und verbellte den Inspector. Eine Frauenstimme keifte: »Seppi! Hierher! Sapperlot! Seppi, du Rabenvieh, wirst herkommen? Seppi, hier! Wenn du jetzt nicht sofort parierst, kommst ins Gulasch!« Diese Drohung machte Eindruck, denn knurrend und fletschend trollte sich der Seppi zurück in den Hof, aus dem er wie ein Deus ex Machina hervorgeschossen war. Nechyba versuchte, sich den Geschmack eines Hundegulaschs vorzustellen. Dabei kam ihm der pelzig-ranzige Geruch, der den meisten Hunden im Sommer eigen ist, in den Sinn. Ob sich diese Ausdünstungen mit dem würzig-süßen Paprika-Zwiebel-Aroma eines ordentlichen Gulaschs vertragen würden? Ein Gedanke, bei dem der Inspector erschauerte. Dies geschah, als er bei seinem Lieblingsfleischhauer eintrat. Der Schauer wurde von Anastasius Schöberl, der in Vertretung des oft abwesenden Meisters das Geschäft führte, sofort bemerkt und kommentiert: »Gott zum Gruß. Der Herr Oberpolizeirat gibt uns die Ehre. Was ist ihm denn? Betritt er den Tempel der fleischlichen Genüsse nur mehr mit Schau-

* Metzger

der und Grausen? So dreckig ist es bei uns doch gar nicht … Zumindest ist's nicht dreckiger als bei anderen Fleischhauern in der Stadt. Oder ist er gar krank, der Herr Oberpolizeikommissär? Dagegen hätten wir was: ein exzellentes Beinfleisch, das eine Suppe gibt, die alle Stückerln spielt und die Tote auferstehen lässt. Dazu ein paar Markknochen mitgekocht und das Ganze heiß hinuntergelöffelt. Das stärkt Körper und Seele – so ein Kraftsupperl. Also, Herr Polizeipräsident, was darf es denn heute sein?« Diese witzig unverschämte Anrede war typisch für einen echten Wiener Fleischhauergesellen. Sie entlockte Joseph Maria Nechyba ein Schmunzeln. Er erklärte Schöberl, dass er heute Abend Spanische Vögel* kochen wolle und dafür ein butterweiches Rumpsteak benötige. Das Fleisch solle ihm der Lehrbub ›so gegen halb sechs am Abend‹ nach Hause bringen. Joseph Maria Nechyba tippte an die Krempe seiner Melone und begab sich auf ein Mittagessen ins Gasthaus Zur goldenen Glocke.

---

* Eine Zubereitungsart des Rumpsteaks: Man schneidet es in zwei Teile, spickt, salzt und pfeffert es, gibt etwas Sardellenbutter dazu, rollt und bindet es zusammen, lässt Schmalz heiß werden, gibt fein gehackte Zwiebel, etwas Mehl dazu, lässt alles gelb anrösten und legt das Rumpsteak hinein, begießt alles mit Suppe und lässt es zwei Stunden dünsten.

II.

Als Stanislaus Gotthelf die Greislerei* der Lotte Landerl betrat, war es schon mittlerer Vormittag.

»Guten Morgen, Stani«, wurde er freundlich begrüßt. »Na, bist auch schon munter?«

Damit spielte die Landerl auf die Tatsache an, dass Gotthelf seinen Tagesablauf nach Lust und Laune gestalten konnte: viel schlafen, spät aufstehen, spazieren gehen, ein bisschen Geld verdienen, Mädeln treffen, im Kaffeehaus sitzen, sich betrinken oder einfach nichts tun. All das war möglich, da sich Stanislaus Gotthelf seit seiner Jugend konsequent dem sogenannten normalen Leben entzogen hatte und sich um Konventionen herzlich wenig scherte.

»Gurrrten Morrrrgen!«, schnarrte es durch die Greislerei, und Lotte Landerl musste – wie immer – wegen dieser Verballhornung schmunzeln. Das Liebenswerteste an Gotthelf war zweifellos sein weißer Papagei Toni, den er immer mit sich herumtrug und der eigentlich der Geld verdienende Teil des ungleichen Gespanns war. Wie ein Papagei Geld verdienen konnte? Ganz einfach, indem Gotthelf ihm beigebracht hatte, aus einer silbernen Blechschatulle, in der sich, dicht gesteckt, Hunderte verschiedene Horoskop-Zettel befanden, auf Kommando einen herauszupicken. Damit spielte der Papagei Schicksal. So wurde der astrologische Blödsinn, der auf den Horo-

* Tante-Emma-Laden

skop-Zetteln gedruckt stand, mystisch überhöht. Das Unglaubliche an Gotthelfs Gewerbe war die Tatsache, dass Menschen dafür Geld ausgaben. Und das waren gar nicht so wenig! Wo immer der Planetenverkäufer* mit seinem weißen Papagei und der Silberschatulle aufkreuzte, kauften ihm vor allem Personen weiblichen Geschlechts seinen astrologischen Klimbim ab. Da dieses Geschäft wie von selbst lief, brauchte sich der Stani auch nicht wirklich am Riemen zu reißen. Die Zettel kaufte er bei einem alten Drucker in der Leopoldstadt, der die astrologischen Texte selbst verfasste und mittels einer Handpresse vervielfältigte. Sein Kundenkreis bestand aus fahrenden Gesellen, Zigeunerinnen, Marktbudenbesitzern und anderem Volk, das wie Gotthelf vom Magistrat einen Erlaubnisschein fürs Hausieren erwirkt hatte.

Hausieren, handeln, feilschen und Leute betrügen hatte Gotthelf mit der Muttermilch mitbekommen; schließlich war seine Mutter eine berühmt-berüchtigte Fratschlerin** am Naschmarkt gewesen. Sie hatte ihn als Kind nur in abgetragenen Fetzen herumlaufen lassen. Deshalb legte er als Erwachsener besonderen Wert auf ein gepflegtes Äußeres. Seine herausgeputzte Erscheinung stand in bizarrem Kontrast zu seinem Aussehen: Gotthelf war ein mageres Mannsbild mit blassem Antlitz, das unzählige Aknenarben verunstalteten. Außerdem hatte er ein Pferdegebiss. Doch sein gepflegtes Äußeres und seine höfliche Art

---

* Horoskopverkäufer

** Marktweib

zu sprechen machten beim weiblichen Geschlecht mächtig Eindruck. Und so erwarb er sich trotz seiner Hässlichkeit bei Dienstmädchen, Köchinnen und den unzähligen anderen weiblichen Wesen der niedrigen Stände den Ruf, ein charmanter Kerl und ein Vorstadtcasanova zu sein.

»Grüß dich, Lotte«, murmelte er verschlafen, ging auf die Landerl zu und zwickte sie in die Seite.

»Hör auf, du Narr!«, zischte sie und machte einen schnellen Schritt zurück.

»Mein Mann kann jeden Augenblick zurückkommen.«

»Geh, Lotterl … Dein Gatte sitzt doch beim Brandineser* und ist sicher schon beim dritten oder vierten Stamperl Schnaps. Der kommt so schnell nicht zurück.«

»Beim Brandineser sitzt der schon wieder? So ein Saufkopf!«, schimpfte die Landerl, während sie dem Stani eine Scheibe Brot abschnitt und darauf dick Butter strich. Sie gab ihm das Brot, verschwand im Hinterzimmer und wärmte dort Kaffee auf, von dem sie morgens in weiser Voraussicht mehr gekocht hatte.

Den heißen Kaffee goss sie in ein benütztes sowie in ein frisches Häferl**. Vorne im Verkaufsraum schlürften die beiden dann schweigend Kaffee. Nachdenklich betrachtete sie ihn aus den Augenwinkeln und sagte schließlich schmunzelnd: »Weißt, Stani, eigent-

* Branntweinkneipe

** Tasse

lich ist es unglaublich, dass so ein Vieh von einer Mutter so einen lieben Buben wie dich zur Welt gebracht hat …«

III.

Zuerst war ein metallisches Knacken zu hören. Es wurde durch das Einrasten von Zahnrädern verursacht. Diese setzten den Sperrmechanismus einer Feder außer Kraft, die – weil aufgezogen – in abwartender Position verharrt hatte. Nun setzte sie den Klöppel in Gang, der unbarmherzig auf die Glocke des Weckers einhämmerte.

Der Besitzer dieser Höllenmaschine rührte sich nicht. Die Haut seiner überdimensional großen Füße war wächsern und fahl. Über das Haupt des reglosen Körpers war eine Decke gezogen, ein Arm hing schlaff über die Bettkante. Unbeschreiblicher Gestank erfüllte den abgedunkelten Raum. Eine Zimmerfliege surrte – aufgeschreckt von dem tobenden Wecker. Sie surrte auf wirren Zickzackbahnen durch das Zimmer. Auf dem Fußboden lagen wirr verstreut Kleidungsstücke.

Neben dem Bett stand ein Nachttopf, vollgefüllt mit dunkelgelbem Urin. Auf dem weiß emaillierten Rand des Gefäßes landete immer wieder die Zimmerfliege, um kurz von dessen Inhalt zu nippen. Unterdessen hämmerte der Klöppel weiter. Allmählich ließ aber die Spannkraft der Feder nach, und der Wecker wurde leiser. Das Gerassel war noch nicht zur Gänze verstummt, als vom Vorzimmer, das gleichermaßen als Küche und Badezimmer diente, Sperrgeräusche der Wohnungstüre ins Zimmer drangen. Danach war ein vorsichtiges Öffnen und Schließen der Wohnungstüre zu hören. Zögernde Schritte näherten sich der Zimmertür, die vorsichtig geöffnet wurde. Just in diesem Augenblick verklang das Weckerläuten.

Stille legte sich über den Raum. Selbst die Zimmerfliege hielt in ihren nervösen Erkundungsflügen inne.

»Um Gottes willen! Herr Goldblatt, was ist Ihnen? Haben Sie denn den Wecker nicht gehört?«

Nicht das kleinste Zucken, geschweige denn irgendeine andere Reaktion, kam von dem Körper unter der Decke.

Es handelte sich dabei um den Redakteur Leo Goldblatt. Ein begabter und auch recht bekannter Journalist, der sich infolge minutiös recherchierter Chronik- und Gerichtsgeschichten einen Namen gemacht hatte. Um immer an das beste und aktuellste Material zu gelangen, trieb sich Goldblatt nächtelang in zwielichtigen Beisln, Bordellen und Branntweinstuben herum. Auch hatte er sich im Laufe der Jahre ein beachtliches Netz an Informanten aufgebaut, die ihn über das Geschehen in Wiens Halb- und Unterwelt auf dem Laufenden hielten. Dass er für Informationen gutes Geld bezahlte, war in einschlägigen Kreisen ebenso bekannt, wie die Tatsache, dass Goldblatt meist im Café Sperl anzutreffen war. Ein typischer Vertreter jener Generation von Wiener Intellektuellen und Lebenskünstlern, die das Café zu ihrem persönlichen Biotop erkoren hatten. Im Café war man nie allein, konnte aber trotzdem seine Ruhe haben. Es gab alle Tageszeitungen gratis und als Draufgabe jede Menge Ansprech- und Diskussionspartner. Zudem war es im Café während des Winters schön warm und im Sommer meist angenehm kühl. All das konnte man zum Preis eines kleinen Kaffees stundenlang konsumieren und bekam außerdem immer wieder ein Glas frisches Wasser serviert. Es war also nicht verwunderlich, dass Leo Goldblatt den Großteil seines Erwachsenenlebens als Stammgast im Café Sperl zubrachte, wo er all diese Annehmlichkeiten genoss.

Er war aber beileibe kein Schnorrer. Er konsumierte Unmengen von Kaffee, Bier, Wein und Schnaps und nahm auch oft kleinere Mahlzeiten im Sperl ein: das Frühstück, bevor er in die Redaktion ging, die Jause sowie des Öfteren ein Betthupferl, das meistens aus einer Eierspeis bestand. Außerdem konnte er im Café Sperl Billard, Schach, Domino, Bridge und vor allem auch Tarock spielen. Durch Letzteres lernte er Joseph Maria Nechyba sowie den Scharfrichter Joseph Lang kennen. Sie bildeten mit Goldblatt und mit dem Besitzer des Café Sperl, dem Herrn Kratochwilla, eine Tarockrunde.

Ratsch! Mit einem energischen Ruck wurden die Vorhänge aufgerissen. Das Tageslicht blendete unbarmherzig. Wie von einem Peitschenschlag getroffen, begann die Zimmerfliege – vom emaillierten Rand des Nachttopfes startend –, nervös durch den Raum zu fliegen. Und aus dem Bett ertönte eine Grabesstimme: »Himmel, Arsch und Zwirn! Machen Sie das Licht aus. Weg mit dem Licht, sonst platzt mir der Schädel.«

»Gott sei Dank«, flötete die Hausmeisterin, »leben Sie also doch noch, Herr Goldblatt. Und ich habe mir schon solche Sorgen gemacht. Stellen Sie sich vor, Sie wären gestorben und täten jetzt tot herumliegen. Das wär' ein schönes Unglück.«

Die zuvor reglose Hand zuckte, die wächsernen Füße bewegten sich, der Körper rumorte unter der Decke und entledigte sich eines donnernden Darmwindes.

»Um Gottes willen, Herr Goldblatt! Es stinkt eh schon so ... Jetzt muss ich aber die Fenster aufmachen.«

Goldblatts Körper bekam einen Frischluftschock, was den Besitzer aufs Höchste irritierte:

»Kruzitürken! Können Sie mich nicht in Ruhe lassen? Was fällt Ihnen eigentlich ein? Zuerst das Licht, dann die Luft. Fehlt nur noch, dass Sie mir kaltes Wasser über den Schädel schütten ... Frau Oprschalek! Warum quälen Sie mich so?«

»Um Gottes willen, Herr Goldblatt, ich habe, wie ich draußen am Gang den Boden aufgewaschen habe, fast fünf Minuten Ihren Wecker rasseln gehört. Ohne dass sich was bei Ihnen gerührt hat. Da hab ich mir Sorgen gemacht und bin halt zu Ihnen herein nachschauen gegangen. Und wie Sie so reglos dagelegen sind, hab ich schon geglaubt, Sie sind tot. Aber Gott sei Dank leben Sie ja noch.«

»Wenn Sie noch einmal Gott sei Dank oder um Gottes willen sagen, trifft mich vor Zorn der Schlag. Dann haben Sie mich auf dem Gewissen!«

»Um Go… auf gar keinen Fall soll das geschehen! Lieber beiß ich mir die Zunge ab. Soll ich Ihnen vielleicht einen Kaffee kochen, Herr Goldblatt?«

»Frau Oprschalek, Kaffee trinke ich ausnahmslos im Kaffeehaus. Und dorthin werde ich mich sobald wie möglich verfügen. Wenn Sie jetzt so nett wären, aus meiner Wohnung zu verschwinden … Weil, sonst kann ich Ihnen nicht ersparen, dass Sie mich so sehen, wie der Herrgott mich erschaffen hat.«

»Um Gottes willen, ich geh ja schon!«, rief die Oprschalek und verschwand fluchtartig. Goldblatt richtete sich im Bett auf, schwankte dabei etwas mit dem Oberkörper, ließ vorsichtig zuerst das linke und dann das rechte Bein über die Bettkante auf das Linoleum des Fußbodens plumpsen. Dabei stieß er an den Nachttopf, auf dessen Rand gerade wieder die Zimmerfliege saß. Zu ihrem Unglück schwappte die Flüssigkeit in ihre Richtung und zog die Fliege in Form einer Welle in die Mitte des Nachttopfes, wo sie nach einigen Minuten strampelnd ertrank.

Goldblatt saß währenddessen da und kratzte seinen brummenden Schädel. Innerlich hatte er mit zwei unterschiedlichen Regungen zu kämpfen, denen er auf gar keinen Fall nachgeben wollte. Die erste Regung flackerte in seinem Schädel und war so etwas wie ein schwarzes Loch, in das er zu fallen drohte. Medizinisch betrachtet der klassische Fall einer Kreislaufschwäche infolge von exzessivem Alkoholgenuss. Die zweite Regung ging vom Magen aus, der gleichsam unter Feuer stand. Die Magenwände hatten das dringende Bedürfnis, sich auszuwringen. Sie wollten den säuerlichen Mageninhalt unbedingt loswerden.

Als der Redakteur in heldenhaftem Kampf zuerst das Licht in seinem Schädel nicht verlöschen ließ und dann unter heftigem Keuchen, Schlucken und Würgen den Austritt des Mageninhalts verhindert hatte, überkam ihn eine weitere Regung: ein Harndrang von sintflutartiger Vehemenz. Stolpernd schlüpfte er in seine Hausschuhe, schlurfte, verzweifelt seinen seidenen Morgenmantel suchend, kreuz und quer durchs Zimmer, fand ihn schließlich unterm Bett, schlüpfte hinein, verhedderte sich im Ärmel, stellte fest, dass seine Blase bereits den einen oder anderen Tropfen nicht mehr halten konnte, wand sich den Morgenmantel wie eine Toga um den Leib, hastete durchs Vorzimmer, stolperte über die Aktentasche, riss die Wohnungstür auf, hatte die Schreckensvision vor Augen, dass seine Nachbarin gerade eine Endlossitzung auf dem gemeinsamen Wasserclosett abhielt, riss die WC-Tür auf, warf sie hinter sich zu, hob die Toga und schrie: »Wasser marsch!«

Dieser morgendlichen Verrichtung folgte eine explosionsartige Darmentleerung, die ihn unendlich erleichterte und nach der er sich innerlich gereinigt fühlte.

Als er seine Wohnungstür leise und behutsam hinter sich schließen wollte, erschien das Mondgesicht der fetten Endlweber im enger werdenden Türspalt.

»Herr Goldblum, was haben Sie denn da am Klo geschrien? Ich bin so erschrocken, dass mir fast das Küchengeschirr aus der Hand gefallen ist.«

Leo Goldblatt atmete tief durch und erwiderte leise: »Goldblatt, gnädige Frau, Goldblatt.«

»Also ich hätte schwören können, dass Sie ›Wasser marsch‹ gebrüllt haben, Herr Goldblum …«

»Das hab ich auch«, erwiderte Goldblatt, »aber deswegen brauchen Sie mich nicht zu goldblumen! Und im Übrigen hab ich im Stehen gebrunzt, mit einer Streuung, dass jetzt das ganze Klo schwimmt. Wünsche einen guten Morgen.«

Damit schlug er ihr die Wohnungstür vor der Nase zu und wankte zurück zum Bett, in das er sich plumpsend fallen ließ. Während der nächsten Stunde hörte die Welt keinen Laut von Leo Goldblatt.

Ein höllischer Durst weckte ihn. Er stand auf, ging ins Vorzimmer und schenkte sich aus einem Krug ein Glas

Wasser ein, stürzte es hinunter, rülpste laut und fühlte sich danach wohler. Er frequentierte nochmals das WC, holte sich mit dem Wasserkrug eiskaltes Wasser von der Bassena* und wusch sich Kopf und Oberkörper. Das regte seinen Kreislauf auf das Angenehmste an. Daraufhin kleidete er sich an und begab sich mit leicht schwankendem Schritt in das nahe gelegene Gasthaus Zur goldenen Glocke, um dort ein Gulasch als spätes Frühstück zu essen.

IV.

EIN KRÄFTIGER WIND blies an diesem Vormittag über den Naschmarkt. Riesige Wolkenverbände, teilweise in bedrohliches Schwarz gehüllt, jagten über den Himmel. Der Wind trieb mit den Standlern und Fratschlerinnen des Naschmarktes böse Spielchen. Er fuhr mit Vehemenz unter einen Schirm, der den Stand einer Gemüsefrau überdachte, hob ihn kurz empor und drehte ihn kopfüber, sodass er den Stand nebenan verwüstete. Er warf Körbe mit Obst um, sodass dieses wie Riesenmurmeln in alle Richtungen davon-

* Am Gang befindlicher Wasserleitungshahn mit Becken (direkte Wasseranschlüsse in den Wohnungen gab es damals nur in den besseren Wohnhäusern)

rollte. Die Röcke der Frauen wurden emporgerissen, Unterröcke und bestrumpfte Beine neugierigen Blicken preisgegeben.

Gotthelf hatte ebenfalls seine liebe Not mit dem Wind, da dieser seine Horoskop-Zettel und den Papagei ganz schön zerzauste. Schließlich fand er ein windgeschütztes Eck am Beginn der neuen, gemauerten Naschmarktstände. Als er dort herumlungerte und die Strahlen der Sonne genoss, die zwischendurch immer wieder kräftige Lebenszeichen von sich gab, ging ihm sein Verhältnis mit der Gräfin durch den Kopf. Irgendwo war es für ihn so unglaublich und absurd und andererseits doch so real, dass ihm ganz komisch im Kopf wurde. Noch seltsamer wurde ihm aber aufgrund der Tatsache, dass ihn die Gräfin gestern Abend versetzt hatte. Ob ihr am Ende gar etwas zugestoßen war? Schließlich war die Naschmarktgegend nächtens nicht ganz koscher. Allerdings, wenn ihr was passiert wäre, hätte er das sicher schon erfahren. Also war ihr nix passiert. Das hieß, dass sie einfach nicht kommen wollte. Das kränkte den Stani. Was dachte die sich eigentlich, die Minerl? Nur weil sie eine Hochwohlgeborene war, konnte sie mit ihm solche Sachen machen? Wenn einer nicht daherkam, dann immer noch er: Stanislaus Gotthelf.

Ein Zupfen am linken Ärmel riss ihn aus seinen Gedanken, und die Pichlmayr Mizzi fragte ihn: »Wovon träumst denn, Stani?«

»Ich träum nicht. Ich philosophier …«

»Was? Philosophieren tust du? Stani, wenn du so weitermachst, wirst noch im Gugelhupf* landen.«

»Geh, red keinen Blödsinn! Was weißt denn du schon vom Philosophieren?«

»Hast recht, davon versteh ich nix, aber von Mannsbildern, die so stumm und düster vor sich hinstieren, davon verstehe ich schon was. Weil, mein seliger Herr Vater hat auch so angefangen, und nachher ist er dann in den Gugelhupf kommen und dort elend zugrunde gegangen.«

»Mach dir keine Sorgen, Mizzi, ich bin nicht von Sinnen. Übrigens könntest du mir einen Gefallen tun …«

»Jetzt auf der Stelle?«

»Jetzt auf der Stelle. Ich müsste nämlich ein Brieferl schreiben. Und da das Schreiben nicht unbedingt meine Stärke ist, könntest mir dabei helfen. Dafür zieht dir der Toni ein Gratis-Horoskop.«

»Horrrroskoppp, Toni, Horrrroskoppp!«, krächzte der Papagei und nickte bestätigend mit dem Kopf.

»Eigentlich muss ich zurück zur Köchin, weil die auf die Einkäufe wartet. Aber von mir aus … Hast du was zum Schreiben?«

Stani zog aus seinem Kisterl ein Stück Papier und einen Bleistift. Beides gab er der Mizzi. Er klappte den Deckel zu, sodass sie darauf schreiben konnte.

* Wienerische Bezeichnung für den Narrenturm

›Hochverehrte Gräfin, liebe Minerl!

Wenn Du glaubst, daß Du unsere Rendezvous nicht einhalten brauchst, hast Du Dich getäuscht. Weil, dann werde ich Dir einen Riesenskandal machen, auf daß Dir fürderhin solche Eskapaden vergehen.

In Liebe
Dein Stani

Postskriptum:
Ich erwarte Dich heute Abend pünktlich zur selben Zeit wie gestern am selben Ort. Wenn Du nicht kommst, siehe oben.

Mit hochrotem Kopf und zitternder Hand verfasste die Mizzi den Brief, den der Stani ungelenk unterschrieb.

»So, Mizzi. Jetzt haben wir das. Sei so gut und bring das Brieferl zur Gräfin Hainisch-Hinterberg in die Fichtegasse Nummero 8. Du musst bei Schönthal-Schrattenbach läuten, weil dort wohnt sie. Aber gib ihr das Brieferl unbedingt persönlich. Das geht nur sie und mich was an.«

Und bevor die Mizzi noch was sagen konnte, hatte er seinen Horoskop-Bauchladen aufgeklappt, aus dem der Toni flink ein Horoskop zog. Außerdem gab Gotthelf ihr fünf Heller, die sie blitzschnell in der Tasche ihres Rocks verschwinden ließ.

»Ist gut, Stani. Danke schön, Stani …«, war alles, was ihr einfiel, bevor sie davoneilte. Er lehnte sich entspannt in die Mauernische zurück, schaute ihr zufrieden grinsend nach und war mit sich und der Welt wieder im Reinen.

V.

PLATSCHBUMMPENG!

Links eine Ohrfeige, rechts eine Verkehrte, links eine weitere Ohrfeige. So wurde Mizzi von der Köchin Aurelia Litzelsberger empfangen, als sie endlich mit den Einkäufen zurückkam. Vor Schreck hätte Mizzi fast den Einkaufskorb fallen lassen, doch die Köchin schnappte den Henkel mit hartem Griff, während sie das Dienstmädchen ohrfeigte.

»Wo hast du dich herumgetrieben, du faules Luder? Glaubst du, ich schick dich zum Vergnügen einkaufen? Schau, dass du in die Küche kommst und dass das Wurzelwerk auf eins, zwei, drei geputzt und geschnitten ist!«

Mizzi zog sich mit gesenktem Kopf und geröteten Backen, leise vor sich hinheulend, in den letzten Winkel der Küche zurück. Dort nahm sie ein Schneidbrett und ein scharfes Putzmesser zur Hand. Die Köchin schmiss ihr das Wurzelwerk sowie eine mittelgroße Zwiebel auf das Schneidbrett, und sie begann, den Rotz lautstark durch die Nase aufziehend, mit dem Putzen des Gemüses.

»Du bist doch der blödeste Trampel* von irgendwo! Wie oft hab ich dir schon gesagt, dass du das Gemüse vor dem Putzen waschen sollst?«

Wortlos stand Mizzi auf, ging mit dem Gemüse zur Abwasch und schrubbte es dort unter dem kalten Wasserstrahl.

»Mein Gott, Mizzi! Wo hast du nur deine Gedanken? Komm, reiß dich ein bisserl zusammen, damit wir pünktlich um halb eins mit dem Essen fertig sind.«

Da das Dienstmädchen flinke Finger hatte, war das Wurzelwerk binnen fünf Minuten kochfertig. Die Litzelsbergerin lobte sie und ließ sie in einer Kasserolle Butter erhitzen, gab ihr die fein geschnittene Zwiebel, die Petersilie, halbfingerlange Stücke Sellerie und Gelbe Rüben und kommandierte: »Hinein ins Fett!«

Das Gemüse wurde goldgelb angeröstet, dann kamen Pfefferkörner, Neugewürz und eine Gewürznelke hinzu. Hierauf rührte die Köchin etwas Mehl ein, goss mit kaltem Wasser auf und gab abschließend die würfelig geschnittenen Erdäpfeln** dazu. Nachdem das Ganze eine halbe Stunde zugedeckt gekocht hatte,

* Ungeschicktes, dummes Mädchen

** Kartoffeln

wurde die Suppe durch ein Sieb passiert. Abschließend rührte Aurelia Litzelsberger einen Eidotter hinein und salzte die nun fertige Suppe kräftig. Parallel dazu kochte Mizzi die Erdäpfel, schälte sie ab und ließ sie erkalten. Außerdem kochte sie Eier, die sie ebenfalls abschälte und auskühlen ließ. Eine weitere Kasserolle wurde gut mit Butter ausgeschmiert und reihenweise mit den feinblättrig geschnittenen, etwas gesalzenen Erdäpfeln und Eischeiben belegt. Darunter mengten die Köchin und ihre Helferin kleine Stücke eines gewässerten, geputzten Herings.

Danach verquirlte Mizzi einen Viertelliter Sauerrahm* mit zwei Eiern und goss diese Sauce über die Erdäpfel; das Ganze wurde nun eine halbe Stunde im Rohr gebacken. Als mittags um halb eins der Hausherr heimkam, duftete es bereits im Gang vor der Haustür nach der Suppe und den gestürzten Erdäpfeln. Mit einem Seufzer der Zufriedenheit schloss Hofrat Schmerda die Tür zu seiner Wohnung auf und sah mit Freude einem köstlichen Mittagessen entgegen.

---

* Saure Sahne

VI.

Im Salettl* des Gasthauses Zur goldenen Glocke speiste der Baron von Schönthal-Schrattenbach zu Mittag. Dabei beobachtete er Goldblatt und Nechyba, die ebenfalls hier zu Mittag speisten und miteinander plauderten. Da er ein bisserl allein sein wollte und er die beiden Herren sowieso fast jeden Abend im Café Sperl traf, verblieb er auf seinem Beobachterposten im Hintergrund. In seiner niedergeschlagenen Stimmung – er hatte am Abend zuvor beim Kartenspiel eine horrende Summe Geld verloren – wäre er auch kein wirklich angenehmer Tischnachbar für die beiden anderen gewesen. Nach einem ausführlichen Mittagessen verließ er die Gastwirtschaft und ging, an der Prallgefülltheit seines Magens leidend, bedächtigen Schrittes die Kettenbrückengasse zur Rechten Wienzeile vor. Dort, in Sichtweite des Naschmarkts, befand sich eine Stadtbahnstation der Wientallinie. Er betrat das kaisergelbe Gebäude und löste bei der Fahrkartenverkaufsstelle ein Billett erster Klasse nach Hütteldorf und retour. Über glatte, flache Sandsteinstufen stieg er hinunter zu dem Stadtbahn-Perron. Nach einer längeren Wartezeit waren das immer näher kommende, metallische Quietschen, das die Stadtbahnräder auf den Schienen erzeugten, sowie das rhythmische Schnaufen der dampfbetriebenen Lokomotive zu hören. Fun-

* Gartenhaus

ken und Ruß speiend, fuhr der Zug in die Station ein. Schönthal-Schrattenbach begab sich in ein unbesetztes Erste-Klasse-Abteil. Über die untere Wientallinie gelangte er bis zur Meidlinger Hauptstraße und von dort über die obere Wientallinie zur Endstation nach Hütteldorf-Hacking. Hier angekommen, verließ er das Bahnhofsgebäude und ging den schmalen Holzsteg, der über den Wienfluss führte, auf die Hackinger Seite des Flusses. Sein Weg führte ihn in die Auhofstraße, wo sich rechter Hand ein einstöckiger Einkehrgasthof mit Gastgarten befand. Dort wurde er von einem gleichaltrigen jungen Mann mit »Servus, mein lieber Aloysius!« begrüßt.

Otto Weiningers bebrilltes Gesicht strahlte, seine schlanke Figur schnellte wie von einer Feder getrieben in die Höhe, und er stürmte auf den sich mit angemessener Würde bewegenden Baron zu. Schönthal-Schrattenbach lüftete den Hut, bot die Hand zum Gruß und sagte in freundlich legerem Tonfall: »Servus, Otto.«

Jener nahm die dargebotene Hand, hielt sie fest und wollte den Neuankömmling zu sich an den Tisch ziehen. Dieser widersetzte sich jedoch und machte stattdessen den Vorschlag: »Weißt was? Trink aus und lass uns gehen. Ich brauch dringend ein bisserl Bewegung, weil das Mittagessen hat mich heut über die Maßen strapaziert.«

»Um Gottes willen! Hast am Ende gar was Verdorbenes gegessen?«

»Geh, Blödsinn …! Es war einfach zu viel.«

Nachdem Weininger bei dem Kellner, einem speckwestigen Individuum, gezahlt hatte, erklommen die beiden keuchend, schnaufend, hustend und dabei aufs Heftigste diskutierend den Himmelhof. Ihr Weg führte sie, nachdem sie die steile Aichbühelgasse und die Erzbischofgasse hinter sich gelassen hatten, entlang der Mauer des k. k. Thiergartens* und danach über Wiesen bergan.

Der schwüle Frühsommertag und die körperliche Anstrengung regten die Transpiration stark an. Auf den Wiesen stand das Gras kniehoch. Es war durchsetzt von Unkräutern, die sich zwischen elegant wogenden Grashalmen in protzigem Dunkelgrün breitmachten. An den Übergängen zum Wald standen Haselsträucher, Hagebutten- und Hollerstauden. Den Holler krönten noch unreife, grüne Holunderbeeren, die an vom Sturm umgedrehte Parapluies erinnerten. Sie verströmten einen feinherben Duft, der auch später – am Ende des Sommers – den dunklen Hollerbeeren eigen ist.

Endlich erreichten Weininger und Schönthal-Schrattenbach den höchsten Punkt – den Himmelhof. Dieser lag zwar nicht im Himmel, hieß aber trotzdem so. Sie sahen zu ihrer Linken den Höhenzug des Wienerwaldes, dessen ferne Gipfel im Dunst verschwanden. Rechter Hand erstreckte sich die weite, von Dunst bedeckte Ebene des Wiener Beckens. Ihnen zu Füßen lag das Häusermeer der Stadt, und auf einer Anhöhe gegenüber befand sich die kaiserliche Sommerresidenz

* Kaiserliches Jagdrevier im Südwesten Wiens

Schloss Schönbrunn. Otto Weininger riss sich – wie es seiner emotionalen Art entsprach – die Jacke vom Leib, schleuderte den Hut in die Luft und rief, beide Hände zu einem Trichter formend: »Ich liebe dich!«

»Was, wen, wieso …?«, keuchte der Baron, »wen liebst du? Den Himmelhof? Den heutigen Tag? Das schwüle Wetter? Unsere Wiener Stadt? Den Herrgott? Oder am Ende nur irgend so ein Mädel, das du kennengelernt hast?«

»Geh, Aloysius … Du weißt doch, wie ich über Frauen denke. Nein, meine Liebeserklärung galt diesem einen Augenblick, als wir die Höhe bezwungen hatten und der Blick auf unsere wunderschöne Heimatstadt vor uns lag. Diesem unglaublichen Glücksgefühl, diesem heroischen Moment nach vollbrachter Anstrengung galt meine Liebeserklärung.«

»Ja, ja, verweile, Augenblick, du bist so schön … Wobei ich persönlich glaube, dass der Goethe das eher auf einen Augenblick in den Armen eines weiblichen Wesens bezogen hat.«

»Siehst du, genau das ist die Krankheit, an der die gesamte männliche Menschheit laboriert. Der unglückselige Drang nach Vermischung von Männlichem und Weiblichem. Ein Mann, der seinen Genius zu voller Entfaltung bringen will, muss meiner festen Überzeugung nach das Weibliche meiden und Frauen verabscheuen.«

»Vielleicht hast du recht mit deiner Theorie … Wenn ich an die Situation bei uns zu Hause denke, stößt mir gleich wieder das Mittagessen auf. Ich sage dir, seitdem meine Cousine bei uns wohnt, habe ich einen nervösen Magen. Stell dir vor: Sie hat eine Affäre mit einem Burschen vom Naschmarkt. Mit einem frechen und unverschämten Individuum. Der hat doch glatt meiner Cousine ein Brieferl zustellen lassen, in dem er ihr mit einem Skandal droht, falls sie ihm nicht ein weiteres Rendezvous gewährt. Zufällig habe ich das Mädel, welches das Brieferl überbracht hat, abgefangen. Zuerst wollt ich das Geschreibsel vernichten, aber dann habe ich mich beherrscht – weil, das tut man einfach nicht. Ich habe es wieder zugeklebt und meiner Cousine aufs Zimmer gelegt. Quel scandale!«

Während der Baron gedanklich seiner familiären Misere nachhing, entwickelte Otto Weininger in einem ununterbrochenen Redeschwall seine Vorstellungen von Geschlecht und Charakter. An einer Stelle des Exkurses ließ er einfließen, dass er zu diesem Thema eine grundlegende philosophische Untersuchung geschrieben und für die Publikation einen renommierten Verlag gefunden hatte.

Schönthal-Schrattenbach kannte dieses Monologisieren seines Schulfreundes. »Dessen Sorgen möchte ich haben«, dachte er bei sich und grübelte über seine eigenen Kümmernisse nach. Es bedrückte ihn nicht nur, dass seine Mutter und seine Cousine daheim die Hosen anhatten – Letztere aufgrund ihres unverschämten

Reichtums –, sondern auch, dass er wahnwitzig hohe Spielschulden hatte. Er stand finanziell mit dem Rücken zur Wand. Diese Probleme wälzend, lag er oben am Himmelhof in der Wiese, kaute an einem Grashalm und blickte verdrossen auf die ihm zu Füßen liegende, von einem Dunstschleier verhüllte Wienerstadt.

VII.

Gemütlichen Schrittes schlenderte Joseph Maria Nechyba, nachdem er sich von Leo Goldblatt verabschiedet hatte, über den Naschmarkt. Nicht dass dies unbedingt zu den Aufgaben eines Inspectors des k. k. Polizeiagenteninstituts gezählt hätte – als solcher war er vielmehr für den Papier- und Verwaltungskram zuständig, der keinem leitenden Beamten erspart blieb. Trotzdem gehörten Spaziergänge durch die Stadt zu seinen liebsten Gewohnheiten. Den Papierkram erledigte der Polizeiagent Pospischil. Ein Mensch mit verkniffenen Gesichtszügen, schlaksiger Figur und sanguinischem Temperament, der brav das ausführte, was ihm sein Vorgesetzter anschaffte. Im Allgemeinen funktionierte der Rollentausch perfekt: Der Untergebene erledigte den Papierkram, während Nechyba es vorzog, auf der Straße polizeiliche Präsenz zu demonstrieren. ›Pospischil‹, pflegte Nechyba zu sagen, ›so lungenkrank und ausgezehrt, wie Sie aussehen, kann ich Sie gar nicht in die raue Wirklichkeit rauslassen. Da glauben sonst die Gauner, dass wir bei der Polizei keine kräftigen Mannsbilder mehr haben, und verlieren am Ende noch den Respekt vor uns. Nein, nein, Pospischil ..., Sie bleiben schön hinter Ihrem Schreibpult und erledigen da alles, was es so zu erledigen gibt. Während ich mich draußen um das Gesindel kümmere.‹

Genau das tat Nechyba nun, als er langsam durch das Gewühl von Ständen, Marktfrauen, Dienstmädchen, Köchinnen, gnädigen Frauen, Händlern, Handwerkern, Herumtreibern und Hausierern schlenderte. Während seine Nase das unvergleichliche Potpourri von Ausdünstungen, Aromen, Gewürzen, Viktualiendüften und Verwesungsgerüchen, das sich wie eine unsichtbare Glocke über den Naschmarkt stülpte, witternd aufsog, arbeitete sein Polizistengehirn intensiv, und seine Augen sahen alles: den Planeten-Stani, wie er einer dicken Köchin ein Horoskop-Zetterl verkaufte und wie er danach mit einem Dienstmädchen schäkerte. Die Marktfrau, die einem Kunden leicht angeschlagenes Obst als frische Ware andrehte. Den Wurstsieder, dem ein ganzes Band Würste in den Dreck fiel. Er hob es auf und gab es – dreckig, wie es war – in den Wurstkessel zurück. Die Blumenfrau, die einem zögernden Herren zuerst schöne Augen machte, und als der dann doch nichts kaufte, ihn aufs Wüsteste beschimpfte. Einen mit Anzug und Krawatte bekleideten Gymnasiasten, der blitzschnell zwei Äpfel aus einem Korb stibitzte, diese in den Hosentaschen verschwinden ließ und laut pfeifend davonging. Nechyba beschleunigte seinen Schritt. Wie eine Panzerfregatte auf Rammkurs durchpflügte er das Menschengewühl und packte den Buben am Genick, sodass dieser vor Überraschung und Schmerz aufschrie. Nechyba schüttelte den an seiner Hand zappelnden Jüngling und herrschte ihn an: »Hab ich dich erwischt! Rotzbub! Du stiehlst den Marktfrauen Äpfel? Na, dir werde ich helfen …«

Nechyba holte mit der linken Hand aus und verabreichte dem Buben gerade und verkehrte Ohrfeigen, dass diesem die Wangen glühten. Danach ließ Nechybas Pranke das Genick los und verkrallte sich im Haarschopf des Übeltäters. Mittlerweile war das ungleiche Duo von einer Menschenmenge umringt, die zum Teil Nechyba anfeuerte: »Gib ihm! … Und noch eine! … Ein paar kräftige Ohrfeigen haben noch niemanden geschadet …«

Anderen tat der Bub leid: »Sind S' doch nicht so brutal zu dem Kind … Der arme Bub …«

»Der Dicke bricht dem Kleinen glatt das Genick!«

Alle Zurufe ignorierend, zog Nechyba den Kopf des Burschen so weit in die Höhe, dass dieser nur mehr auf Zehenspitzen stehen konnte. Dann holte er aus dessen Hosentaschen die beiden Äpfel hervor. In diesem Augenblick trat ein uniformierter Sicherheitswachmann – mit Pickelhaube und Säbel – neben das ungleiche Paar. Er salutierte und sagte: »Respekt, Herr

Inspector, haben Sie wieder einmal einen Dieb in flagranti ertappt. Ich bring ihn gleich auf das Kommissariat.«

Ehrfürchtiges Raunen ging durch die Menge, der Ertappte fing wie ein junger Hund zu heulen an, und Nechyba erwiderte: »Lassen Sie es gut sein. Der Bub wird die Äpfel zurückgeben, dann kann er laufen.«

Er wendete sich dem Knaben zu, nahm sein Ohr, drehte es auf das Fürchterlichste ein und befahl: »Du gehst jetzt zu der Fratschlerin, gibst ihr die Äpfel zurück, entschuldigst dich und verschwindest. Und wehe ... wenn ich dich noch einmal beim Stehlen erwisch! Dann sperr ich dich für drei Tage in den Kotter*. Hast du verstanden?«

Der Bub gab ein verheultes »Ja!« von sich, was aber nicht genügte. Sein Ohr wurde weiter eingedreht, und er wurde belehrt, dass die korrekte Antwort ›Jawohl, Herr Inspector!‹ lauten müsse. Als er diese Antwort gegeben hatte, wurde sein Ohr losgelassen. Wie ein begossener Pudel brachte der Dieb die Äpfel zurück, entschuldigte sich, bekam von der Marktfrau noch eine Ohrfeige und machte sich schleunigst aus dem Staub. Nechyba aber ging weiter, zu dem Teil des Naschmarktes, wo gerade neue, fest gemauerte Stände gebaut worden waren. Dort gab es in einem Durchgang ein Stehbuffet, bei dem man Würsteln sowie Flaschenbier konsumieren konnte. Als er, gemütlich an das Buffet gelehnt, sein Bier trank und seinen Blick herumschwei-

* Polizeigefängnis

fen ließ, sah er eine bekannte Gestalt: Anastasius Schöberl, den Fleischhauer-Gesellen. Dieser bedrängte in einer Mauernische ein noch sehr junges Dienstmädchen. Nechyba wollte schon einschreiten, als sich das Mädchen aus der Umarmung Schöberls befreien und flüchten konnte. Dabei bekam sie einen Faustschlag ab sowie einige Obszönitäten nachgerufen. Nechybas Augen wurden schmal, seine Hände formten sich zu Fäusten und eine Verwirrung überkam den Inspector. Es sträubte sich etwas in ihm, zu akzeptieren, dass der fröhliche Fleischhauergeselle, der ihm immer die besten Stücke gab, zu solch miesen Handlungen fähig war. Plötzlich schmeckte das Bier schal, eine dunkle Wolke verhüllte den dunstigen Sommerhimmel, und er fühlte sich irgendwie fehl am Platz. Er zahlte und ging zügigen Schrittes zurück ins Büro.

VIII.

Als Leo Goldblatt kurz nach 2 Uhr mittags endlich an seinem Arbeitsplatz erschien, war es totenstill. Die mittägliche Redaktionssitzung war anscheinend schon vorbei, die Fenster standen sperrangelweit offen, und feuchte, dunstige Luft strömte in die Redaktionsräume. Goldblatt zog sich in sein Redakteurskammerl zurück und zog die Schuhe aus. Denn seine Füße schwollen bei plötzlichen Wärmeeinbrüchen immer an und schmerzten. Er lümmelte sich in seinen Sessel und griff zu den wenigen Zetteln, die ihm der Redaktionsgehilfe auf den Schreibtisch gelegt hatte. Die Beine hochgelagert, begann er die Zettelwirtschaft zu sichten. Doch das richtige Maß an Konzentration wollte sich nicht einstellen. Erstens war er heute ziemlich angeschlagen, zweitens freute ihn die Arbeit überhaupt nicht, und drittens verdaute sein Magen gerade das Gulasch, das er mittags zu sich genommen hatte. Die Verdauungsarbeit äußerte sich in peristaltischen Geräuschen. Dieser enormen Geräuschentwicklung stand er äußerst zwiespältig gegenüber. Einerseits folgte jedem Rülpser ein kolossales Gefühl der Erleichterung. Andererseits verstieß diese Art, sich zu erleichtern, gegen alle Regeln, die der gutbürgerlich aufgewachsene und streng erzogene Leo Goldblatt in seiner Kindheit verinnerlicht hatte.

»Ja, ja, die Mama …«, seufzte Goldblatt laut. Die Mama sollte er auch wieder einmal besuchen. Wann war er das letzte Mal bei ihr gewesen? Letzte Woche oder gar vorletzte Woche? Gott möge abhüten! Wenn er sich über eine Woche nicht bei seiner Mutter blicken ließ, dann gab es beim nächsten Mal ein Donnerwetter, das sich gewaschen hatte. Ja, ja, die Mama … eine alte Dame, die hoch in den Siebzigern stand. Goldblatt musste sich zu seiner Schande eingestehen, dass er nicht einmal genau wusste, ob sie nun 77 oder schon 78 Lebensjahre zählte. Sie lebte in einer herrschaftlichen Wohnung im zweiten Wiener Gemeindebezirk. Der von Donau und Donaukanal umgebene Bezirk beherbergte nicht nur das ehemalige kaiserliche Jagdrevier, den Prater, das seine Majestät Kaiser Joseph II. anno 1766 allen Bewohnern Wiens als Erholungsgebiet zugänglich gemacht hatte, sondern war auch traditionelle Heimstätte eines Großteils der jüdischen Bevölkerung Wiens. Deshalb wurde er auch Mazzesinsel genannt.

Mazzes, das dünne, fladenartige jüdische Brot, hatte es bei seinen Eltern im Haus nie gegeben. Denn sein Vater, der mittlerweile verstorbene Kinderarzt Doktor David Goldblatt, hatte eine ausgeprägte Abneigung gegen Religion im Allgemeinen und gegen jüdisches Brauchtum im Besonderen. Als klassischer Liberaler glaubte David Goldblatt in erster Linie an den Fortschritt und an eine aufgeklärte, von Vorurteilen, Aberglauben, Brauchtum und Religion befreite Gesellschaft. Und so wuchs Leo Goldblatt statt mit Mazzes mit reschen Kaisersemmeln, Mohnstriezerln, Salzstangerln, Wachauer Laibchen und gestaubten Wecken* auf. Ein Luxus, den er erst später zu schätzen lernte, als er sich als Studiosus der Germanistik sowie als Gelegenheitsschreiber für diverse Wiener Blätter mehr schlecht als recht durchs Leben fristete.

»Ach Gott, die Mama …«, seufzte Goldblatt wieder. Er erinnerte sich an ihr sorgenvolles Gesicht, als er nach einem heftigen Streit mit seinem Vater – wegen des Abbruchs seines Medizinstudiums und wegen des

* Ein helles Mischbrot

Umsattelns auf das brotlose Studium der deutschen Sprache – aus dem elterlichen Haushalt Knall auf Fall ausgezogen war. Wortlos hatte sie ihm damals noch ein Proviantbündel mit Buttersemmeln und Äpfeln zugesteckt. »Um die Mama muss ich mich wieder einmal kümmern …«, murmelte er.

Plötzlich legte hinter ihm Leopold Lipschütz mit einem lauten Räusperer und voller Stimme los: »Leo, du Tachinierer*, zuerst bist du den ganzen Vormittag und Mittag verschollen und jetzt sitzt du da und träumst von deiner Frau Mama. Hast du das letzte bisschen Verstand verloren? Du warst sicher wieder besoffen wie ein Eckhaus. Und jetzt hast einen Kater, dass du keinen klaren Gedanken fassen kannst. Geschweige denn einen Artikel schreiben …«

Goldblatt drehte sich zu seinem leitenden Redakteur um, ohne dabei die Füße vom Schreibtisch zu nehmen, und raunzte: »Geh, spiel dich nicht so auf … Wie oft warst du denn schon besoffen? Da bist du durch die Redaktion getorkelt, dass wir Wetten auf das nächste Möbel abgeschlossen haben, an das du anrennen wirst. Also sei so gut und lass mich in Ruh!«

»Das könnte dir so passen, Leo! Aber ich sag dir: Ich brauch für die Seite fünf noch einen Artikel. Wurscht, was. Schreib irgendwas von den Huren und ihren Zuhältern am Graben, auf der Kärntnerstraße oder am Naschmarkt. Oder von weiß der Teufel was … Ich bitte dich, schreib mir schleunigst einen Artikel.«

---

* Faulenzer, Drückeberger

»Was soll ich denn schreiben? Es ist im Moment nix los … Außerdem brummt mir der Schädel …«

»Wenn ich nicht in einer Viertelstunde einen Artikel von dir habe, beschwere ich mich beim Herausgeber. Also schreib!«

Und damit war Lipschütz schon wieder fort. Goldblatt aber nahm seufzend die Füße vom Tisch, griff zu einem Bleistift, nahm ein Blatt Papier, starrte kurz darauf und schrieb dann einen Artikel über eine Rauferei zwischen Gästen, deren Zeuge er im Zuge seiner Wirtshaus- und Beislrunde am Vorabend geworden war. Als er diesen 20 Minuten später Leopold Lipschütz in die Hand drückte, grunzte der zufrieden und trollte sich damit in die Bleisetzerei. Goldblatt hatte nun das Gefühl, für diesen Tag genug gearbeitet zu haben. Beschwingt ging er – immer noch in Socken! – in sein Redakteurskammerl zurück, zog sich dort die drückenden Schuhe an und begab sich in Gefilde, in denen er sich grundsätzlich wohler fühlte als an seinem Arbeitsplatz: in die Räumlichkeiten des Café Sperl.

IX.

Ein kleines Schönheitsschläfchen gönnte sich die Gräfin Hainisch-Hinterberg nach einem späten Frühstück besonders gerne. Diesem Vergnügen frönte sie ganz ungeniert, speziell, seitdem sie in Wien bei ihrer Tante logierte. Die Tante – eine geborene Hainisch-Hinterberg und nunmehr verwitwete Baronin von Schönthal-Schrattenbach – war eine herzensgute Frau, die bei der Erziehung ihrer Nichte dem Laisser-faire-Prinzip huldigte. Aufgrund ihrer eigenen Erfahrungen als junges Mädchen war die Baronin sehr tolerant. Seinerzeit war ihre Liaison mit Friedrich Schönthal als nicht standesgemäß erachtet und von vielen angefeindet worden. Sie konnte diese Verbindung dennoch – aufgrund des ansehnlichen Reichtums Friedrich Schönthals – gegenüber ihren Eltern durchsetzen. Dieser war ein erfolgreicher Bauunternehmer, der Anfang der 1870er-Jahre von Kaiser Franz Joseph in den Adelsstand erhoben worden war*. Leider hatte sich das Vermögen des nunmehrigen Barons Schönthal-Schrattenbach beim Börsenkrach 1873 sowie in den darauf folgenden Jahrzehnten fast zur Gänze in Luft aufgelöst. Als er 1899 starb, hinterließ er seiner Familie die herrschaftliche Wohnung in der Fichtegasse, einige wertlose Aktienpakete sowie einen Stapel uneinbringlicher Forderungen. Seine Witwe musste sich nun an ihre zum Teil sehr wohlhabenden Verwandten wenden und sie um Unterstützung bitten.

Ihrem einzigen Sohn, Aloysius Schönthal-Schrattenbach, war das herzlich wurscht. Er lebte weiterhin in Saus

* Eine Zeit, in der der Kaiser fast jeden anständigen bürgerlichen Menschen, den er sah, geadelt hatte. Er wurde deshalb im Volksmund mit dem Spitznamen ›Sehadler‹ bedacht.

und Braus. Ohne Schamgefühl verprasste er das Geld, das sich seine Mutter von der Verwandtschaft erbettelte. Irritiert reagierte der verwöhnte Bengel, als im familiären Mikrokosmos ein zweites strahlendes Gestirn aufging: Seine Cousine, die Gräfin Hainisch-Hinterberg, verstand es, die Aufmerksamkeit und Zuwendung seiner Mutter auf sich zu ziehen. Nicht zuletzt auch deshalb, weil sie den familiären Haushalt großzügig finanziell unterstützte. Außerdem verstand sie es, ihr Dasein als Vollwaise dramatisch in Szene zu setzen: Tagelang wurde sie von düsteren Depressionen geplagt und erweckte damit bei ihrer Tante heftiges Mitleid. Sie pflegte einen faulen, somnambulen Lebenswandel, der sich mit wild aufflackernden Exzessen abwechselte. Legendär waren auch ihre Anfälle von Verschwendungssucht, die sie zu einer gern gesehenen Kundin in den teuersten Wiener Innenstadtgeschäften machten. Höhepunkt all dieser Exzentrizitäten war aber die unsägliche Liaison mit einem Naschmarkt-Faktotum. Dafür hatte selbst die liebe Tante Burgi wenig Verständnis.

Und genau darüber entspann sich eine Diskussion zwischen Tante und Nichte, nachdem Letztere nachmittags, in einen seidenen Morgenmantel gehüllt, im Salon erschienen war. Sie lümmelte sich auf die Couch, nahm ein Stück Teebäckerei des k. u. k. Hofzuckerbäckers Heiner und stopfte es – nicht ohne dabei ziemlich viele Bröseln zu machen – in den Mund. Tante Burgi ließ der Nichte Tee bringen.

»Kind, ich habe gehört, dass du ein Brieferl bekommen hast …«

Als Reaktion wurde ein Schnoferl* gezogen und geantwortet: »Ah so? Darf ich keine Briefe mehr bekommen? Na, wenn das so ist, muss ich mir in Zukunft ein Postfach mieten …«

»Aber Kind, sei nicht albern … Du kannst Briefe bekommen, von wem du willst … nur … sollten es keine Briefe von Leuten sein, mit denen sich der Umgang nicht schickt.«

Die Antwort war ein Lachen sowie die Feststellung: »Liebe Tante, ich verkehre nur in den allerbesten Kreisen. Gestern Abend zum Beispiel ist mir Adalbert Graf Sternberg vorgestellt worden. Ein interessanter Mann … Nicht mehr ganz jung, aber ungeheuer charmant. Das war ein köstlicher Abend mit dem. Zuerst hat er mich auf ein Champagnersouper ausgeführt, und nachher waren wir in einem Varieté. Ich sag Ihnen, das war eine superbe Nacht.«

»Der Graf Sternberg hätte dir das Brieferl von seinem Diener oder von einem Dienstmann überbringen lassen. Keinesfalls aber von einem Dienstmädel. Das ist nicht sein Stil.«

Die Gräfin nahm einen großen Schluck Tee, stellte die Schale mit Bedacht auf die Untertasse, leckte sich die Lippen, sah ihrer Tante in die Augen und sagte mit leiser Stimme: »Stimmt. Das Brieferl war nicht von ihm. Das war vom Stani. Den habe ich gestern Nacht ver-

---

* Schnute

setzt … Und das hat ihn in der Seele getroffen. Deswegen hat er mir auch gleich etwas schreiben müssen, der Narr.«

»Kinderl, Kinderl, was machst du nur für Sachen? Wie kannst du diese Mesalliance immer noch weiterverfolgen? Letzte Woche hast du mir hoch und heilig versprochen, dass damit endgültig Schluss ist. Das ist doch kein Umgang für dich …«

»Wie recht Sie haben. Tante Burgi, seit gestern Abend bin ich bis über beide Ohren in den Grafen Sternberg verliebt. Das ist ein Mannsbild! Ich sag Ihnen …«

Die Begeisterung der Tante hielt sich in Grenzen. Schließlich war stadtbekannt, dass Adalbert Graf Sternberg ein Charmeur, Champagniseur und Weiberheld war, der, je älter er wurde, umso jüngere Geliebte bevorzugte. Zusätzlich war er ein manischer Spieler, der, obgleich er kein Stabsoffizier war, die sprichwörtlichen Schulden eines solchen hatte. Andererseits stammte er aus einer uralten Familie, die beträchtliche Güter in Böhmen besaß. Insofern war Sternberg immerhin ein Fortschritt.

»Liebe Tante Burgi, ich verspreche Ihnen: Heut Abend treffe ich den Stani zum letzten Mal und mach reinen Tisch. Dann ist die Sache ein für alle Mal ausgestanden. Und Sie brauchen sich keine Sorgen mehr zu machen.«

Während der letzten Worte stand sie auf, ging zu ihrer Tante, drückte ihr einen feuchten, mit Bäckereibröseln und Tee vermischten Kuss auf die Wange und verließ frohgemut den Salon.

X.

Spätnachmittägliche Sonnenstrahlen tanzten über den Herd* und über unzählige Kochtöpfe, Häferln, Kasserollen, Pfannen, Siebe, Reibeisen, Schöpf- und Schaumlöffel, Mörser, Stößel, Messer und Schneeruten. Da das Doppelfenster nach Westen hinausging, fiel nachmittags Licht in die Küche der Familie Schmerda. Mit dem Licht kam aber auch bedenklich viel Wärme herein, sodass Mizzi in der wärmeren Jahreszeit die im Fenster gelagerten Sachen nach hinten in die kühle, fensterlose Speisekammer tragen musste. In dem sonnigen Ambiente der Küche werkten die Litzelsbergerin und das Dienstmädel an der Zubereitung des Abendessens. Auf dem Speiseplan stand eine Hirnconsommésuppe mit gebackenen Erbsen und danach Krebskrapfen.

Wie man sieht, wurde in diesem Haushalt auf eine exquisite Küche großen Wert gelegt. Angesprochen auf dieses Thema, pflegte Hofrat Schmerda zu antworten: »Das Leben ist viel zu kurz, um sich irgendetwas vom Munde abzusparen. Außerdem lege ich mein Geld lieber in Viktualien als in Aktien an.«

Eine Einstellung, mit der er keineswegs allein dastand. Im Gegenteil: Die Wiener und Wienerinnen

* Ein Holz-, Kohlen-, Koks- und Steinkohlenherd, der mit Ziegeln ausgemauert und mit Porzellankacheln verkleidet war, in den Ausmaßen von circa 3 mal 2 Metern. Obenauf befand sich eine eiserne Deckplatte mit Kochstellen über den verschiedenen Feuerräumen. Diesen Herd konnte man parallel mit Holzkohle und Steinkohle beheizen, sodass die Köchin die mildere Hitze der Holzkohlenfeuerung zur Zubereitung von Speisen, die ein sehr genau reguliertes Feuer verlangen, einsetzen konnte.

waren – wie unzählige Quellen bezeugen – seit jeher fröhliche Esser und Trinker, die es sich an nichts abgehen ließen und die mit Hingabe den leiblichen Genüssen frönten. In diesem Paradies der Phäaken* leistete sich der Hofrat eine Köchin, die in der Küche von Erzherzog Ludwig Viktor ihr Handwerk gelernt hatte. Ihm gelang die Abwerbung der Köchin, weil fast alle Mitglieder der Familie Habsburg bei der Bezahlung ihres Personals äußerst knauserig waren.

30 Flusskrebse wurden in einem kupfernen Topf gekocht und, sobald sie gar waren, von ihren Scheren und Schalen befreit. Eine Arbeit, die Mizzi hasste, weil sie sich beim Auslösen regelmäßig die Finger verbrannte. Andererseits wusste sie genau, dass man Krebse nur heiß auslösen konnte, da nach dem Erkalten Schalen und Fleisch fest zusammenklebten. Die Litzelsbergerin bereitete die Fülle der Krebskrapferln zu: Sie trieb vier Esslöffel Butter ab**, gab fein gehacktes Flusskrebsfleisch der Scheren und Schwänze dazu, ferner abgezogene, geriebene Mandeln, Zucker, eine abgeriebene in Rahm aufgeweichte Semmel, drei ganze Eier, drei Eidotter, etwas Salz und fein gestoßenen Pfeffer. Diese Masse wurde einmal mehr gut abgetrieben. Inzwischen streute Mizzi Mehl auf das Nudelbrett, schnitt etwas frische Butter hinein und verarbeitete das Ganze mit Eiern sowie Eidottern, etwas Salz und Zucker zu einem Teig. Dieser wurde dünn ausgewalkt, und zwar in zwei Blätter. Auf einem Blatt wurden sodann mit dem

---

* Sorgloser Genießer

** abtreiben = cremig verrühren

Krapfenstecher Eindrücke gemacht, deren Ränder mit Ei bestrichen und kleine Häufchen von Krebsfülle auf die ausgestochenen Stellen gelegt. Als dies so weit gediehen war, legte die Köchin das zweite Teigblatt darüber und stach nun die Krapfen heraus. Da bis zum Abendessen noch Zeit war, wurden die rohen Krebskrapfen auf ein trockenes, mit Mehl bestaubtes Tuch gegeben und in der Speisekammer gelagert. Später würden sie dann in heißem Schmalz goldgelb herausgebacken werden. Gerade als Mizzi die Krebskrapfen vorsichtig in die Speisekammer trug, läutete es. Die Litzelsbergerin ging zur Tür, vor der der Fleischhauer-Lehrbub stand. Er drückte ihr zwei Päckchen in die Hand.

»Das hat mir mein Geselle aufgetragen, Ihnen zu bringen. Küss die Hand und auf Wiederschaun …«

Damit machte er am Absatz kehrt und verschwand blitzartig im Stiegenhaus. Die Litzelsbergerin kannte den Lehrbuben von früheren Zustellungen und wusste, dass er schüchtern war und dass sein eiliges Verschwinden keineswegs eine Unhöflichkeit darstellte. Was sie aber wunderte, war die Tatsache, dass er ihr zwei Päckchen in die Hand gedrückt hatte. Noch verwunderlicher war, dass sie in dem einen Päckchen ihr bestelltes Kalbshirn, in dem anderen aber Speck, Rinderknochen sowie ein herrliches Rumpsteak vorfand. Neugierig lugte ihr die Mizzi über die Schulter und rief bei dessen Anblick: »Jö! Das Fleisch schaut aus wie gemalt!«

»Das ist ein Rumpsteak …«, murmelte die Litzelsbergerin und untersuchte das zweite Päckchen genau.

Dabei fiel ihr ein zwischen die Spagatschnüre gesteckter Zettel in die Hände, auf dem sich die Adresse des Bestellers befand: *Inspector Joseph Maria Nechyba, Papagenogasse 2.*

Die Köchin wandte sich an das Dienstmädel: »Mizzi … Weißt du, wo die Papagenogasse ist?«

»Freilich, Frau Aurelia. Das ist ein schmales Gasserl zwischen dem Theater an der Wien und dem Getreidemarkt.«

»Genau. Dann packen wir jetzt das Rumpsteak, den Speck und die Knochen wieder ein, und du tragst das zu dem Herrn Inspector in die Papagenogasse. Der wartet sicher schon drauf und wird sich wundern, wo der dumme Fleischhauerbub mit seinem Packerl geblieben ist.«

»Schade …«, schmollte Mizzi, »ich habe schon gehofft, dass wir beide das Rumpsteak heute Abend essen würden …«

Die Litzelsbergerin musterte das Dienstmädchen mit einem langen, kühlen Blick, sodass dieses einen roten Kopf bekam. Sie setzte sich an den Küchentisch und schrieb ein kurzes Brieferl, das sie der Mizzi samt dem wieder zugeschnürten Packerl mit den Worten »Geh jetzt!« in die Hand drückte.

Sie wandte sich dem Kalbshirn zu, das sie unter der Wasserleitung von Blut und Knochensplittern befreite. Und während Mizzi in Richtung Papagenogasse unterwegs war, blanchierte die Köchin das Kalbshirn und ließ es danach eine halbe Stunde in Salzwasser kochen. Währenddessen bereitete sie die Gebackenen Erbsen zu. Sie schlug zwei Eier glatt ab, gab Mehl dazu und wiederholte das Ganze. Dann ließ sie den so entstandenen Teig mit der Gabel durch das Reibeisen ins heiße Schmalz laufen. Dort ließ sie die Teigerbsen schön rund und goldbraun werden. Zu dem fertig gekochten Kalbshirn gab sie Butter sowie Mehl in eine Kasserolle, röstete alles kurz ab und goss mit kochend heißer Suppe auf. Danach kamen fünf hart gekochte, zerdrückte Eidotter, weißer Pfeffer, Muskatnuss und Salz dazu. Dies alles wurde eine weitere halbe Stunde gekocht und danach passiert. Zum Passieren war die Mizzi von ihrem Botengang wieder zurückgekehrt. Da es inzwischen ziemlich spät geworden war und der Hofrat Schmerda nach einem anstrengenden Tag hungrig des Abendessens harrte, konnte die Köchin das Mädel nicht nach dem Empfänger des Rumpsteaks fragen. Obwohl ein Rumpsteak verzehrender Inspector ihre Neugierde beflügelte …

XI.

Im Schuppen des Hinterhofes, den der Planetenverkäufer Stanislaus Gotthelf bewohnte, flackerte das Licht einer rußenden Petroleumlampe. Und während draußen im Hof die Schatten der Nacht allmählich aus ihren Ecken krochen und gemeinsam mit dem modrigen Mief den Innenhof besetzten, wurde drinnen auf einem Spiritusbrenner Wasser erhitzt. Als dieses an der Oberfläche Bläschen bildete, hob der Stani den Wasserhäfen vom Feuer und schüttete es ins Lavoir*. Mit dem kleinen Finger prüfte er die Temperatur und goss aus einem Krug etwas kaltes Wasser nach. Nun begann sich der Planetenverkäufer mit Sorgfalt und unter Zuhilfenahme von Kernseife sowie eines Waschlappens den Oberkörper zu reinigen. Nachdem dies erledigt und danach Arme, Achselhöhlen, Brust und Rücken abgetrocknet waren, griff der Stani zum Rasierzeug. Mit Seife erzeugte er in einer Rasierschale Schaum, den er mit dem Rasierpinsel sorgfältig über Wangen, Kinn, Hals und Adamsapfel verteilte. Er klappte das Messer auf, schärfte es an einem Wetzstein und begann schließlich, mit präzisen Bewegungen sowohl die schäumende Oberschicht als auch den darunter befindlichen stacheligen Wildwuchs aus seinem Gesicht zu entfernen. Nachdem er diese Prozedur ohne gröbere Schnittverletzungen zu Ende gebracht hatte, erfrischte er die Gesichtspartien mit Rasierwasser. All seine Verschönerungsmaßnahmen krönte er dadurch, dass er ein frisch gebügeltes und gestärktes Hemd aus dem Kleiderkasten hervorholte und anlegte. Danach griff Stanislaus Gotthelf zu einer gelben Krawatte, die er sich keck um den Hals band. Das kunstvolle Binden von Krawatten

* Waschschüssel

hatte ihm der auf dem Naschmarkt herumstreunende Gymnasiast Alphonse Schmerda gegen Bezahlung eines Entgeltes beigebracht. Diesem wiederum war die Kunst des Krawattenbindens von seinem Herrn Papa eingebläut worden. Über Hemd und Krawatte wurden Gilet und Überrock angezogen. Das solchermaßen entstandene Gesamtkunstwerk betrachtete er im Spiegel mit Wohlgefallen. Bevor er seine Unterkunft verließ, fütterte er noch seinen Papagei und plauderte ein paar Worte mit ihm. Als er schließlich ging, verabschiedete ihn der Vogel mit einem mehrmals wiederholten »Servus Stani, Stani baba!«.

Als Gast tauchte man beim Betreten des Café Sperl in eine Atmosphäre ein, deren wesentliche olfaktorische Komponenten aus Tabakrauch, dem Geruch des mit Öl imprägnierten Holzfußbodens, diversen Küchendämpfen sowie dem unverwechselbaren Duft von feinbitter geröstetem, gemahlenem und frisch gekochtem Kaffee bestand.

Apropos Kaffee: Hier muss angemerkt werden, dass in einem typischen Wiener Kaffeehaus die Anarchie der Geschmacksmarotten herrschte. Es nahmen zum Beispiel bestimmte, von Stammgästen gewünschte Kaffeezubereitungsarten allmählich den Namen des jeweiligen Stammgastes an. Unter diesem Namen bestellten dann auch andere Gäste die bestimmte Kaffeespezialität. So war es im Sperl – in Leo Goldblatts Stammcafé –üblich, einen Goldblatt zu bestellen. Diese Kaffeevariante bestand aus einem Schwarzen, in diesem Fall einem Türkischen passiert, der in einer Nussschale* serviert und mit einem ordentlichen Schuss Trebernen** aufgebessert wurde. Unter einem Schwarzen verstand man entweder besagten Türkischen (passiert, natur oder gewöhnlich) oder einen Mokka, den es wiederum in der Nuss- oder Teeschale (passiert, natur oder gewöhnlich), mit Schlag, mit Haut, mit ohne, ganz kurz, als Verlängerten (mit viel Wasser), als Doppelmokka bzw. gespritzt (mit Weinbrand!) und als Fiaker (mit Rum gespritzt) gab. Wenn der Schwarze mit Milch serviert wurde, hieß er Brauner, während der Schwarze mit wenig Milch Kapuziner und der mit viel Milch Gold genannt wurde. Letzterer durfte aber keineswegs mit der Melange verwechselt werden, denn eine Melange war ein Brauner mit gequirlter Milch, bei dem üblicherweise acht verschiedene Arten unterschieden wurden: mit Schlag, mit ohne, passiert, mit Haut, mit Haut und mit Schlag, mit Haut und ohne Schlag, ohne Haut und mit Schlag, ohne Haut und ohne Schlag. Weiters wären noch der Franziskaner (Melange mit Schlag und Schokostreusel), der Konsul (kleiner Mokka ohne Milch mit Schlag), der Einspänner (großer Mokka mit Schlag, in einem Henkelglas serviert), der Erzherzog Karl (über die zerstoßenen Eissplitter von gefrorenem Kaffee wird Eierlikör gegossen) und der Maria Theresia (großer Mokka mit einem Stamperl Orangen- und einem halben

---

* Kleine Kaffeeschale

** Österreichische Form des Grappa

Stamperl Mokkalikör, Schlag und buntem Zuckerstreusel) zu erwähnen. Wobei Schlag in allen Fällen keine mitservierte Grobheit bedeutet – obwohl diese in der Heimat Leopold von Sacher-Masochs niemanden verwundert hätte –, sondern eine Kurzform von Schlagobers* war. Akustisch wurde die Atmosphäre im Sperl durch das Geräusch vieler durcheinandersprechender und einander überlagernder Stimmen bestimmt. Dieses vermischte sich mit dem Rascheln von umgeblätterten Zeitungsseiten, dem weiter entfernten Klacken der Billardkugeln, dem Karten-auf-den-Tisch-Klopfen und den Ansagen der Tarockspieler, dem hellen Klirren von Kaffeeschalen, Untertassen und Löffeln, dem Scheppern und Klappern aus der Kaffeeküche, dem Mahlgeräusch der Kaffeemühle, den Bestellrufen der Ober, dem Hin-und-her-Gehen derselben sowie deren Gäste. Sie alle waren auf der Suche nach einer Zeitung, nach Bekannten, Freunden, Mitspielern oder auf dem Weg zur Toilette.

Als Gotthelf das Sperl betrat, ging er mit einem kurzen Gruß an der Sitzkassiererin Steffi Moravec vorbei, die ihn wie viele andere Weiber anhimmelte. Die Sitzkassiererin war so ziemlich das einzige weibliche Wesen innerhalb des Kaffeehauses. Sie thronte vis-à-vis des Eingangs, kassierte das Geld, das der Zahlkellner ihr brachte, und gab das Wechselgeld heraus. Und da es zu den Pflichten eines weltmännischen Kaffeehausgastes gehörte, sich gelegentlich ans Buffet zu lehnen

---

* Schlagsahne

und mit der Sitzkassiererin ein bisschen Schmäh zu führen, herrschte bei der Kassa reges Kommen und Gehen. Dieses Schmähführen war Gotthelfs Sache nicht. Er, der sich seiner Wirkung auf das weibliche Geschlecht bewusst war, ließ Evas Töchter auf sich zukommen, sich von ihnen ansprechen und umgarnen. Wie ein Pfau stolzierte der Planetenverkäufer auf einen leeren Tisch zu, ließ sich dort nieder und schaute gelangweilt in die Runde: Neben vielen mehr oder weniger bekannten Gesichtern erspähte er einen Tisch, an dem neben dem Redakteur Goldblatt, der Scharfrichter Lang, der Cafetier Kratochwilla sowie Graf Sternberg saßen und tarockierten. Erstaunte Blicke von diesem Tisch bestätigten die Wirkung seiner aufgemascherlten* Erscheinung. Mit einer gelangweilten Handbewegung winkte er einen Pikkolo zu sich und gab folgende Bestellung auf: »Einen Goldblatt bitteschön, aber mit einem ordentlichen Schuss Trebernen …«

»Einen Goldblatt mit einem doppelten Trebernen, für den Herrn …«, krähte der Pikkolo zum Marqueur** hinüber, bevor er ohne allzu große Eile in Richtung Kaffeeküche verschwand. Der Marqueur notierte sich die Bestellung mit dem Gehabe eines Mannes, der gerade bei einer wichtigen Tätigkeit gestört wurde. Nicht dass er etwas wirklich Wichtiges zu tun gehabt hätte, aber in guter Wiener Kellnertradition fasste er jede Bestellung eines Gastes als Störaktion auf und

* aufgedonnert, herausgeputzt

** Oberkellner

zeigte dies auch deutlich, um allfällige weitere Bestellungen im Keim zu ersticken. Es dauerte fast eine Viertelstunde, bis der Pikkolo mit dem gewünschten Kaffee erschien. In dieser Viertelstunde konnte man beobachten, dass Gotthelf an einer Nervenanspannung litt. Entgegen seinen sonstigen Gewohnheiten – normalerweise war er ein ruhiger, fast stoisch wirkender Mensch – trommelte er mit den Fingern auf die Marmorplatte des Tischchens und rutschte unruhig auf seinem Sessel hin und her. Als er dann auch noch den Pikkolo anraunzte, warum seine Bestellung so lang gedauert hatte, bekam er zur Antwort: »Weil alles dauert …«

Darauf drehte sich der Zuträgerlehrling auf den Fersen um und stolzierte hoch erhobenen Hauptes davon. All das geschah unter dem wohlwollenden Blick des Marqueurs, der sichtlich stolz darauf war, dass sein Pikkolo die Verhaltensweisen eines Wiener Obers bereits intus hatte. Als geborenem Wiener waren Gotthelf die Unverschämtheiten der Kellner geläufig. Also regte er sich nicht auf; dadurch hätte er nur riskiert, sich vor den anderen Gästen lächerlich zu machen. Und das wollte er nicht. Schon gar nicht heute Abend, wo er sich wie ein echter Herr fühlte. Ein Herr, der der Gräfin die Leviten lesen wollte. Wenn sie glaubte, dass sie ihn so mir nix, dir nix loswerden würde, dann hatte sie sich getäuscht. Vor Zorn ballte er seine Fäuste, sodass die Knöchel weiß hervortraten. Er atmete tief durch, trank seinen Goldblatt aus, winkte dem Marqueur, was dieser vorerst einmal ignorierte, und grübelte – während er auf das Bezahlen wartete – düster vor sich hin.

XII.

Die Gräfin Hainisch-Hinterberg saß vor ihrer Psyche, zupfte an ihren Locken, fegte zum wiederholten Mal mit dem Puderpinsel über ihr perfekt gepudertes Gesicht, applizierte noch etwas Rouge auf ihre Wangen, zog sich die Lippen nach, sah auf die Wanduhr hinter ihrem Rücken, blickte zum Fenster hinaus auf die unendlich langsam am Himmel aufziehende Abenddämmerung und begann dann, von Neuem an ihren Löckchen zu zupfen. Die Zeit wollte nicht vergehen. Andererseits liebte sie die Spannung und das Gefühl, auf die Dunkelheit warten zu müssen. In deren Schutz sie dann mit Hut und Schleier aus dem Haus huschte, um auf verschlungenen Wegen durch Seitengassen und schummrige Durchhäuser die Innenstadt zu durchqueren. Sinn dieses Verhaltens war, möglichst keinem Menschen aus ihrem Freundes- und Bekanntenkreis über den Weg zu laufen. Dieses nächtliche Katz-und-Maus-Spiel gehörte für sie so unverzichtbar zu der Mesalliance, auf die sie sich eingelassen hatte, wie das spätere Rendezvous mit dem Planeten Stani auf dem Naschmarkt – in unmittelbarer Nähe von Nachtcafés und Hurenbeisln. Auch die immer wieder vorkommenden eindeutigen Avancen, die ihr bei den Gängen über den Naschmarkt von einsamen Herren gemacht wurden, verstärkten den Reiz dieser Ausflüge.

Die Extravaganzen nach Einbruch der Dunkelheit forderten öfters ihren vollen körperlichen Einsatz, da sie immer wieder vor zudringlichen Kavalieren Reißaus nehmen musste. Es erschloss sich ihr ein Milieu, das fernab der Behütetheit ihres bisherigen Lebens existierte: voller Elend, Gefahren, Begierden und gewalttätigen Ausbrüchen. Besonders die Besuche im Stundenhotel in der Wiedner Hauptstraße, wo sie auf ihre Kosten mit dem Stani hinging, hatten es ihr angetan. Die fremdartige Atmosphäre entzündete bei der Gräfin eine Art von hochgradiger Erregtheit, die sich dann ekstatisch in dem staubigen, nach billigem Parfum riechenden Zimmer entlud.

Während sie, auf die Dunkelheit wartend, vor ihrer Psyche saß, baute sich die Spannung immer stärker auf: ein Kribbeln, eine peinigende Unruhe, ein flaues Gefühl in der Magengrube, elektrisch knisternde Haare, eiskalte Hände, die sich anfühlten, als ob eine Armee von Ameisen darin spazieren ginge. Der permanente Drang, das WC aufsuchen zu müssen, nervös flatternde Wimpern, dumpfes Pochen in den Schläfen. Ja, es war fast wie eine Sucht; nicht Romantik, nicht Zuneigung und schon gar nicht Liebe. Es war einfach der Ausbruch aus dem goldenen Käfig. Hinaus in die gefährliche, dunkle

Welt der einfachen Leute. Eine Exkursion in das Reich des Bizarren: Fäulnis und Gären. Abfälle, die von den Fratschlerinnen am Naschmarkt hinterlassen worden waren. Der Geruch von Urin in den Hauseinfahrten und dunklen Ecken des Marktes, dort, wo Tag und Nacht übervolle Blasen entleert wurden. Unterschiedlichste Aromen des Schweißes, die fast allen Menschen in dieser Gegend anhafteten. Schatten und Schemen der durch die Nacht streunenden Hunde und Katzen. Vom Wind getriebene Papierfetzen. In ihren Exkrementen liegende Trinker, deren Körper sich im Vollrausch konvulsivisch verrenkten. Bedrohliche Visagen – Männer wie Frauen von Suff, Schlägereien, mangelhafter Ernährung und nicht auskurierten Krankheiten gezeichnet. Zu all dem kam auch noch eine Sprache*, die ihr so fremd war wie das Ruthenisch**, das einst ihre Amme sprach.

Mittlerweile war es dunkel geworden, und in den besseren Gegenden der Stadt verbreiteten die Gaslaternen ihr warmes Licht. Sie setzte einen eigens für diese Ausflüge gekauften Hut mit Schleier auf und zog sich die Jacke über ihren mittels Korsett zur Wespentaille geschnürten Oberkörper. Sie liebte Korsagen, obwohl viele Damen in ihrem Freundeskreis neuerdings eine korsettlose Mode mit hoch gesetzten Taillen bevorzugten.

* Die Altwiener Gaunersprache Rotwelsch

** Altösterreichische Bezeichnung für Ukrainisch

Hinaus! Wie von einer Feder getrieben, hastete sie durch die Innere Stadt. Ihr Weg führte sie über den einsamen Karlsplatz, vorbei an der Erfrischungsbude mit dem Gießhübler-Schriftzug und dem gemauerten Marktstand, den die Aufschrift ›Seefische‹ zierte. Bevor sie zwischen den Bäumen, Büschen, Abfallhaufen, dem Gerümpel und Marktzeug verschwand, fuhr ein Fiaker vorbei, in dem sie Franciscus Graf Borowicz erblickte. Der jungen Gräfin fiel ihr Cousin Aloysius ein, der den guten Franciscus einen Unglücksbringer nannte. Was natürlich ein dummer Aberglauben war! Flotten Schrittes durchquerte sie die Schattenwelt des Naschmarktes. Dabei hatte sie die Lichter der Magdalenenstraße fest im Blick: das Café Dobner und das Theater an der Wien, vor dessen Bühneneingang sie den Gotthelf treffen sollte.

Zwischen den gemauerten Marktständen verlangsamte sie ihren Schritt. Hier fühlte sie sich sicherer, hier war sie unlängst einem freundlichen älteren Herrn in die Arme gelaufen, der sie dann bis zum Café Dobner begleitet hatte. Als sie tief durchatmete und schlendernd an den dunklen Ständen entlangging, war ihr plötzlich, als ob ihr jemand folgte. Ein merkwürdiges Gefühl kroch ihre Wirbelsäule hoch, sie hatte Angst, sich umzudrehen. Wahrscheinlich wieder einer der Kavaliere, der sich nach einer Hure umsah. Jetzt hörte sie deutlich Schritte! Sie kamen näher und näher. Die Härchen in allen ihren Körperregionen begannen sich steil aufzustellen. Ihre krampfhaft Luft einsaugenden

Lungen pressten Bauch und Brüste gegen die Umklammerung des Korsetts. Die Brustwarzen waren hart wie Kirschkerne. Der Wunsch, sich umzudrehen und dem Verfolger in die Augen zu schauen, wurde übermächtig. Mit aller Willenskraft konzentrierte sie sich auf diesen entscheidenden Augenblick. Sie hielt die Luft an, drehte sich schwungvoll um. Nichts!

Der Wind eines herannahenden Gewitters trieb raschelnde Papierln durch die düsteren Gänge. Ein liebestoller Kater stimmte ein larmoyantes Miauen an, und rechter Hand – in größerer Entfernung – grölte ein Betrunkener. Sie vergewisserte sich, dass nichts, rein gar nichts hinter ihr war, schrieb die vorher vernommenen Schritte ihrer überreizten nervlichen Verfassung zu und ging flott weiter. Bald hatte sie die gemauerten Buden hinter sich gelassen und befand sich nun auf dem Teil des Naschmarktes, dessen Stände gerade neu errichtet wurden. Hier waren nur Gerümpel, Kisten beziehungsweise Baumaterialien zu sehen. Wieder hörte sie Schritte! Sie näherten sich rapide. Blitzartig wieder Gänsehaut. Panik. Sie lief. Die Rechte raffte den Rock hoch. Die Linke hielt Hut samt Schleier. Hinter ihr wurden die Schritte schneller. Sie rannte. Plötzlich schlug ihr Schienbein an ein herausragendes Maurerbrett. Sie fiel vornüber, verhedderte sich mit dem Rock, drehte sich um und sah einen Schatten, der sich auf sie stürzte. Sie trat und krallte. Der Schatten griff nach ihrem Kopf, den sie mit einem verzweifelten Ruck zur Seite riss. Dann packte der Schatten ihren

Hals und schlang ein Seidentuch herum. Unbarmherzig wurde ihre Kehle zugeschnürt. Sie strampelte. Traktierte den Angreifer mit Fäusten, wälzte und drehte sich. Sie versuchte, den Männerkörper abzuschütteln und laut zu schreien. Ein heiseres Krächzen war zu hören. Sie spürte den Atem des Mannes. Die Kraft seiner Hände. Verzweifelt merkte sie, dass ihr die Luft wegblieb. In einem letzten Aufbäumen rammte sie den Schädel gegen sein Kinn. Leider federte ihr Hut den Stoß ab. Nur einige Sekunden konnte sie – infolge des sich lockernden Würgetuchs – Luft schnappen. Dann wurde alles schwarz um sie herum.

XIII.

Satt und zufrieden griff Joseph Maria Nechyba zu einer schon öfter in Verwendung gewesenen Serviette, suchte sich an dieser mit Bedacht ein noch unbenutztes Stück Stoff aus und wischte sich zuerst die Mundmitte, dann den rechten und den linken Mundwinkel ab. Nun schritt der Inspector zur Säuberung seines buschigen, aufgezwirbelten Schnurrbarts. Die Zeremonie begann mit einem rhythmischen, von oben nach unten geführten Streichen entlang der rechten und dann der linken Hälfte der Oberlippe, um die sorgfältig gestutzten Bartteile von Essensresten zu befreien. Danach wurde die Säuberung der Haare an den Enden des Schnurrbarts vorgenommen. Diese reinigte Nechyba mit einem angefeuchteten Serviettenende. Danach brachte er sie wieder in ihre angestammte Position – nach oben aufgezwirbelt und eingerollt. Als dies vollbracht war, lehnte sich Joseph Maria Nechyba mit einem Seufzer der Erleichterung zurück und erlaubte sich eine donnernde Flatulenz*. Nun griff er zu seiner Packung Virginier, fischte eine der Zigarren heraus und zündete sie an. Als die Virginier so richtig durchzog, machte er einen zufriedenen Schnaufer und verlagerte seine wuchtige Figur auf das Sofa, das vis-à-vis der beiden Zimmerfenster an der Wand stand. Neben diesem Sofa stand auch ein kleines, dreibeiniges Tischerl, auf dem alles Mögliche herumlag.

Joseph Maria Nechyba erging sich in Kontemplation. Mit glasig starrem Blick und glosender Virginier versuchte sein Geist, elysische Gefilde zu durchstreifen. Doch heute wollte es ihm nicht so richtig gelingen. Da war etwas, das wie ein gewaltiger Anker das Schiff seiner Imagination festhielt. Der Inspector mochte noch so grimmig an seiner Virginier ziehen, der Höhenflug der Gedanken war ihm verwehrt. Sich mit diesem Faktum abfindend, tastete er über die Oberfläche des dreibeinigen Tischchens, bis er die Ursache seiner Irritation in den Fingern hielt. Mit einer trägen Bewegung des Daumens faltete er den Brief auf und blickte mit Wohl-

* Darmwind, Furz

gefallen auf die sehr feminine, sehr geradlinige und sehr energische Handschrift. Gleichzeitig erschien vor seinem geistigen Auge Mizzi, die ihm dieses Schriftstück überbracht hatte. Ein wohlerzogenes Kind, das einen etwas eingeschüchterten Eindruck machte. Wenn dieses Mädel die Küchenhilfe der energisch schreibenden Aurelia Litzelsberger war, dann war klar, dass sie sich nicht so frech und unverschämt wie viele andere Dienstboten verhalten hatte. Je länger Joseph Maria Nechyba über der Litzelsberger'schen Handschrift brütete, desto klarer formte sich vor ihm ein Bild ihrer Person: groß, kräftig, zupackend. Wahrscheinlich mit reschem Wiener Charme ausgestattet und mit einem Mundwerk versehen, das – falls notwendig – jedes Naschmarktweib vor Scham erblassen ließ.

Andererseits erschien ihm das Brieflein ganz und gar nicht ordinär oder gewöhnlich. Der Inspector konnte keinen Rechtschreibfehler finden, und auch die sprachliche und optische Form des Briefes war korrekt. Was war das für eine Frau? Jung … alt? Verknöchert … voll Lebenskraft? Energisch zupackend … gnadenlos herrisch? Ein Haustyrann … ein liebevoll gestaltender Hausgeist? Eine verheiratete … eine, die noch keinen Mann hatte? Ein loses Weib … eine vertrocknete Betschwester?

»Kruzitürken!«, fluchte Nechyba und sprang von seinem Sofa auf, um wie ein gereizter Tiger im Zimmer auf und ab zu gehen. Die Schwüle der Nacht war unerträglich. Da wurde selbst der besonnenste und anständigste Mann der Welt verrückt. Sich Gedanken über wildfremde Weiber machen! Was zerbrach sich so ein alter Esel wie er den Kopf über eine Weibsperson, die ihm aufgrund einer blödsinnigen Verwechslung ein Rumpsteak, Speck und Suppenknochen samt eines kurzen Brieferls übermittelt hatte. Andererseits: Es zeugte von großer Ehrlichkeit, dass sie sich das Rumpsteak nicht selbst abgebraten hatte! Dafür musste er sich – und das sah Joseph Maria Nechyba jetzt ganz klar – zumindest mit einem Blumenstrauß bedanken. Eleganter und weltmännischer wäre natürlich, wenn er ihr ein Billett zukommen ließe, in dem er sich schriftlich bedankte und in dem er gleichzeitig eine Einladung zu einem gemeinsamen Abendessen in einem renommierten Speisehaus – zum Beispiel bei Meißl & Schadn am Neuen Markt – aussprechen würde. Allerdings könnte so eine Einladung auch als plumper Annäherungsversuch missverstanden werden. Gereizt von der gewittrigen Atmosphäre und aufgewühlt von den sich ihm eröffnenden Perspektiven, stampfte Joseph Maria Nechyba so lange über die federnden Holzbalken des Fußbodens, bis er eine aufgebrachte Frauenstimme hörte: »Ist da bald eine Ruhe, da oben? Das Getrampel ist ja wie von einer Elefantenherde! Ich werd gleich die Polizei rufen!«

Unsanft aus seinen Grübeleien gerissen, antwortete er durchs geöffnete Fenster der unter ihm wohnenden Kratochvil Folgendes: »Die Polizei bin ich selber! Halten S' den Mund, sonst verhaft ich Sie und lass Sie in den Gugelhupf sperren!«

Dieser Drohung folgte von draußen – wie von höherer Stelle gesandt – ein lautes Donnergrollen, das nicht allein blieb, sondern Schlag auf Schlag von vorauseilenden Blitzen und darauf folgenden Donnerschlägen begleitet wurde. Dazu ließ der nächtliche Himmel, den mittlerweile schwere Wolken verdunkelten, dicke Regentropfen herniederfallen. Wind kam auf, fegte in das Zimmer des Inspectors und wehte den Brief von dem dreibeinigen Tischchen herunter. Doch das merkte Joseph Maria Nechyba nicht. Er starrte in die immer dichter werdenden Tropfen, sog wie befreit die regenfeuchte Nachtluft ein und war plötzlich von einer Vision beseelt: Er würde persönlich bei der Litzelsbergerin vorbeischauen. Mit einem kleinen, feinen Blumenbouquet in der Hand und in seinem besten Anzug. Er würde sich vielmals für die Aufmerksamkeit und die Mühe bedanken und gleichzeitig auf ein Dankeschön – in Form eines Abendessens in einem gutbürgerlichen Speisehaus – bestehen. Nein, er würde sich nicht abwimmeln lassen von der möglicherweise kühlen und zurückhaltenden Attitüde der Frau Litzelsberger. Ja, er würde sie auf jeden Fall zum Speisen ausführen. Denn wann hatte ein über 40-jähriger Junggeselle und Hobbykoch schon Gelegenheit, eine professionelle Köchin – die hoffentlich unverheiratet war – näher kennenzulernen? Und wenn sie verheiratet war? Blödsinn! Köchinnen in Herrschaftshaushalten waren meistens ledig. Und wenn sie es nicht war, könnte er ihren Mann unter irgendeinem Vorwand verhaften und im Gefängnis schmoren lassen …

»Herrgott noch einmal! Was so ein Weib im Hirn eines Mannes alles anstellen kann …«, murmelte Nechyba und erschrak über seine eigenen Gedanken. Danach stand er noch lange am Fenster und starrte hinaus in das wüste Treiben des Sommergewitters.

2. Teil

Amtsblatt der k. k. Polizei-Direction in Wien:

Statthalterei-Erlass vom 9. Juli 1903, Z. 69.49 Auszug (Pol.- Z.65.948/A.B.).

Das k. k. Ministerium des Inneren hat anläßlich eines bestimmten Falles im Einvernehmen mit dem k. k. Handelsministerium mit dem Erlasse vom 24. Juni 1903, Z. 21.748 ausgesprochen, dass dem Gesetze vom 25. Februar 1902, R.G.Bl. Nr. 49, bei dem Mangel einer ausdrücklichen gegentheiligen Bestimmung desselben, nach dem im §. 5 a. b. G.B. festgestellten Grundsatze, ein Einfluss auf vorher erworbene Rechte nicht zukommt, und dass daher die vor dem Beginne der Wirksamkeit des citirten Gesetzes, das ist vor dem

15 September 1902 erlangten Gewerbsberechtigungen zum ambulanten Verkaufe von Artikeln, rücksichtlich welcher die Erlangung einer Gewerbsberechtigung zu einem derartigen Verkaufe früher nach §. 60, Alinea 2 Gewerbe-Ordnung zulässig war, gegenwärtig aber nach §. 60, Alinea 2 und §. 60a Gewerbe-Ordnung nicht mehr zulässig ist, wie »Artikel des täglichen Verbrauchs«, »Victualien« oder »Gebäck« durch das in Rede stehende Gesetz nicht berührt werden.

I/2.

Entspannt ritt er unter dem gewölbten Laubdach der Alleebäume dahin. Er befand sich in einem tranceartigen Zustand, den er an diesem Morgen besonders genoss. In der gleichförmigen Bewegung lösten sich seine Verspannungen, seine Sorgen und Ängste gleichsam in Luft auf. Seine gequälte Seele wurde von einer fast stoischen Gelassenheit – einer glücklichen Selbstzufriedenheit – erfasst. Fort waren die Chimären der Nacht, die ihn bis in den Morgen hinein gequält hatten. Eine selbstvergessene Schwerelosigkeit durchflutete die Ganglien seines Gehirns und wohl auch die Falten und Narben seiner Seele. Hier am Rücken seines Hengstes Adi genoss er einen der seltenen Momente von Glückseligkeit in seinem Leben. Dieses wohlige Einswerden von Denken und Fühlen hätte ihm Otto Weininger gewiss als Beweis des weiblichen Elements in seinem Charakter ausgelegt (denn bei Frauen sind Denken und Fühlen immer eins, für den Mann sind sie auseinanderzuhalten). Ach Gott, der Otto! Immer schon war dieser Schulfreund ein überdurchschnittlich begabter, leicht entzündbarer Geist gewesen. Äußerst unbequem für die Lehrer! Ein Geist, wie er sonst in 40- oder 50-Jährigen reifte, trieb hier in einem jungen Körper sein Unwesen. Ja, ja, der Otto … Trotzdem oder gerade deswegen mochte er seinen ehemaligen Schulkameraden so sehr. Wenn er an dessen eben publizierte

Untersuchung ›Geschlecht und Charakter‹ dachte, die im renommierten Verlagshaus Braumüller erschienen war, dann zog er in Ehrfurcht den Hut vor ihm.

»Servus Loysi«, ertönte plötzlich eine wohlbekannte Stimme. Der Baron von Schönthal-Schrattenbach schreckte aus seinem meditativen Trab auf und sah auf der gegenüberliegenden Seite der Prater Hauptallee den Grafen Borowicz vorbeireiten und ihm zurufen: »Sehen wir uns nachher in der Meierei in der Krieau? Trink' ma einen Kaffee und plaudern wir ein bisschen, wenn's dir konveniert!«

»Très bien!«, antwortete der Baron, dem im Augenblick nichts Gescheiteres einfiel. Damit war die Meditation hoch zu Ross beendet und ging in eine leichte Verstimmung über. Denn der gute Franciscus Borowicz war ein ausgesuchter Trottel, dem er normalerweise aus dem Weg ging. Darüber hinaus war der Franci ihm immer dann begegnet, wenn ein gröberes Unglück geschehen war oder ein solches unmittelbar bevorstand. Borowicz war ein Unglücksbote – so wie eine schwarze Katze, die einem über den Weg läuft. Leider waren die Familien beider Herren miteinander verwandt, und deshalb hielt Aloysius' Mutter regelmäßig Kontakt mit der Gräfin Borowicz. Dadurch waren der Loysi und der Franci seit frühesten Kindheitstagen immer wieder aufeinandergetroffen, hatten oft miteinander gespielt, sich noch öfter geprügelt – kurzum, sie kannten einander gut. Und nun war es einfach eine Frage der Höflichkeit und des Anstandes, dass er nach seinem Ausritt auf einen Kaffee in der Meierei Krieau – einem sehr beliebten Kaffeehaus im Prater – vorbeischauen musste.

Eine Dreiviertelstunde später betrat er den Gastgarten der Meierei. Franciscus Borowicz hatte bereits eine Melange und ein mürbes Kipferl mit Butter und Marillenmarmelade* zu sich genommen. Die beiden begrüßten einander mit gelangweilter Nachlässigkeit, und Schönthal-Schrattenbach ließ sich auf einen der harten Gartensessel fallen.

»Ich sehe, du hast schon gefrühstückt …«, bemerkte er in tadelndem Ton.

»Na geh … Ich hab eh eine Viertelstunde auf dich gewartet, Loysi. Aber dann ist mir fad geworden, und ich hab halt aus Lust an der Freud' ein Marmeladekipferl gegessen.«

Als der Ober kam, orderte Borowicz ein Seiterl** Bier, Schönthal-Schrattenbach schloss sich dieser Bestellung an und ergänzte sie um ein Züngerl mit Kren***.

»Na, Loysi, du bist heute ordentlich bei Appetit … Weißt, zum Frühstück mag ich für meinen Teil noch nichts so etwas Ernstes essen. Erst zu Mittag dann …«

»Das Reiten in der Früh macht mir immer Appetit. Und was dich betrifft, so weiß ich noch von unseren Ferien im Salzkammergut, dass du ein Süßer bist. Erin-

---

* Aprikosenkonfitüre

** Kleines Bier

*** Meerrettich

nerst dich? Ich hab schon als kleiner Bub in der Früh immer nach Pasteten und Würsten verlangt, während du und die ganzen Weibsbilder immer nur Brioches und Marmelade bestellt haben.«

»Ja, ja, Loysi … Die goldene Kindheit. Das war noch was …«

»Na, so golden war sie auch wieder nicht. Wenn ich daran denke, dass wir die einzigen Buben in unserer gesamten Verwandtschaft waren und wir immer mit den Mädeln spielen mussten, dann überkommt mich heut noch das Grausen.«

»Die Mädeln mochtest du damals überhaupt nicht. Und heute hast du einen geradezu fantastischen Ruf als Charmeur und Weiberheld. Chapeau! Kompliment …«

»Na, in dieser Hinsicht stehst du mir ja um nix nach, mein Lieber! Du verdrehst halt lieber den kleinen Mädeln den Kopf – egal ob sie aus unseren Kreisen stammen oder Bürgerliche sind. Und bei jungen, weiblichen Dienstboten lässt du ja auch nichts anbrennen, habe ich gehört …«

»Also so, wie du das sagst, ist es auch wieder nicht. Ich dränge mich den Mädeln nie auf. Aber was kann ich dafür, dass sie mich alle mögen?«

»Na geh, du Armer, du könntest einem fast leidtun«, mit diesen Worten hob Schönthal-Schrattenbach sein Glas und trank es leer. Er rülpste halblaut, murmelte »Pardon« und rief dem vorbeigehenden Ober nach: »Bringen Sie mir noch ein Seiterl, Herr Ober. Aber dalli, wenn ich bitten darf!«

Und zu dem Grafen gewandt, bemerkte er in raunzendem Tonfall: »Der Ober schleicht durch die Gegend, als wenn er eine Fußkrankheit hätte. Eine Schande ist das!«

Borowicz, dem diese Bemerkung unangenehm war, wechselte das Thema: »Sag, weil wir gerade von der Damenwelt gesprochen haben ... Warum bekommt man deine Cousine Minerl in letzter Zeit kaum zu Gesicht? Was ist denn los mit ihr?«

Der Baron zog die rechte Augenbraue hoch und erwiderte kühl: »Seit wann interessierst du dich für die Minerl?«

»Man wird ja noch fragen dürfen. Außerdem kursieren so komische Gerüchte bezüglich ihrer Person ...«

»Was für Gerüchte?«

»Na, zum Beispiel, dass sie eine Amour fou hat ... die Minerl.«

»Also ich für meinen Teil kann dir nur Folgendes sagen: Meine Cousine, die Gräfin von Hainisch-Hinterberg, wohnt auf Einladung meiner Frau Mama seit circa einem Jahr bei uns im Haus. Dieser Umstand konveniert mir zwar nicht, aber ich bin leider nicht imstande, dies zu ändern. Weiters entwickelt dieses Weibsstück, das leider meine Cousine ist, ein äußerst mysteriöses Eigenleben, für das ich mich aber nicht interessiere und das mir, salopp ausgedrückt powidl* ist.«

»Du brauchst dich ja nicht gleich zu echauffieren,

* Gleichgültig

Loysi. Du kennst doch die Frauenzimmer. Die machen doch immer nur das, was sie wollen.«

»Schon, schon … Nur dass sie heute Nacht überhaupt nicht nach Hause gekommen ist, ist schon starker Tobak. Weißt du, wie sich meine arme Frau Mama heute früh aufgeregt hat? Ganz weiß war sie im Gesicht und nach Luft hat sie geschnappt. Ich hab sie, bevor ich reiten gegangen bin, nur mit allergrößter Mühe und mit mehreren Löffeln Baldrian beruhigen können.«

Mittlerweile hatte der Ober dem Baron das zweite Seiterl sowie das Züngerl mit Kren gebracht. Schweigend verschlang er sein Déjeuner. Der Graf fingerte indessen eine goldene Tabatiere aus der Westentasche, entnahm ihr eine Zigarette und fragte den Baron, ob er rauchen dürfe, was dieser gestattete. Borowicz blies wohlgeformte Ringe in die vormittägliche Luft und bemerkte schließlich en passant: »Sag, stimmt das, dass die Minerl eine Mesalliance mit einem Faktotum vom Naschmarkt hat?«

Nach einem kurzen Schweigen antwortete der Baron: »Lieber Franci, wenn du damit andeuten willst, dass so etwas Undenkbares in meiner Familie denkbar wäre, dann täte mich das sehr kränken …«

Borowicz sah, dass ihn sein Gegenüber wie ein waidwund geschossenes Tier anblickte, und ihm wurde bewusst, voll ins Fettnäpfchen getreten zu sein. Es folgte eine unangenehme Stille. Franciscus Graf Borowicz rauchte seine Zigarette fertig und ignorierte dabei geflissentlich den beleidigten Gesichtsausdruck Schönthal-Schrattenbachs. Danach zahlte er, verabschiedete sich mit knappen Worten und fuhr mit einem Fiaker davon.

II/2.

Über dem Wiental lag ein Summen. Ein auf- und abschwellendes Geräusch, das sich aus vielen aufgeregten Stimmen zusammensetzte. Hier am Naschmarkt, der sich von dem begrünten Areal vor dem Freihaus in den unteren Teil der Wiedner Hauptstraße einerseits sowie auf den überbauten Wienfluss andererseits erstreckte, erklang eine Polyfonie der Stimmen und Sprachen. Wie auf jedem Markt, so wurde auch hier gehandelt, gefeilscht, gezetert, geflucht, gustiert, Schmäh geführt*, politisiert, getratscht, geschrien und gelacht. Dies geschah nicht nur im Wienerischen Zungenschlag, sondern in den vielfältigen Dialekten Cis- und Transleithaniens**, in Tschechisch, Slowakisch, Ungarisch, Kroatisch sowie im halben Dutzend der anderen Sprachen, die im Staatsgebiet der Doppelmonarchie gesprochen wurden. Abgerundet und gleichsam gewürzt wurde diese babylonische Sprachen-

* Schalkhaftes Plaudern

** Österreichische und ungarische Reichshälfte

flut von einer Prise Jiddisch. Im Gegensatz zu anderen Tagen hatte das Summen heute Vormittag eine ganz eigene Frequenz und Tonlage. Denn zu all den üblichen Tönen mischte sich – einem überall einsickernden Brei gleich – eine Unzahl von Gerüchten, die den Mädchenmord der vergangenen Nacht betrafen. Leo Goldblatt, der sich dem Summen von seiner Wohnung am Getreidemarkt aus näherte, erfasste eine merkwürdig fiebrige Stimmung. Sei es nun, dass die Marktweiber unter ihren Kopftüchern aufgeregter schnatterten als sonst, oder dass sich heute einfach mehr Menschen durch das Marktgetümmel drängten. Goldblatt tauchte in die wogende Menge ein, schnappte gierig Sätze auf und nahm sie geistig ad notam, um sie später in einen Artikel zu gießen. Er grüßte Bekannte, mischte sich selbst in Gespräche ein und zückte schließlich Block und Bleistift (das geistige Notieren klappte nicht so ganz ...). Mit fliegenden Fingern machte er sich Notizen bezüglich all der Vermutungen, Tratschereien, Theorien und Hypothesen, die kursierten. Als er sich, eilig kritzelnd, durch die Menge drängte, stieß er – wie ein Schiff auf einen Eisberg – mit einer enormen Masse Mensch zusammen. Der Aufprall war so heftig, dass es die spindeldürre Gestalt Goldblatts fast umgerissen hätte. Eine kräftige Hand bewahrte aber den Redakteur vor einem Sturz.

»Um Gottes willen, Goldblatt! Können S' nicht aufpassen?«, brummte eine dem Redakteur wohlbekannte Stimme. Er fand wieder Halt, rückte seine verrutschte

Brille zurecht und sah vor sich die imposante Statur Joseph Maria Nechybas.

»Nechyba! Sie haben mich fast über den Haufen gerannt … Darauf brauchen Sie sich aber nichts einbilden, schließlich passe ich fast zweimal in Ihr Gewand. So einen wie mich niederzuwalzen, ist keine Kunst.«

»Na, na … Ich verbitte mir plumpe Vertraulichkeiten. Ich kann ja auch nix dafür, dass ich im Gegensatz zu Ihnen ein g'standenes* Mannsbild bin. Mit Ihrer Figur können Sie halt nur hinter dem Schreibtisch Papierln bändigen, während ich hier im rauen Leben für Recht und Ordnung sorge. Da! Schauen Sie sich um, wie es hier zugeht …«

Nechyba deutete auf einen Durchgang zwischen den Marktständen, in dem es zu Handgreiflichkeiten zwischen einem kräftigen Kerl und einem Dienstmädchen gekommen war. Der Grobian hatte das Mädel an ihren langen blonden Haaren gepackt und schlug ihren Kopf gegen eine Mauer. Das Mädchen trat wie wild um sich und stieß dabei schrille Schmerzens- und Wutschreie aus. Prompt bildete sich eine Menschentraube von Neugierigen und Gaffern, die entweder das Mädchen oder den Kerl, der ein blutbespritztes Fleischhauergewand trug, anfeuerte.

»Wollen Sie nicht eingreifen, Nechyba? Der schlägt dem Mädel ja noch den Schädel ein.«

»Wenn er das tut, Goldblatt, dann hab ich ihn beim

---

* kräftiges

Schlafittchen«, brummte Nechyba. »Aber bis dahin lass ich ihn in Frieden.«

»Ah, Sie sind also auch so einer, der meint, dass Frauen den Männern untertan sein sollten! Und dass Mannsbilder Frauen nach Belieben misshandeln dürfen ...«

»Reden S' keinen Blödsinn! Aber zufälligerweise ist der Kerl da mein Lieblingsfleischhauer. Der legt mir immer die besten Stückerln auf die Seite. Deswegen mach ich eine Ausnahme und drücke beide Augen zu. Sonst würde ich ihn eh verhaften ... Schöberl heißt er. Ein grobes Mistvieh. Der bedrängt und misshandelt in einem fort irgendwelche Mädeln.«

»Nechyba! Sie haben ein monomanisches Denken. Bei Ihnen dreht sich wirklich alles nur ums Essen.«

»Weil Sie gerade davon reden: Ich hab einen Bärenhunger. Kommen S', Goldblatt! Gehen wir in ein Beisl. Ich hab jetzt einen kolossalen Appetit auf ein ordentliches Bruckfleisch*. Schließlich hab ich heute Nacht mit meiner Gruppe Bereitschaft in der Polizeidirektion gehabt ... Um halb vier in der Früh wurde ich aus dem besten Nachtdienstschlaf gerissen. Wegen des vermaledeiten Mordes da ... Und nachher hab ich mich den ganzen Morgen um die Leiche und den möglichen Tathergang kümmern müssen. Kommen S', Goldblatt, gehen wir was essen! Da erzähl ich Ihnen alles, was es bisher über den Mord zum Erzählen gibt.«

Die Gelegenheit, Informationen aus erster Hand zu ergattern, ließ sich Goldblatt natürlich nicht entgehen.

* Ragout aus Rinderinnereien (Milz, Bries, Leber, Herz, Lunge ...)

In diesem Fall war seine berufliche Neugierde stärker als sein Mitleid mit dem misshandelten Weibsbild. Und während die beiden Männer zu einem nahen Beisl spazierten, wurde die hässliche Szene beim Gemüsestand abrupt beendet. Der k. k. Polizeiagent Pospischil, der Mordzeugen zu eruieren trachtete, mischte sich in die Rauferei ein. Mit einem Schlagring bewaffnet, streckte er den Fleischergesellen Schöberl nieder. Durch einen wuchtigen Schlag auf den Hinterkopf. Danach packte er ihn beim Kragen, zog ihn vom Boden auf und führte ihn unter dem beifälligen Gemurmel der Zuschauer ab. Währenddessen wurde Joseph Maria Nechyba ein dampfendes Bruckfleisch mit einem kanonenkugelgroßen Semmelknödel serviert. Ohne aufzublicken und ohne konversationsbedingte Unterbrechungen verzehrte er es. Schließlich lehnte er sich zufrieden zurück, putzte den Schnurrbart in bekannter Art und Weise und zündete sich eine Zigarre an. Nun berichtete er dem Redakteur, dass die Tote noch nicht identifiziert sei, dass niemand von den Standlern und Fratschlerinnen sie kenne, er im Moment keinerlei Anhaltspunkte habe und die Polizei die Wiener Bevölkerung bitte, allfällige Beobachtungen respektive sachdienliche Hinweise umgehend beim nächsten Kommissariat zu melden.

III/2.

»Staaarrrrni! Staaarrrrni? Staaarrrrni!«

Träge hob Stanislaus Gotthelf das rechte Augenlid. Sonnenlicht sickerte in den Raum. Wieder und wieder erklang: »Staaarrrrni!« Die gekreischte Verunstaltung seines Namens schmerzte ihn heute noch mehr als sonst. Er hatte einen dröhnenden Schädel, der sich groß und hohl wie ein Briefkasten anfühlte. Und in diesem Hohlraum dröhnte in einem fort: »Staaarrrrni!«

Mit Mühe zog er den Kopfpolster unter seinem Briefkastenhaupt hervor und schleuderte ihn auf den Schreihals. Dieser quittierte die Attacke mit heftigem Flügelgeflatter, irrem Gezeter sowie einem »Geh scheißen, Staaarrrrni!«.

Damit kehrte endlich Ruhe ein, und Gotthelf versank für eine weitere Stunde in einen unruhigen Schlaf. Er träumte von seiner Mutter. Eine Fratschlerin, die berühmt-berüchtigt für ihr ordinäres Mundwerk war. Berühmt vor allem deshalb, weil sie als kräftige und energische Frau durchaus imstande war, ihren Mann zu stehen. Die Naschmarkt-Sopherl war wahrscheinlich nur einmal in ihrem Leben schwach geworden, und als Folge dieses Ausrutschers hatte sie ein Kind bekommen. Dieses Kind – sie nannte es den Pamperletsch – wuchs mehr schlecht als recht auf. Von Kleinkindesalter an hieß es früh aufstehen und beim Einkaufen der Ware sowie bei der Arbeit am Markt helfen.

Denn der Pamperletsch war viele Jahre lang das beste Verkaufsargument seiner Mutter.

»Ist er nicht lieb, der Kleine? Und hungrig ist er … Ich sag Ihnen, der frisst mir noch die Haare vom Schädel. Gnädige Frau, kaufen Sie mir doch ein Suppengrün und den herrlichen Schnittlauch ab! Das kostet nicht viel und hilft mir, den Pamperletsch zu füttern …«

Diese Lüge störte den kleinen Stani nicht weiter. Schlimm war aber, dass er ständig Lumpen anziehen musste, die bei den miesesten Altkleiderhändlern der Stadt erstanden worden waren. Diese Schäbigkeit diente dazu, Mitleid bei den Köchinnen und gnädigen Frauen, die am Markt einkaufen gingen, zu erregen. Das Mitleidheischen führte unter anderem dazu, dass manche der Damen ihm einen Heller zusteckten, damit er sich eine Zuckerstange kaufen konnte. Diese Zuwendung liebte der Stani. Denn nichts beflügelte seine Fantasie mehr als die Düfte der Damen, die er gierig einatmete, wenn sie sich flüchtig zu ihm herabbeugten. Solche wunderbar duftenden Wahrnehmungen waren für ihn ein Eintauchen in eine andere, schönere Welt. Eine Welt der Weiblichkeit, der Wollust und des Wohlstands.

Seine Mutter nahm ihm übrigens jeden Heller sofort ab, sobald die Wohltäterin außer Sichtweite war. Dies hatte er sich mit zunehmendem Alter immer unwilliger gefallen lassen. Als knapp Zehnjähriger machte er dann um zwei Heller eine eiserne Faust, und als seine Mutter nach einer kurzen Rauferei die Faust geöffnet hatte, biss er sie voll Wut in die Hand. Die Naschmarkt-Sopherl machte einen Schmerzensschrei, ließ darauf alle ihre am Körper hängenden Körbe mit Gemüse fallen und packte ihn mit der unverletzten Hand am Schlafittchen. Dann zog sie dem um sich tretenden und wie ein Ferkel quietschenden Pamperletsch vor allen Leuten die Hose herunter und versohlte seinen Hintern, bis dieser so glühend rot war wie die Bisswunde an ihrer Hand.

Ab diesem Zeitpunkt durfte er die milden Gaben der schönen Frauen zwar behalten, zu seinem Bedauern versiegten sie jedoch in zunehmendem Maße, da er allmählich kein kleines Kind mehr war, sondern sich zu einem langen Lulatsch* auswuchs. Nun musste er bei seiner Mutter noch härter arbeiten, ihr schwere Sachen schleppen helfen sowie zahlreiche Besorgungsgänge machen. Schließlich wurden für ihn Tragkörbe angeschafft, mit denen auch er Gemüse verkaufte. Für die Schule blieb während all dieser Jahre keine Zeit. Gotthelf schaffte es trotzdem, das Lesen einigermaßen zu erlernen, seine Schreibkünste beschränkten sich allerdings auf das Schreiben des eigenen Namens. Als einmal ein Schulinspector höchstpersönlich zu seiner Mutter kam, legte sie dermaßen mit üblen Beschimpfungen los, dass es dem Mann die Sprache verschlug. Unverrichteter Dinge zog er aus der feuchten Wohnung im zweiten Hof

---

* langer, schlaksiger Kerl

links hinter der Handschuhmanufaktur wieder ab. Und der Stani musste weiterhin nicht die Schulbank drücken.

Ein Brennen im Magen weckte Gotthelf. Sein Mund war trocken, die Zunge pelzig. Wasser, war sein einziger Gedanke. Trotzdem blieb er regungslos liegen, sein Körper war schwer wie Blei. Er brachte nicht genug Willenskraft auf, sich einen Ruck zu geben und aufzustehen. Das Gegenteil war der Fall: Je länger er in diesem halbwachen, von Durst gepeinigten Zustand verharrte, desto unmöglicher erschien es ihm, aufzustehen und den ersehnten Schluck Wasser zu trinken. Nach einiger Zeit mobilisierte er schließlich all seine Willenskraft, spannte die Muskeln an und setzte sich ruckartig auf. Dies hatte zur Folge, dass sein in Mitleidenschaft gezogener Kreislauf aussetzte und ihm schwarz vor Augen wurde. Glücklicherweise konnte er sich am Betthaupt festhalten. Zutiefst bereute er, dass er gestern Abend, nach dem neuerlichen Nichterscheinen seiner Geliebten, mit der Oprschalek geschnaxelt* und sich danach dem Suff hingegeben hatte.

Als er eine Stunde später bleich und übel riechend in die Specerei und Consumwaren Handlung der Lotte Landerl taumelte, rief die Greislerin voll Entsetzen: »Jessasmarandjosef! Wie siehst denn du aus, Stani?«

Gotthelf suchte Halt an dem Bedienungspult, überbrückte ein kurzes Kreislauftief und tastete sich dann an

* Geschlechtsverkehr ausüben

dem Pult entlang zum Durchgang in das private Hinterzimmer des Ladens. Dort ließ er sich mit einem Seufzer der Erleichterung auf das Kanapee des Hausherrn fallen, wohl wissend, dass dieser wieder beim Branntweiner weilte. Toni, der Papagei, hatte sich die ganze Zeit über tapfer an der Schulter seines Herren festgekrallt. Als dieser sich fallen ließ, schrie er kreischend auf und flatterte auf die Lehne des Kanapees. Die Greislerin trat besorgt an Gotthelfs Seite, legte ihm die Hand auf die Stirne und seufzte: »Mein Gott, Stani … Was ist dir denn über die Leber gelaufen, dass du dich so angesoffen hast? Du siehst ja heute gerade so aus, wie mein Alter alle Tage ausschaut.«

Der Stani genoss die liebevolle Zuwendung und antwortete vorerst nicht. Schließlich raunzte er mit gebrochener Stimme: »Weißt du, Lotte, das Leben ist ein Hund. Und weil es so hundsmiserabel ist, das Leben, muss man manchmal den Aggregatzustand wechseln. Von fest auf flüssig …«

»Zum Kuckuck, Stani! Mir scheint, dass du dich gestern um deinen Verstand gesoffen hast. Was hat so ein Mensch wie du sich in einem Agrarzustand zu befinden? Und den dann auch noch zu wechseln?«

»Aggregatzustand, Lotte! Das ist, ob man fest, flüssig oder gasförmig ist … Das hab ich im Konversationslexikon, das was im Café Sperl aufliegt, gelesen. Und gestern hab ich mich mittels Zufuhr ungeheurer Mengen Alkohols verflüssigen wollen … vor lauter Kummer. Verstehst?«

»Und am nächsten Morgen geht es dir dann noch schlechter. Du bist mir ein schöner Depp …«

»Tu nicht schimpfen, Lotte«, stöhnte er, nahm ihre Hand und küsste sie.

»Weißt du, da du mich so selten erhörst, weil du ja im Grunde deiner Seele trotz allem deinen Alten lieb hast, muss ich mich halt auch anderweitig orientieren …«

Die Greislerin entzog ihm die Hand mit einem Ruck.

»Und weil die betreffende Dame zum Rendezvous einfach nicht erschienen ist, hab ich mich ansaufen müssen.«

»Ihr Männer seid alle Gauner!«, stellte die Landerl fest. Sie ging zu dem kleinen Gasrechaud im Zimmer und kochte dem Stani einen Kaffee. Dabei räsonierte sie: »Wir Weiber sind immer die Dummen. Wir werden belogen, betrogen, geprügelt, verraten, versetzt und am Ende vielleicht auch noch umgebracht …«

»Was redest du denn da zusammen? Ich kenne keinen Mann, der eine Frau umbringen täte. Und dein Alter schon gar nicht. Der ist nur oft besoffen, aber sonst ist er ein ganz lieber Mensch.«

»Von dem rede ich nicht. Ich rede von dem Wahnsinnigen, der gestern Nacht ein Mädel am Naschmarkt erwürgt hat.«

»Was?«

»Na, ein Mädel ist stranguliert worden …«

»Um Gottes willen! Hoffentlich war das nicht die Minerl!«

Nach dem ersten Schreck begann Gotthelf laut zu überlegen: »Andererseits ist die Minerl ja kein Mädel. Die ist eine gnädige Frau, eine Hochwohlgeborene. Also kann sie nicht das bedauernswerte Opfer sein.«

»Ah, da schau her! Der Herr Gotthelf hat sich eine Dame aus den besseren Kreisen angelacht. Eine Hochwohlgeborene, eine Adelige. Anscheinend ist eine einfache Frau wie ich ihm nicht mehr gut genug. Na wenn das so ist, dann braucht der Herr Gotthelf ja auch nicht mehr den Kaffee von der Greislerin trinken. Dann kann er ja seinen Kater woanders auskurieren.«

Mit diesen Worten drehte sie den Rechaud ab, zerrte Gotthelf vom Kanapee und setzte ihn an die frische Luft. Diese schoss kräftig in seinen Körper ein, Sauerstoff belebte die Gehirnzellen. Nüchternheit stellte sich ein, und mit ihr die Erkenntnis, dass er gerade einen Riesenblödsinn begangen hatte. Noch einmal wurde die Tür der Greislerei aufgerissen. Die Landerl hatte Toni auf der Hand, der vor Aufregung kreischte und wild flatterte. Mit einem energischen Ruck warf sie den Papagei in die Luft, machte auf dem Absatz kehrt und schlug die Tür hinter sich zu. Flügelschlagend steuerte Toni auf seinen Herren zu, der ihn, so gut es ging, auffing und ihn auf die Schulter setzte. Wofür sich der Vogel mit einem »Geh scheißen!« bedankte.

IV/2.

»Frau Aurelia, Frau Aurelia!« Atemlos stürzte Mizzi in die Küche der Schmerda'schen Wohnung. »Stellen Sie sich vor, heute Nacht ist am Naschmarkt ein Mädel erwürgt worden. Zwischen den alten und den neuen Ständen, dort wo das ganze Klumpert* zum Bauen herumliegt. Ihre Zunge soll so wie die von einer Kuh gewesen sein … ganz lang ist sie ihr aus dem Mund herausgehangen. Und violett und dick soll sie auch gewesen sein, die Zunge. Ihr Gesicht war vor lauter Schrecken verzerrt, mit Augäpfeln, die aus den Augenhöhlen herausgesprungen sind. In der Hand hat das Mädel einen Rosenkranz so fest gehalten, dass das Blut gespritzt ist. Und vor lauter Angst soll sie sich noch in die Hose gemacht haben, groß und klein, das soll man an den Flecken im Kleid gesehen haben. Und …«

Weiter ließ die Köchin das Dienstmädel nicht reden. Sie nahm die Kleine in die Arme, wo diese vor Aufregung und Angst hemmungslos zu weinen begann.

»Ist ja schon gut, Kinderl …«, tröstete sie die Mizzi. »Ist ja schon gut. Du musst nicht jeden Unsinn glauben, den die Leute am Markt erzählen. Ich bin sicher, dass die wenigsten die Leiche wirklich gesehen haben. Die meisten haben einfach nur davon gehört und sich ihren eigenen Reim darauf gemacht. Und wenn das viele Leute tun, dann kommt am Ende ein ganz graus-

---

* wertloses Zeug

liches Schauermärchen heraus, das mit der Wahrheit überhaupt nix mehr zu tun hat …«

Die Köchin kontrollierte den Einkaufskorb, den die Mizzi mitgebracht hatte. Es fehlten einige Sachen, die die Mizzi in ihrer Aufregung vergessen hatte. Da das Mädel sowieso schon ziemlich hysterisch war, machte ihr die Litzelsbergerin keine Vorwürfe und haute ihr auch keine runter. Sie überlegte vielmehr, was sie mit den nicht ganz kompletten Einkäufen zubereiten könne. Ursprünglich wollte sie eine Selleriepüree-Suppe sowie einen Kalbsbraten mit gefüllten Kohlrüben und Reis kochen. Doch die Mizzi hatte in ihrer Verwirrung keinen Braten, sondern einen Schlögel vom Kalb gebracht. Die Kohlrüben sowie die für die Fülle notwendigen Champignons und das Rauchfleisch hatte sie völlig vergessen. Der Sellerie war – Gott sei Dank – im Einkaufskorb. Topfen*, Butter, Eier sowie eine Zitrone hatte das Mädel gebracht, sodass die Nachspeise – eine Topfenschnitte – nicht gefährdet war.

»Als dann! Fangen wir mit dem Kochen an! Es hilft ja alles nichts, um 1 Uhr setzt sich der gnädige Herr an den Tisch, und wir müssen ihm ein anständiges Mittagessen servieren. Hol den Speck aus der Speisekammer, nimm die Spicknadel und fang das Kalbfleisch zu spicken an. Statt des Kalbsbratens gibt es halt ein Fricandeau mit gedünstetem Reis.«

Und während die Mizzi sich bei der Küchenarbeit allmählich beruhigte, überlegt die Litzelsbergerin, wie

---

* Quark

viel Wahrheit wohl in dem Bericht des Dienstmädels enthalten war. War tatsächlich am Naschmarkt ein Mord passiert? Aber warum? Von wem? Und vor allem an wem? Wer konnte so etwas Schreckliches tun? In Gedanken versunken, sprach sie die letzte Frage halblaut aus. Die Mizzi, die gerade wieder heulte, weil sie für den gedünsteten Reis die Zwiebel schnitt, antwortete, ohne in der Arbeit innezuhalten: »Da wüsste ich schon wen, der dazu imstande wäre …«

»Mizzi, was sagst denn da?«

»Na, weil es wahr ist! Weil, dieser Fleischhauergeselle, der Anastasius Schöberl, das ist ein ganz ein Schlimmer. Vor dem haben alle Dienstmädeln Angst. Weil er uns immer auflauert. Und uns in dunkle Ecken oder Gänge zerrt und uns dort dann an den Busen und unter den Rock greift.«

»Aber deswegen bringt der doch keine um!«, tadelte die Köchin.

»Haben Sie eine Ahnung, Frau Aurelia. Das ist ein ganz ein gemeiner Kerl! Erst heute früh hat er sich die blonde Dorothea, die was beim Grafen Kinsky im Dienst ist, geschnappt und dann, weil sie sich gewehrt hat, hat er sie bei den Haaren gepackt und sie in einem fort gegen die Mauer geschlagen. Zum Glück ist ein Polizeiagent kommen, der was den Schöberl überwältigt und abgeführt hat.«

»Mein Gott, Kind! Was ist denn das für eine Zeit, in der wir leben? Zu mir war der Schöberl immer freundlich und zuvorkommend, wenn ich bei ihm eingekauft hab. Ein richtiger Charmeur ist das … Und jetzt erfährt man solche Sachen … Bist du dir auch sicher, dass du ihn nicht verwechselst?«

»Ganz sicher, Frau Aurelia. Weil mir ist er ja auch schon auf der offenen Gassen nachgestiegen. Die Bestie. Und dann hat er mich so angefasst, wie es der junge Herr Alphonse hin und wieder tut. Und weil ich laut geschrien hab, ist eine Kutsche stehen geblieben, ein feiner Herr ist herausgesprungen und hat dem Schöberl einen Fußtritt versetzt und ihm gedroht, dass er ihn von seinem Kutscher mit der Reitpeitsche schlagen lässt, wenn er sich nicht sofort schleicht. Der feine Herr war der Graf Borowicz, der hat mich dann ganz lieb getröstet und in der Kutsche heimgeführt. Nachher hat er mir sogar noch eine Krone gegeben …«

»Eine Krone hat er dir gegeben? Für was denn?«, fragte die Litzelsbergerin streng.

Mizzi wurde rot und stotterte: »Na ja … er hat mir beim Ordnen, beim Ordnen der Kleider geholfen … Und nachgeschaut hat er auch … ob mir der Schöberl nichts verletzt hat. Weil … weil der Herr Graf studiert Medizin und versteht was davon. Deshalb war ich auch froh, dass er mich in der Droschke untersucht hat … Ganz schlanke, elegante Hände hat er gehabt, der Herr Graf, und wunderbar nach Eau de Lavande hat er gerochen. Ganz, ganz lieb war er zu mir …«

Die Köchin goss den Saft des gespickten Kalbsschlögels* mit Wasser auf und stellte die Kasserolle auf eine

* Nachdem sie ihn zuerst in der Kasserolle in Butter rasch auf beiden Seiten goldgelb angebraten hatte.

mild beheizte Stelle der Herdplatte. Dort musste das Fricandeau nun langsam dünsten. Inzwischen ließ sie in einer Pfanne die Zwiebel in Butter anbraten, gab den ausgeklaubten und mit einem sauberen Tuch abgeriebenen Reis sowie Wasser und Salz hinzu. Danach begann sie, die Selleriesuppe zuzubereiten. Die Topfenschnitte war bereits im Rohr. Zu Mizzis Enthüllungen sagte sie keinen Ton, da sich sowieso jeder Kommentar erübrigte. Was immer in der Droschke des Grafen geschehen war, war geschehen. Und da Mizzi dabei augenscheinlich keinen seelischen Schaden erlitten hatte, ließ die Köchin die Geschichte auf sich beruhen. Keine Ruhe ließ ihr aber dieser Mord. Der stachelte ihre Neugierde an. Um Näheres zu erfahren, beschloss sie, nach dem Mittagessen persönlich auf den Markt zu gehen und sich dort umzuhören. So ein Kapitalverbrechen passierte schließlich nicht alle Tage. Und es wäre noch schöner, wenn sie nicht mehr und vor allem exaktere Details in Erfahrung bringen würde als ihr Dienstmädel.

V/2.

Stanislaus Gotthelf nahm seinen Morgenkaffee in einem kleinen Café in einer Seitengasse der Wiedner

Hauptstraße zu sich. Dort überlegte er die nächsten Schritte. Das quälende Gefühl, dass der Minerl etwas zugestoßen sein könnte, ließ ihn nicht mehr los. Was tun? Wo sich erkundigen? Sollte er es wagen und ihre Familie aufsuchen? Oder sollte er sich am Naschmarkt umhören? Letzteres schien ihm problemloser zu sein. Als er das Café verließ, sah er einen kräftigen Mann in der weißen, blutbespritzten Arbeitskleidung eines Fleischhauers, der von einem kleinen, dünnen Mann die Wiedner Hauptstraße stadtauswärts abgeführt wurde. Der Kleine trug die typische Polizeiagenten-Kleidung: Melone und einen dunklen Überzieher. Das brachte Gotthelf auf eine Idee. Am besten folgte er den beiden zum Kommissariat in der Fleischmanngasse 2, dort war vielleicht am ehesten etwas über die Identität des ermordeten Mädels in Erfahrung zu bringen. Und wie er ihnen die Wiedner Hauptstraße stadtauswärts nachging, fiel ihm das grantige Gesicht des Polizeiagenten auf. Na bumm, dachte sich Gotthelf, so wie der dreinschaut, wird er den Fleischhauer hauen wie einen Hund.

Mit dieser Beobachtung traf der Planetenverkäufer ins Schwarze: Denn Pospischil hatte eine unglaubliche Wut im Bauch. Wenn er etwas nicht leiden konnte, dann war das,

a) wenn ein Subjekt (alle Menschen waren für ihn Subjekte!) öffentlichen Aufruhr verursachte und

b) wenn ein Subjekt es wagte, das staatliche Gewaltmonopol, das sich in dem Recht der Polizei manifestierte, Prügel auszuteilen, für sich selbst in Anspruch zu nehmen. Dieses Recht war – und darauf bildete sich Pospischil was ein – im sogenannten Prügelpatent* gesetzlich verankert. Was seinen Zorn weiter anstachelte, war die Tatsache, dass das blonde Mädel, das der Schöberl geschlagen hatte, ihm leidtat und er sich nun in der Rolle des Rächers sah.

Einige Zeit, nachdem der Polizeiagent mit dem Verhafteten im Eingang des Kommissariats verschwunden war, betrat nun Gotthelf das Wachzimmer; in gebührendem Respekt und mit entsprechender Unterwürfigkeit. Beim Eintreten nahm er artig seinen Hut in die Hand, grüßte laut und blieb sodann in der Mitte des Raumes in leicht gebückter Haltung stehen. Der diensthabende Sicherheitswachebeamte sah beim Eintreten Gotthelfs kurz auf, registrierte, dass dieser nicht den besseren Gesellschaftsschichten angehörte, und ließ den Mann mit dem Papagei auf der Schulter vorerst einmal warten. Mit Genuss und Konzentration setzte der Beamte die Tätigkeit fort, bei der er durch das Eintreten Gotthelfs unterbrochen worden war: Das Auslöffeln eines Menage-Reindels**, in dem sich eine nicht näher definierbare, gelblich-braune Flüssigkeit von pappiger Konsistenz befand. Es handelte sich dabei um Einbrennte Erdäpfeln, ein Armeleuteessen, das aus gekochten Erdäpfeln sowie einer dicken, mehligen Einbrenn bestand.

---

* Reichsgesetzblatt 96 vom 20. April 1854

** Verschließbarer Behälter für den Transport von Speisen

Endlich hatte der Sicherheitswachebeamte sein Mittagsmahl beendet. Nun wandte er sich dem geduldig in der Mitte des Wachzimmers verharrenden Gotthelf zu. Gönnerhaft fragte er: »Na, wartet er schon lange?«

Gotthelf räusperte sich und stotterte: »Nein, nein … ich bin gerade … bin erst hereingekommen. Ich hoffe, es hat dem Herrn Inspector geschmeckt?«

»Danke der Nachfrage. Also warum ist er hergekommen? Hat er was beobachtet? Will er was melden oder anzeigen?«

»Ich bitte um Entschuldigung, aber ich habe ein anderes Anliegen … Wenn ich es freundlicherweise vortragen dürfte?«

»Nun rede er schon!«

»Also gestern Nacht … ist eine Frauensperson am Naschmarkt zu Tode gekommen. Und es könnt' möglicherweise sein, dass ich sie gekannt habe. Deshalb wüsst' ich gern ein bisserl was über die Leiche …«

Während Gotthelf solchermaßen herumstotterte, waren aus dem hofseitigen Verhörzimmer Schläge und Schreie sowie ein schrilles Wimmern, das plötzlich erstarb, zu hören.

»Da schau her … haben wir da vielleicht einen Zeugen der Mordtat?«

»Um Gottes willen, nein, Herr Inspector! Wie ich schon gesagt hab: Ich interessiere mich nur für die Person, weil ich sie vielleicht gekannt haben könnte …«

»Also als Erstes: Legitimiere er sich! Ohne dass hier seine Personalien aufgenommen werden, gibt es überhaupt keine Auskünfte. Und zweitens: Im Verhörzimmer hinten wird sowieso gerade ein Verdächtiger in dieser Causa einvernommen. Wenn wir mit dem fertig sind, können wir mit ihm gleich weitermachen.«

»Bitt schön, Herr Inspector«, jammerte Gotthelf, »hier sind meine Papiere, die mich berechtigen, Planeten – also Horoskope – zu verkaufen. Da stehen auch mein Name und meine Wohnadresse drauf. Bitt schön, Herr Inspektor, schauen Sie sich alles in Ruhe an, fragen Sie mich, was Sie wollen, nur führen Sie mich nicht in das Zimmer dort …«

Der Sicherheitswachebeamte deutete Gotthelf, näher zu treten, nahm den Gewerbeschein, hielt Gotthelfs Daten schriftlich fest, gab ihm sodann den Schein zurück und fragte nun in väterlichem Ton: »Na, Gotthelf, was willst denn wissen?«

»Wie ich schon gesagt habe: Mich täte brennend interessieren, wer die Person war, die gestern am Naschmarkt ums Leben gekommen ist.«

»Also, Gotthelf, Genaues wissen wir auch noch nicht. Folgendes steht aber fest: Sie war jung, aus gutem Haus und ist mit einem Tuch erwürgt worden. Das ist im Moment alles. Und, was sagst du mir jetzt?«

Gotthelf gab sich innerlich einen Ruck, beherrschte sich eisern und antwortete: »Ah so … Weil, meine Bekannte, mit der ich seit einem Jahr zusammenwohne und die 35 Jahre alt ist, ist gestern Abend nicht heimgekommen. Aber wenn die Ermordete jung und aus gutem Haus ist, dann kann es meine Fini unmöglich gewesen sein.«

»Na dann ist ja alles in Ordnung …«, murmelte der Sicherheitswachemann. Gotthelf verbeugte sich, wünschte dem Beamten einen schönen Tag und verließ schleunigst das Kommissariat.

VI/2.

Schönthal-Schrattenbach konnte diese heißen Sommertage nicht ausstehen. Der freundliche, strahlend blaue Himmel stand in komplettem Gegensatz zu seiner Gemütsverfassung. Deshalb suchte er sich ein dunkles Eck im hintersten Winkel des Café Sperl. Dort schlürfte er seine Melange und betrachtete die restlichen Gäste. Eine Gefühlsregung, die bei ihm selten vorkam, gewann Oberhand. Er beneidete die anderen wegen ihres sorglosen, unbeschwerten Daseins. Ein Leben ohne Bürden, ohne Verpflichtungen und auch ohne diesen verdammten Ehrenkodex, der verlangte, dass man als Ehrenmann seine Spielschulden zu bezahlen hatte. Trübsinnig rührte er in seiner Melange, als plötzlich ein Mann vor seinem Tisch stand. Schönthal-Schrattenbach schreckte aus seinen Grübeleien auf und sah in das bärtige Antlitz eines Fauns. Beim näheren Hinschauen erkannte er, dass dieses Gesicht dem zurzeit wohl umstrittensten Maler Wiens, nämlich Gustav Klimt, gehörte. Der Maler räusperte sich und fragt höflich: »Verzeihen S', Herr Baron, wenn ich Sie beim Nachdenken stör, aber ich tät' gerne ein paar Worte mit Ihnen wechseln …«

»Mit mir? Das überrascht mich. Aber nehmen S' doch Platz, Herr Klimt. Hoffentlich wollen S' mit mir nicht über Kunst reden. Das wär' mir peinlich. Weil, davon versteh ich nix.«

»Um Gottes willen … Über Kunst red ich selber nie. Ich hab auch allen meinen Freunden und Kollegen verboten, sich in meiner Gegenwart über Kunst zu äußern. Über Kunst gibt's nix zu reden. Wer was über Bilder wissen will, der soll die Augen aufmachen und sie anschauen.«

»Und über was wollen S' dann mit mir plaudern?«

»Müssen Herr Baron, müssen. Es geht um Ihre Cousine, die Gräfin Hainisch-Hinterberg. Sie war vor über einem halben Jahr in meinem Atelier in der Josefstadt und hat ein Porträt bestellt. Dann hat sie mir ein paar Mal Modell gesessen, und plötzlich ist sie nimmer daher gekommen. Jetzt hab ich das halb fertige Bild im Atelier umadum* stehen … Außerdem hat s' auch die Anzahlung, die sie mir versprochen hat, nie geleistet. Ende der

* herum

Woche fahr ich auf Sommerfrische an den Attersee. Da bin ich dann zwei Monate. Drum wollt ich schaun, ob Sie mir vielleicht helfen können, eine Aussprache mit Ihrem Fräulein Cousine zu arrangieren.«

»Immer gibt's Umstände mit diesem Weibsbild …«, seufzte Schönthal-Schrattenbach. »Wenn Sie wüssten, was meine Cousine schon alles angestellt hat, seitdem sie in unsere Wohnung einzogen ist. Meine arme Frau Mama ist seitdem ganz grau geworden. So schöne blonde Haare hat s' früher gehabt …«

Klimt rutschte während der Unterhaltung unruhig auf seinem Sessel hin und her. Sein untersetzter, muskulöser Körper schien keine bequeme Sitzposition zu finden.

Als die Rede auf die Baronin Schönthal-Schrattenbach kam, wurde er noch unruhiger und sagte: »Mir geht es ähnlich wie Ihnen, Herr Baron. Ich leb mit meiner Mutter und meinen Schwestern in einem Haushalt. Mit den Weibsbildern hat man es als Mann nicht immer leicht …«

»Wem sagen Sie das! Aber um auf die Minerl, meine Cousine, zurückzukommen: Dass sie in den letzten Monaten nicht bei Ihnen Modell sitzen war, wundert mich nicht. Die hat im Moment ganz andere Flausen im Kopf. Aber dass sie Ihnen die Anzahlung schuldig geblieben ist, ist ein Skandal. Das bedauere ich zutiefst. Ich werde daheim mit meiner Frau Mama reden. Sie soll der Minerl sagen, dass sie Ihnen schleunigst das Geld zukommen lässt. Vielleicht geht sich das sogar bis zum Ende dieser Woche aus …«

Gustav Klimt sprang auf und schüttelte mit aufrichtiger Herzlichkeit Schönthal-Schrattenbachs Hand. Dieser zuckte aufgrund des kräftigen Händedrucks zusammen, verzog aber keine Miene.

»Herr Baron, das ist zu gütigst. Wenn Sie das wirklich für mich tun wollen. Ich hoffe, dass sich das alles in Wohlgefallen auflöst. Und dass Sie vielleicht schon zu Weihnachten das fertige Porträt Ihrer Cousine bewundern können. Herr Baron, ich empfehle mich. Wünsche noch einen angenehmen Tag.«

Damit eilte Gustav Klimt davon. Nicht ohne beim Verlassen des Cafés seinen Kollegen am Künstlertisch zuzuwinken.

Schönthal-Schrattenbach aber knurrte vor sich hin: »Die Minerl … diese Kanaille …«

VII/2.

Joseph Maria Nechyba schlenderte wohl gesättigt über den Naschmarkt. Eigentlich hatte er Lust auf ein nachmittägliches Schläfchen. Die Sonne brannte erbarmungslos auf seinen Buckel, und er schwitzte heftig. Das vormittägliche Menschengewühl hatte sich in gähnende Leere verwandelt. Viele, vor allem von auswärts kommende bäuerliche Anbieter hatten ihre Siebensachen gepackt und sich auf den Heimweg gemacht. Einige harrten in der Hitze aus, dösten vor sich hin und sonderten dabei deftige Ausdünstungen ab. An Gerüchen herrschte wahrlich kein Mangel: reifes, überreifes und bereits faulendes Obst, Gemüse, Grünzeug und Blumen, intensiv duftende Kräuter, verwesende Abfälle, fauliges Wasser, eingetrockneter Urin und Fäkalien, modriges Holz sowie alte, schmutzige Kleider. Fratschlerinnen, die einen Schirm oder eine aus Hölzern und Fetzen zusammengebastelte Konstruktion zum Schutz vor der Sonne hatten, beobachteten müde blinzelnd die vorbeiwandelnden Passanten. Arbeiter, die weitere gemauerte Marktstände errichten sollten, waren vor der Mittagshitze geflüchtet – wahrscheinlich in eines der kühlen Beisln mit gestampftem Lehmboden, deren es in unmittelbarer Nähe einige gab. All das registrierte Joseph Maria Nechyba, während er den Markt überquerte, um ins Café Sperl zu gehen.

Dort wurde er vom Oberkellner mit einem ironischen »Kompliment, Exzellenz!« begrüßt. Nechyba erwiderte den Gruß und nahm mit Erleichterung die Kühle im Inneren des Cafés wahr. Er begab sich zu seinem Stammplatz – nicht ohne sich zuvor eine Extraausgabe der heutigen Zeitung zu angeln. Ächzend ließ er sich auf der Bank nieder und stierte den Aufmacher des Blattes an:

›Mord!‹ stand dort in fetten Lettern und darunter: ›Junge weibliche Person wurde nächtens am Naschmarkt umgebracht.‹

Nechyba seufzte und ließ die Zeitung sinken. Der Oberkellner fragte im Vorbeigehen: »Wie immer, Exzellenz?«

Nechyba nickte und widmete sich der Lektüre.

»Diese Journalisten«, murmelte er. »Haben keine Ahnung von gar nix, aber schreiben darüber seitenweise …«

»Na, na, mein lieber Nechyba. Der Mord scheint Ihnen ja ganz schön an die Nieren zu gehen.«

Adolf Kratochwilla, der Besitzer des Cafés, setzte sich auf den freien Stuhl neben den Inspector. Dieser sah auf und knurrte: »Jeder Mord geht mir an die Nieren. Wurscht, ob ich dafür beruflich zuständig bin oder nicht.«

»Ist ja schon gut«, beschwichtigte der Cafetier. »Aber komisch finde ich die ganze Sache schon. Weil, normalerweise bei Streitereien zwischen den Huren und ihren Zuhältern werden die Weiber meist erschlagen oder erstochen. Aber mit einem Tuch stranguliert, das ist neu.«

»Woher wissen Sie denn, dass das Mädel stranguliert wurde?«, fragte Nechyba in einem scharfen Ton. »Das steht in keiner Zeitung. Das wissen nur wir Polizeiagenten und Sicherheitswachleute … und der Täter.«

Kratochwilla war verblüfft: »Aber das pfeifen doch die Spatzen von den Dächern. Und so ein Hausierer vom Naschmarkt hat mir das vorhin auch gerade erzählt.«

»So, so … ein Hausierer …«, grunzte Nechyba und nahm einen Schluck von seinem doppelten Mokka.

»Und was erzählte er sonst noch?«

»Na, nix.«

»Excusez moi«, mischte sich eine Stimme ein. »Wenn es den Herrn Inspector interessiert, also das mit dem seidenen Tuch hab ich auch schon gehört.«

Nechyba und Kratochwilla wandten sich um und sahen, dass diese Wortmeldung vom Baron Schönthal-Schrattenbach kam.

»Aha, ein Seidentuch soll die Tatwaffe gewesen sein … Das wird ja immer interessanter!«, knurrte Nechyba. »Alle Welt weiß inzwischen Details über diesen Mord, nur wir von der Polizei tappen im Dunkeln. Also, Herr Baron, wenn Sie schon so gut informiert sind, dann können Sie mir am Ende vielleicht sogar den Mörder verraten?«

»Der Herr Inspector belieben zu scherzen«, antwortete Schönthal-Schrattenbach indigniert. »Naturalement ist mir der Mörder nicht bekannt. Anderenfalls hätte ich ja schon längst die Sicherheitswache davon in Kenntnis gesetzt. Apropos Kenntnis: Wer ist das Mädel, das da ermordet worden ist?«

Nechyba schüttelte stumm den Kopf, während der Cafetier weitere Einzelheiten des allgemeinen Tratsches zum Besten gab: »Angeblich ist das ein Mädel aus den besseren Kreisen, aus Ihren Kreisen, Herr Baron. Sie soll sehr teuer angezogen gewesen sein …«

»Na sapperlot! Das hab ich ja noch gar nicht gehört. Das ist ja eine kuriose Neuigkeit. Das wäre ja ganz schön fatal, wenn das der Wahrheit entsprechen täte ... Das wäre sogar sehr fatal.«

»Was wäre fatal?«, fragte Nechyba.

»Na, wenn das Mädel eine Adelige wäre. Dann müsst' ich mir ja ernstlich Sorgen machen. Weil, meine Cousine ist heute Nacht nicht nach Hause gekommen ...«

»Ihre Cousine ist nicht heimgekommen? Passiert das öfter?«

»Herr Inspector! Meine Cousine ist ein anständiges Mädel. Aber gerade deswegen mache ich mir ernsthaft Sorgen.«

»Wenn dem so ist, dann muss ich Sie jetzt bitten, mitzukommen. Sie werden mit mir einen Ausflug in die Gerichtsmedizin machen und dort einen Blick auf die Tote werfen. Wir werden ja sehen, ob die Tote Ihr Fräulein Cousine ist oder nicht.«

»Na geh. Das ist ja horribel. Ich soll mir eine Leiche anschauen? Damit verderben Sie mir den ganzen Tag.«

»Das bedauere ich zutiefst, aber ich bestehe darauf. Was sein muss, muss sein.« Mit einem resoluten Schwung führte Nechyba die Mokkaschale zum Mund, leerte sie in einem Zug, rief: »Herr Ober, zahlen!«, erhob sich ächzend und sagte in einem Ton, der keinen Widerspruch duldete: »Gemma*, Herr Baron.«

* Gehen wir

VIII/2.

»ICH BRAUCH ETWAS HANDFESTES für die Morgenausgabe! Was Konkretes! Tatsachen! Fakten! Kein Gewäsch, keine Lyrik oder Stimmungsreportagen. Das kannst du dir alles sonst wohin stecken. Das interessiert – Pardon – keine Sau!«

Das schleuderte der leitende Redakteur Lipschütz dem Leo Goldblatt entgegen, weil dieser ihm einen feuilletonartigen Artikel über den Mädchenmord abgeliefert hatte. Nach Durchlesen des Artikels war er in Goldblatts Kammerl gestürmt und hatte die eingangs geschilderte Wortkaskade von sich gegeben.

Wobei Lipschütz immer darauf achtete, nicht zu schreien. Denn Schreien half nix. Alles, was er wollte, war: Goldblatt in den Hintern zu treten und ihn auf Trab zu bringen. Lipschütz wusste, dass Goldblatt exzellente Kontakte sowohl zur Sicherheitswache als auch zur Sicherheitsdirection hatte. Diese galt es nun spielen zu lassen, um an zurückgehaltene Informationen heranzukommen oder um zumindest einen konkreten Stand der Ermittlungen zu erfahren. Lipschütz wollte Fakten. Und da der Redaktionsschluss unerbittlich näher rückte, musste er Goldblatt mit allen Mitteln motivieren, diese zu beschaffen.

»Also, Leo, worauf wartest du noch? Heb deinen Hintern vom Sessel und beweg dich. Und zwar schnell! Spätestens um halb acht möchte ich eine vor Tatsachen und Neuigkeiten nur so strotzende Geschichte über den Mord am Naschmarkt auf meinem Schreibtisch haben.«

Solchermaßen aus den Redaktionsräumlichkeiten hinausgeschmissen, schlenderte Goldblatt in Gedanken versunken Richtung Naschmarkt, da ihm im Moment nichts Gescheiteres einfiel. An einer Trafik vorbeikommend, kaufte er sich eine Schachtel Ägyptische und steckte sich im Weitergehen eine Zigarette an. Dies war insofern bemerkenswert, da Goldblatt nur zu speziellen Anlässen rauchte. Ein solcher Anlass war zum Beispiel Schreib- bzw. Recherchierdruck. Der ungewohnte Tabakgenuss versetzte seinen Kreislauf in einen leichten Taumel. Diese Art von Trance förderte sein assoziatives Denken und hatte meist plötzliche Eingebungen zur Folge.

Seine Beine steuerten ihn an den Hotels Goldenes Lamm und Stadt Ödenburg vorbei, die von Tramway-Garnituren und Pferdefuhrwerken stark befahrene Wiedner Hauptstraße stadtauswärts. Nunmehr zügig ausschreitend, überquerte er die von links einmündende Favoritenstraße, passierte den Schutzengelbrunnen und die Paulanerkirche. Die nachmittägliche Hitze war beträchtlich. Goldblatt begann, am Kragen zu schwitzen. Schweißperlen bildeten sich auch entlang des Hutrandes an Stirn und Hinterkopf. Er schnipste den Zigarettenstummel weg und registrierte mit Unbehagen die tabakig-teerige Schicht, die seinen Gaumen bedeckte. Sein erster Reflex war, ins nächste Beisl oder Café zu gehen und sich mit einem weißen G'spritzten* zu erfrischen. Dann fiel ihm aber der gemütliche, von einer Sonnenplane beschirmte Schanigarten des Café Wortner ein. Entgegen seinen sonstigen Gewohnheiten verweilte er nicht lange im schattigen Garten des Kaffeehauses, sondern trank ruckzuck den G'spritzten aus. Danach überquerte er die Wiedner Hauptstraße, ging ein Stückchen stadteinwärts und bog links in die Fleischmanngasse ein. Wo sich auf Nummer 2 das Bezirkspolizeikommissariat Wieden befand, zu dessen Rayon der Naschmarkt gehörte.

»Grüß Gott, die Herren, Kompliment, Herr Wachtmeister!«

»Ah, der Herr Redakteur …«, murmelte der diensthabende Sicherheitswachebeamte. Goldblatt lehnte sich zu ihm an die Holzbarriere, die den Besucherraum vom Dienstzimmer trennte und hinter der der Schreibtisch des Beamten stand. Er fischte die Packung Ägyptische aus seiner Sakkoinnentasche, offerierte seinem uniformierten Gegenüber eine Zigarette, die dieser gerne annahm, gab Feuer und zündete sich selber auch eine an. Beide Männer rauchten schweigend. Gerade als Goldblatt die Konversation beginnen wollte, wurde die hintere Tür des Dienstzimmers geöffnet. Goldblatt begann zu strahlen.

»Da schau her. Habe die Ehre, Herr Polizeiagent.«

Pospischil zuckte ob der vertraulichen Anrede zusammen, fasste sich aber sofort und erwiderte: »Grüß

* Weißweinschorle

Sie, Herr Redakteur. Was treibt denn Sie hierher auf die Wieden?«

»Vermutlich dasselbe wie Sie. Der Mädchenmord am Naschmarkt. Sind Sie dienstlich hier zugeteilt?«

»Aber wo. Ich versehe nach wie vor meinen Dienst in der Gruppe Nechyba. Ich habe nur zufällig hier vorbeigeschaut …«

»So, so … zufällig vorbeigeschaut …«, wiederholte Goldblatt in Gedanken versunken, kramte abermals die Packung Ägyptische hervor, bot Pospischil eine an, gab ihm Feuer und stellte dann in harmlosem Ton folgende Frage: »Und … bei dem Mädchenmord unten am Naschmarkt, gibt es da was Neues?«

»Was soll es denn bei einem Mord Neues geben? Tot ist tot. Da gibt es nichts Neues mehr.«

»Schon, schon … da haben Sie vollkommen recht. Wenn man gestorben ist, ist es aus. Tot ist tot, nicht wahr? Nur in Mordfällen stellt sich halt immer die Frage nach dem Mörder …«

»Das ist korrekt«, replizierte Pospischil mit zynischem Grinsen. Es trat Stille ein. Die drei Männer pafften Rauchringe in die muffige Luft der Amtsstube.

»Sagen Sie, Herr Polizeiagent, wann haben Sie denn heute Dienstschluss?«

»So um vier, halb fünf … Warum?«

»Weil ich Sie gerne auf einen Kaffee einladen würde. Zum Beispiel ins Café Landtmann am Franzensring*. Da könnten wir in Ruhe ein bisserl plaudern.«

---

* Heute: Dr.-Karl-Lueger-Ring

Pospischil streifte mit einem Seitenblick den Sicherheitswachebeamten und registrierte, dass dieser beim Rauchen stumpf vor sich hinstarrte. Er selbst nahm einen tiefen Lungenzug, blickte Goldblatt schmunzelnd an und sagte: »Ich glaube, das lässt sich einrichten, Herr Redakteur.«

Die Sonne stand schräg hinter den neugotischen Türmen und Erkern des Wiener Rathauses. Sie tauchte den Rathauspark, die von Bäumen gesäumte Ringstraße, das Burgtheater sowie das daneben befindliche Café Landtmann in flirrendes Licht. An der Ringstraßenseite war dem Café ein mit mannshohen Topfpflanzen begrünter Schanigarten vorgelagert. Hier ließ es sich trotz der Hitze angenehm sitzen, Kaffee sowie diverse kühle Getränke trinken, Zeitungen lesen und tagträumen.

Normalerweise wäre Letzteres der bevorzugte spätnachmittägliche Zeitvertreib des Redakteurs gewesen – wenn er nicht bis halb 8 Uhr abends eine fundiert recherchierte Geschichte in der Redaktion abliefern hätte müssen …

Voll innerer Anspannung saß er nun da, wetzte auf dem Sessel hin und her, trank bereits den zweiten doppelten Mokka sowie das fünfte Glas Wasser. Er hatte das dringende Bedürfnis, die zu sich genommenen Flüssigkeiten wieder von sich zu geben. Aufstehen und aufs Klo gehen wollte er jedoch nicht, da er befürchtete, den vielleicht eintreffenden Pospischil zu verpassen.

Sein journalistischer Spürsinn sagte ihm, dass der Polizeiagent irgendetwas über den Mädchenmord wusste. Denn die süffisante Art und das überlegene Grinsen in Pospischils Gesicht entsprachen so gar nicht seiner sonstigen Art. Wann immer Goldblatt ihm im Laufe der letzten Jahre begegnet war, hatte Pospischil meist einen ausdruckslosen, fast steinernen Gesichtsausdruck. Gemütsregungen zu zeigen, war nicht Pospischils Art. Und deshalb war sich Goldblatt sicher, dass er diesmal irgendetwas Wissenswertes im Talon hatte.

»Ah, da ist ja der Herr Redakteur ... Warten Sie schon lange?«

»Nein, nein. Ganz im Gegenteil. Vielleicht fünf Minuten ...«, log Goldblatt. Pospischil nahm ihm gegenüber Platz, sodass sein Rücken zur Sonne gerichtet war. Er bestellte ein Schwechater Speziallager, trank von dem Bier einen gierigen ersten Schluck und saß dann stumm da. Für Goldblatt lag das Gesicht des Polizeiagenten im Gegenlicht; eine dunkle Fläche, die von der allmählich tiefer stehenden Sonne umstrahlt wurde. Plötzlich sagte Pospischil: »Was wäre es Ihnen wert, wenn ich Ihnen den Namen des Naschmarktmörders verraten würde?«

Goldblatt riss es fast vom Sessel. Er überlegte einen Augenblick und nannte Pospischil dann eine Summe. Dieser schwieg eine Weile, nahm einen weiteren Schluck von seinem Bier und sagte schließlich: »Also, gehen wir es an. Nehmen Sie einen Griffel zur Hand, Herr Redakteur, und notieren Sie ...«

IX/2.

Der Abend war lau. Die Hitze, die untertags faul auf der Stadt gelegen hatte, war von einem frischen Wind fortgeblasen worden. Ein Abend, der dazu einlud, die Stadt zu verlassen und hinaus ins Grüne zu fahren: in den Garten eines der Heurigen draußen in Grinzing, Sievering oder Ottakring am Rande des Wienerwaldes, hinunter in den Prater in eines der Tanzcafés oder zu den künstlich angelegten Kanälen des Vergnügungsviertels Venedig in Wien. Wer aber ohne großen Aufwand das milde Abendlüfterl und allerlei andere Erfrischungen genießen wollte, der setzte sich einfach in einen der zahlreichen Gastgärten, die in den lauschigen Innenhöfen der Stadt betrieben wurden.

Aloysius Schönthal-Schrattenbach hatte andere Pläne. Als er aus dem kühlen Inneren des herrschaftlichen Hauses, in dem er mit seiner Mutter und Cousine wohnte, auf die Gasse trat, pochte das Blut in seinen Schläfen, seine Hände waren feucht, die Augenlider zuckten nervös. Eine Kartenpartie – eine große, vielleicht die alles entscheidende – war für heute Nacht fixiert. Diese Partie war die Chance, mit vorsichtigem und routiniertem Spiel einen hübschen Batzen Geld zu gewinnen und damit seine lästigen Geldgeber fürs Erste einmal ruhigzustellen. Vor dem Hauseingang stand er einige Augenblicke unschlüssig auf dem Trottoir und überlegte, ob er einen Wagen nehmen oder sich per pedes zu seinem Ziel begeben solle. Er wippte nervös mit der Fußspitze, strich mit dem Zeigefinger einige Male über sein gestutztes Schnurrbärtchen und entschied sich schließlich für den Spaziergang. Sein anfangs flotter Schritt verlangsamte sich nach und nach, er flanierte, Schaufenster betrachtend, die Kärntner Straße entlang und bog schließlich beim Stock-im-Eisen-Platz in den Graben ein. Hier spazierten unzählige Menschen – ein Sehen und Gesehenwerden. Der Baron kannte natürlich einige, man grüßte einander, ohne jedoch innezuhalten und miteinander zu plaudern. Schönthal-Schrattenbachs abweisender Gesichtsausdruck sorgte dafür, dass man Distanz hielt. Als er den Pavillon des Grabencafés passierte, erblickte er das schnauzbärtige Dackelgesicht Peter Altenbergs. Der stadtbekannte Bohemien und Dichter saß an einem der Tische und parlierte mit zwei hübschen, noch sehr jungen Mädchen. Die Unterhaltung schien ihm aufs Äußerste zu behagen. Eine Zornesader schwoll an des Barons Stirn. Altenberg, dieser elendige Schnorrer, hatte ihn vor Jahren um Geld angepumpt. Er, ein Gymnasiast, der damals die ersten Schritte ins Wiener Bohemien-Milieu wagte, erlag dem Charme des brillanten Schwadronierers Altenberg und borgte ihm einen nicht unbeträchtlichen Betrag. Altenberg investierte das geliehene Geld umgehend in Champagner, den er allen im Lokal anwesenden Damen spendierte. Als er Wochen später Altenberg ultimativ aufforderte, ihm das Geld zurückzuerstatten, erhielt er von diesem die

Belehrung: Einem mittellosen Poeten könne man immer nur Geld schenken, aber nie Geld wegnehmen. Altenberg ein Poet? So ein Blödsinn! Schönthal-Schrattenbachs Zorn verrauchte so schnell, wie er gekommen war. Heute Abend galt es, sich aufs Spiel zu konzentrieren – sollte der Altenberg doch sein, was er wollte …

Als er durch die schmale Naglergasse ging, kam ihm plötzlich sein Freund Otto Weininger in den Sinn, der ihm heute brieflich mitgeteilt hatte, dass er demnächst in südliche Gefilde – nach Italien – aufzubrechen gedenke. Ach Gott, der Otto … der hatte es gut. Und Geldsorgen waren dem sowieso fremd. Erstens hatte er einen wohlbestallten Goldschmied als Vater. Und zweitens war der Otto immer nur mit seinen Büchern und Manuskripten beschäftigt. Daraus resultierte drittens, dass er keinerlei Ausgaben für Pferde, Theaterbesuche, galante Abenteuer und schon gar nicht für Glücksspiele hatte. Ja, ja, die Spielleidenschaft … Eine Passion, der er nun schon seit Längerem frönte und die ihm in zunehmendem Maß Sorgen bescherte.

»Guten Abend, Herr Baron.«

Der grauhaarige, livrierte Lakai, der die Schlupftür des mächtigen Palaistores öffnete, machte eine leicht angedeutete Verbeugung sowie eine einladende Handbewegung.

»Fürstliche Hoheit erwartet Sie schon. Wenn Sie mir hinauf ins Spielzimmer folgen würden …«

Leicht gebeugt und mit zappeligem Schritt stieg der Lakai vor dem Baron die Treppe empor. Oben angekommen, führte er Schönthal-Schrattenbach durch den großen Festsaal zu einer diskret hinter Tapeten versteckten Tür, durch die sie in das Spielzimmer des Fürsten Montenuovo gelangten. Dieser war mit zwei anderen Herren in ein Gespräch vertieft, unterbrach dieses jedoch, um auf den Neuankömmling mit offenen Armen zuzugehen und ihn links und rechts auf die Wange zu küssen. Eine horrible Angewohnheit des Fürsten. Er, der sich als Obersthofmeister den Ruf der Unerbittlichkeit in allen Fragen des höfischen Protokolls und der Etikette erworben hatte, leistete sich im privaten Rahmen dieses exzentrische Begrüßungsritual.

»Servus, Aloysius. Schön, dass du wieder zu meiner Kartenrunde gestoßen bist. Darf ich dir meine Gäste vorstellen? Heute habe ich die Freude, dir Adalbert Graf Sternberg vorstellen zu dürfen. Es freut mich ganz besonders, dass er mir nach längerer Zeit wieder einmal einen Besuch abstattet. Meinen anderen Gast kennst du sowieso … Den Grafen Borowicz brauche ich dir ja nicht vorzustellen. Mir scheint, ihr seid ja sogar verwandt miteinander … Er springt heut Abend für den Generalleutnant von Gromann ein, der leider verhindert ist.«

Bei der Vorstellung der Mitspieler löste sich die innere Anspannung Schönthal-Schrattenbachs mit einem Schlag. Nun wusste er, dass ihn das flaue Gefühl in der Magengrube nicht getäuscht hatte. Franciscus Borowicz, der vermaledeite Unglücksbringer, lauerte ihm in hinterhältiger Weise hier auf, um ihn in weitere Spielschulden zu stürzen. Am liebsten hätte er auf der Stelle kehrtgemacht und Reißaus genommen. Aber das war undenkbar. Denn schon trat Adalbert Graf Sternberg auf ihn zu und schüttelte ihm mit kräftigem Druck die Hand. Auch der Unglücksbringer näherte sich und reichte ihm ein frisch gefülltes Champagnerglas: »Servus und prost, lieber Loysi!«

Montenuovo und Sternberg griffen ebenfalls zu ihren Gläsern, der Hausherr sprach einen Toast: »Auf meine Gäste und auf einen spannenden Abend am Kartentisch! Möge Fortuna uns ihre Gunst schenken …«

Sternberg trank sein Glas ex und gab ein wohliges Ahhhh von sich. Schönthal-Schrattenbach hingegen nahm nur einen kleinen Schluck, der wie pure Säure seinen Schlund hinunterbrannte. Der Fürst klingelte nach einem Lakaien, der ein Tischchen in das Zimmer schob, auf dem sich Sandwichs, Roastbeef, Garnelen, geräucherter Lachs und Aal, diverse Schalen mit kalten Soßen sowie ein Körbchen mit Jour-Gebäck befanden. Borowicz verwickelte Sternberg in ein Gespräch über dessen Ambition, bei den kommenden Wahlen Reichstagsabgeordneter zu werden. Montenuovo flüsterte Schönthal-Schrattenbach zu, dass es gar nicht so einfach gewesen war, Sternberg heute Abend an den Kartentisch herzulocken. Ursprünglich hätte dieser nämlich vorgehabt, bei einer Wahlversammlung im böhmischen Königgrätz eine Rede zu halten; Gott sei Dank sei diese Versammlung nun verschoben worden. Die Herren plauderten noch eine Weile, tranken Champagner und delektierten sich an den dargebotenen Köstlichkeiten. Der Baron beteiligte sich an all dem kaum. In ihm machte sich ein Gefühl breit, das wie kaltes Gift durch seine Adern kroch – paralysierend und erhellend zugleich. Die Gewissheit konkretisierte sich, dass er heute Abend ein finanzielles Fiasko erleben werde. Die Hoffnung, Montenuovo und von Gromann einiges Geld abknöpfen zu können, war null und nichtig. Denn mit dem erfahrenen und risikofreudigen Sternberg gab es kein vorsichtiges und zurückhaltendes Spiel. Dazu kam als sein persönliches Handicap die Person des Franciscus Borowicz.

»Meine Herren, genug der Worte. Lasset uns zu Taten schreiten.«

Damit bat der Hausherr seine Gäste an den Spieltisch. Man ließ sich nieder, die Karten wurden gemischt, verteilt, das Spiel begann, und das Unglück näherte sich Schönthal-Schrattenbach in einer besonders grausamen Verkleidung. Während der ersten Stunde schien es nämlich, als ob ihm Fortuna trotz Borowicz' Anwesenheit wohlgesinnt sei. Er hatte eine unglaubliche Glückssträhne und gewann ein hübsches Sümmchen. Das führte dazu, dass ihm erstens der Champagner immer besser mundete und zweitens, dass er bei der Spieltaktik jegliche Vorsicht fahren ließ. Er riskierte immer mehr, wurde nervös, ließ sich von seinen Mitspielern zu waghalsigen Manövern reizen, leistete sich Konzentrationsfehler und hatte nach einer weiteren

Stunde das zuvor Gewonnene wieder verloren. Der Spielrausch hatte nun vollends Besitz von ihm ergriffen; er riskierte immer mehr und verlor. Als Montenuovo knapp vor 5 Uhr morgens die Partie beendete, schuldete Schönthal-Schrattenbach dem Grafen Sternberg über 20.000 Goldkronen. Seine Schulden gegenüber Montenuovo und Borowicz waren im Vergleich dazu kaum der Rede wert. Der Aufbruch war kurz und formlos, der Hausherr zog sich ohne große Verabschiedung in seine Privatgemächer zurück, Borowicz, ebenfalls todmüde, empfahl sich eiligst. Sternberg und Schönthal-Schrattenbach standen plötzlich allein vor dem Palais in der Löwelstraße. Der Graf gähnte herzhaft, klopfte dem verdutzten Baron auf die Schulter und sprach: »Wissen S' was, mein lieber Baron? Jetzt sollten wir schauen, dass wir was Ordentliches zum Essen bekommen. Von dem Champagnisieren kriegt man ja Läuse im Magen. Gehen wir hinunter in die Leopoldstadt, da kenn ich ein Beisl am Karmelitermarkt, das um fünf in der Früh aufsperrt und das ein famoses Gulasch hat. Was halten Sie davon? So ein kleiner Spaziergang und ein kräftiges Frühstück tun uns sicher gut. Kommen Sie, ich lade Sie ein! Nach dem Frühstück nehmen wir uns dann einen Gummiradler* und lassen uns heimkutschieren.«

Als der Baron wie der Ochs vorm neuen Tor stehen blieb, nahm ihn Sternberg mit sanftem Druck beim Arm und schob ihn förmlich neben sich her den Tie-

* Mietkutsche mit gummibereiften Rädern (= Fiaker)

fen Graben hinunter in Richtung Donaukanal. Dabei erzählte er allerlei Schnurren aus seinem bewegten Leben. Über Spielcasinos und Irrenanstalten, über die feinsten Salons des österreichischen, französischen und englischen Adels, über seine gescheiterte militärische Karriere sowie über zahllose Duelle, amouröse Affären und Trinkgelage. Natürlich sprach er auch über seine Schulden, die sogar dazu geführt hatten, dass ihm Ende letzten Jahres die Offizierscharge aberkannt worden war – Verletzung der Standesehre wegen leichtsinniger Auffassung hinsichtlich Spielschulden.

»Schauen Sie, Schönthal-Schrattenbach, kränken Sie sich nicht wegen der hohen Verluste heut Nacht. Wie ich so alt war wie Sie, hab ich mir wegen meiner Spielschulden sogar versucht, das Leben zu nehmen. Hat aber nicht geklappt. Dafür ließ mich mein Herr Papa ins Irrenhaus einsperren … Heut habe ich gut und gerne dreimal so viel Schulden wie damals, und es ist mir ehrlich gesagt wurscht. Im Gegenteil: Meine Geldgeber und Gläubiger sind auf das Rührendste um meine Person und mein Wohlergehen bemüht. Einer zum Beispiel studiert meinen Stammbaum und macht überall Reklame für meine edlen Blutströme. Ein anderer ist neulich im Winter, als er mich bei zehn Grad Kälte ohne Mantel auf der Ringstraße spazieren gehen gesehen hat, aus seiner Kutsche herausgesprungen. Und wissen Sie, was er gemacht hat? Er hat seinen Pelzmantel ausgezogen und ihn mir mit den Worten umgehängt: ›Ich bitte Sie, Herr Graf, Sie bekommen mir sonst noch eine Lungenentzündung …‹«

Die beiden Herren betraten das Marktbeisl, und Sternberg bestellte mit trompetenartiger Stimme zwei doppelte Slibowitz. Er drängte Schönthal-Schrattenbach zu einem Tisch in einer finsteren Ecke und hörte sich gelangweilt dessen Lamento über das Spielpech an, das ihn nun schon monatelang verfolge. Als der Wirt zwei randvoll gefüllte Stamperln Schnaps servierte, nahm Sternberg sein Glas, erhob es und unterbrach die weinerliche Suada mit folgenden Worten: »Kusch und sauf!«

X/2.

Das morgendliche Befinden war übel. Rein wettermäßig betrachtet, war ein Adriatief, das sich über den Alpenbogen nordwärts verlagert hatte, schuld daran. Was Joseph Maria Nechybas Verdrießlichkeit noch mehr steigerte, war das unerquickliche Einkaufserlebnis des Gabelfrühstücks in der Greislerei Landerl. Die Greislerin war mürrisch und vermied jegliche freundliche Geste. Dieses Verhalten veranlasste ihn zu der Bemerkung: »Na, welche Laus ist Ihnen denn heute über die Leber gelaufen?«

»Eine Laus in der Größe eines Mannsbildes!«

»Aber, aber … hat er vielleicht was angestellt, Ihr Herr Gemahl?«

Als Antwort kam ein Knurren sowie folgende Tirade: »Ihr Männer! Ihr könnts den ganzen Tag saufen, blöd daherreden und nichts weiterbringen. Wir Frauen aber, wir müssen rund um die Uhr arbeiten. Kochen! Putzen! Waschen! Und was bekommen wir dafür? Keinen Dank! Sie brauchen sich nur den Meinigen anschauen … oder den Gotthelf, das G'fraßt*. Wie einen Ziehsohn habe ich ihn behandelt. Aber er ist genauso ein Falott** wie alle anderen Männer!«

Lotte Landerl hatte rote Backen bekommen und war so richtig in Rage: »Völlig besoffen ist er gestern Vormittag da zu mir hereingekommen. Eine Schande war das! Und dann, während ich ihm einen Kaffee gekocht hab, erzählt er mir, dass er sich wegen einer feinen Dame – einer Hochwohlgeborenen – so angesoffen hat. Weil die gnädige Frau nicht zum Rendezvous erschienen ist …«

Ohne lange zu gustieren, kaufte Nechyba ein Semmerl sowie 10 Deka Extrawurst und verließ schleunigst die echauffierte Greislerin. In der Tramway dachte er über die Ursachen dieses Emotionsausbruchs nach. Die einleuchtendste Erklärung war, dass die Greislerin nicht nur mütterliche Gefühle für den Gotthelf hegte und dass sie deshalb eifersüchtig war. Dass Gotthelf behauptete, mit einer adeligen Dame ein Verhältnis zu

* Mieser, gemeiner Mensch

** Gauner

haben, war aufgrund des eklatanten Standesunterschiedes äußerst unglaubwürdig. Obwohl … Was machte die Gräfin Hainisch-Hinterberg – ihr Cousin hatte sie in der Pathologie identifiziert – ohne Begleitung in einer Gegend, in der untertags Marktweiber, Dienstmädchen, Köchinnen, Hausfrauen, Bettlerinnen und nächtens vor allem Huren anzutreffen waren? Wieso ging sie zu Fuß und fuhr nicht mit einem Fiaker? Diese Fragen wären plötzlich alle geklärt, wenn sich herausstellen würde, dass sie mit dem Gotthelf ein Rendezvous hatte.

Nechybas Stimmung wurde noch übler, als er sich an einem Zeitungsstand eine Morgenausgabe mit riesigem Aufmacher kaufte. Die von Leo Goldblatt verfasste Schlagzeile ›Mord am Naschmarkt: K. k. Polizeiagent verhaftet den Fleischergesellen Anastasius Schöberl‹ sowie der dazugehörige Artikel ergrimmten den Inspector. Nechyba fühlte sich übergangen und verletzt. Kaum dass er – in seinem Arbeitszimmer angekommen – den Hut abgenommen, seinen feuchten Überzieher ausgezogen und zum Trocknen aufgehängt hatte, klopfte es an der Tür, und Pospischil trat ein.

»Wünsche einen schönen guten Morgen, Herr Inspector!«, grüßte er. Dabei salutierte er und schlug die Hacken zusammen – so wie er es als Rekrut bei seinem k. k. Landwehrregiment gelernt hatte.

»Pospischil …«, knurrte Nechyba. »Was machen Sie sich wichtig? Was ist los?«

»Melde gehorsamst, Herr Inspector, eine Frau, die am Getreidemarkt wohnt, möchte eine Beobachtung wegen des Frauenmordes melden. Weiters sind da noch eine gnädige Frau, eine Hausmeisterin, ein Dienstmädel und eine Fratschlerin, die in der betreffenden Causa ebenfalls etwas zu Protokoll geben möchten.«

»Drücken Sie sich nicht so geschwollen aus, Pospischil. Sie sind kein Professor, sondern ein Kiberer*. Und ein Kiberer muss die Sprache des Volkes sprechen. Haben Sie verstanden, Pospischil?«

»Jawohl, Herr Inspector!«

»Und außerdem, Pospischil ... Was ist das für ein Blödsinn, der da in der Zeitung steht? Was ist Ihnen eigentlich eingefallen, den Schöberl zu verhaften und ihn der Presse als den Mörder vom Naschmarkt zu präsentieren? Hat man Ihnen ins Hirn geschissen, Pospischil? Das hat ein disziplinarrechtliches Nachspiel, Sie gottverdammter Blödist, Sie!«

Nechyba, der seine Stimme von einem grantig leisen Ton zu voller Lautstärke gesteigert hatte, warf dem Untergebenen unzählige weitere Beleidigungen an den Kopf.

Schließlich hatte er sich den Ärger von der Seele geschrien und gab Pospischil folgende Instruktion: »Bis Mittag hab ich einen schriftlichen Bericht über die Sache mit dem Schöberl auf meinem Schreibtisch. Und jetzt schicken Sie mir die Frau vom Getreidemarkt herein.«

* (Kriminal-)Polizist, Polizeiagent

Nechybas gespannte Erwartungen wurden enttäuscht. Denn die gute Frau führte nichts anderes im Schilde, als ihren Nachbarn, der augenscheinlich einen extrem unbürgerlichen Lebenswandel führte, zu diskreditieren. Dieser Mensch komme ständig spät in der Nacht nach Hause, oftmals sturzbetrunken, verwüste regelmäßig die Gangtoilette und sei außerdem ein gefährlicher Choleriker, der sie schon öfters bedroht hatte. Sein Name: Leo Goldblatt.

Dieser Zeugin folgten weitere, die alle nur eines im Sinn hatten: Mitbürger, Nachbarn, Bekannte oder Verwandte bei der Polizei anzuschwärzen. Kein einziger brauchbarer Hinweis entsprang diesen freud- und fruchtlosen Meldungen. Das Vernehmungsprotokoll, das ihm Pospischil zu Mittag auf den Tisch legte, besserte Nechybas Laune auch nicht. Es bestätigte nur seine Vermutung, dass Pospischil dem Schöberl unter Einwirkung von Gewalt ein absurdes Geständnis abgepresst hatte. Am liebsten hätte er Pospischil dafür … doch er verbot sich solche Gedanken. Summa summarum war der Vormittag die nahtlose Fortsetzung des üblen Morgens. Nechyba tat deshalb das, was er in unerfreulichen Situationen immer zu tun pflegte. Er verfügte sich an einen Ort, an dem er Leib und Seele laben konnte. Er verließ schleunigst die Polizei-Direction und begab sich ins neue Winterbierhaus in der Wipplingerstraße 11. Dort orderte er ein Glas frisch gezapftes Pilsener sowie ein Tellerfleisch. Leider stieß ihm das Bier sauer auf, und das in der Rindssuppe schwimmende Fleisch und Gemüse schmeckte ihm auch nicht. Nachdem er die Hälfte des Essens zurückgeschickt hatte, stierte er eine Zeit lang ins Leere. Schließlich reinigte er seinen Schnurrbart, zündete eine Virginier an und nahm einen großen Nussschnaps zu sich. Das führte zu einer gewissen Entspannung, der seelische Knopf löste sich. Und plötzlich hatte er eine Eingebung, wie er diesem vertrackten Tag vielleicht doch noch eine positive Wende geben könnte.

XI/2.

NECHYBA STIEG SCHNAUFEND die Treppen des herrschaftlichen Zinshauses zur Beletage* empor. Vor der Wohnungstür Nummer 7, auf der ein Messingschild mit der Aufschrift ›Hofrat Dr. Schmerda‹ angebracht war, hielt er mit einem Seufzer der Erleichterung inne. Aufgrund seiner Nachforschungen wusste er, dass Aurelia Litzelsberger 36 Jahre alt und ledig war. Sie hatte in einem erzherzöglichen Haushalt das Kochen erlernt und stand nunmehr seit fast zehn Jahren im Dienst der

* Diese war ursprünglich immer im ersten Stock angesiedelt, doch durch eine Stockwerkbegrenzung in der Bauordnung erfand man in Wien den sogenannten Mezzanin oder Zwischenstock, der de jure kein ganzes Stockwerk darstellte. De facto lag jedoch bei Häusern mit Mezzanin der 1. Stock im 2. Stock, was einem beleibten Menschen wie unserem Inspector ganz gehörig den Schweiß aus den Poren trieb.

Familie Schmerda. All das hatte er ohne großen Aufwand in der Polizei-Direction in Erfahrung gebracht; er war von seiner Abteilung (III. Section, k. k. Polizeiagenteninstitut) hinüber in die I. Section (Central-Paßamt, Gewerbepolizei und Hausierwesen, Dienstbotenwesen) gegangen und hatte dort den Akt der Aurelia Litzelsberger (Dienstbotenbuch, Dienstzeugnisbestätigungen etc.) ausheben lassen.

Nachdem er einige Male tief durchgeatmet hatte, läutete er mit zitterndem Zeigefinger an der Messingklingel. Er hörte, wie sich Schritte näherten, das Schloss wurde aufgesperrt, und er blickte nicht in das Antlitz einer gestandenen Frau, sondern in das runde Bauernmädl-Gesicht der Mizzi Pichlmayr.

»Ah, der Herr mit dem Rumpsteak …«, sagte diese freundlich lachend. Nechyba räusperte sich, besann sich seiner amtlichen Würde und brummte: »Richtig, Kinderl. Sag, ist die Köchin, die Aurelia Litzelsberger, da? Mit der möchte ich sprechen. Weißt eh, Inspector Nechyba …«

»Ja, die ist da. Wir tun gerade in der Küche das Abendessen zubereiten. Wenn Sie bitte weiterkommen, Herr Inspector.«

Nechyba trat ins Vorzimmer der Schmerda'schen Wohnung ein, Mizzi schloss die Tür und plauderte drauflos: »Kommen Sie nur weiter, die Küche befindet sich am Ende des Ganges. Sie können ruhig weitergehen, die Herrschaft ist heute samt und sonders nicht zu Haus …«

Sie öffnete die Küchentür und blökte: »Frau Aurelia! Besuch für Sie!«

Nechyba trat in die geräumige Küche ein, schnupperte die Kochgerüche, nahm gleichzeitig die Melone vom Haupt, verbeugte sich kurz und bekam knallrote Ohren, die sich von seinem Schädel, auf dem eine kurze, graublonde Bürste stand, aufs Groteskeste abhoben. Was er sah, erfüllte all seine Hoffnungen. Am dampfenden Herd stand in weißer Bluse mit hochgekrempelten Ärmeln, schwarzem Rock und weißer Schürze ein Weib so ganz nach seinem Geschmack: von großem, kräftigem Wuchs, weder dick noch dünn, mit ebenmäßigem Gesicht, auf dem sich infolge der Hitze des Herdes winzige Schweißperlen zeigten. Das dunkle, volle Haar war über dem Nacken zu einem Knoten hochgesteckt. Sie hatte die rechte Augenbraue unwillig hochgezogen, ihr Blick war kühl und forschend. Nechyba fühlte, wie er unter ihrem Blick ganz klein wurde. Er schrumpfte in Sekundenbruchteilen zu einem unerwünschten Insekt, das es gewagt hatte, in das Reich einer Königin einzudringen. Das Einzige, was jetzt noch half, war die Flucht nach vorne: Unbeirrt schritt er auf sie zu, brachte vor der Wölbung seines Leibes ruckartig das putzige Blumensträußerl, das er im Hergehen gekauft hatte, in Stellung und sagte: »Sehr geehrte Frau Litzelsberger, entschuldigen Sie bitte, dass ich so hereinplatze. Aber ich hab mir halt gedacht, dass es schon schicklich wäre, wenn ich mich für das vertauschte Rumpsteak, das welches Sie … Sie mir so nett waren, zustellen zu lassen, weil ich sonst kein Abendessen gehabt hätte, was wiederum … jedenfalls wollt' ich mich … persönlich bei Ihnen ganz herzlich bedanken …«

»Ist das für mich? Das Sträußerl?«, fragte die Litzelsbergerin, die sich ob des unbeholfenen Auftretens des hünenhaften Mannes ein Schmunzeln nicht verkneifen konnte. »Na, geben Sie's schon her, sonst zerdrücken Sie es am Ende noch zwischen Ihren Fingern. Das wäre doch schade …«

Er überreichte ihr das Bouquet, und sie schickte Mizzi um eine Vase. Die Köchin schnupperte an den Blumen, musterte den verlegen dastehenden Nechyba und sagte: »Jetzt ziehen Sie sich einmal den Überzieher aus und hängen ihn da hinten auf den Haken. Sonst trifft Sie am Ende noch der Hitzschlag.«

Dankbar für diese Anweisung, die ja eine versteckte Einladung zum Hierbleiben war, folgte der Inspector ihren Instruktionen.

»Sie können sich dort auf den Sessel neben dem Holzstoß setzen. Mich müssen Sie aber entschuldigen, ich muss weiterkochen, weil, sonst hat die Herrschaft nix zum Abendessen.«

Nechyba setzte sich auf den ihm zugewiesenen Stuhl und inhalierte die köstlichen Dämpfe, die rund um den Herd aufstiegen.

»Sagen Sie, was wird das Gutes, was Sie da kochen? Das riecht ja superb. Sowohl die Suppe also auch der Braten im Rohr. Ist das ein Kalbsbraten?«

Diesmal traf ihn ein spöttisch forschender Blick. Die Köchin, die gerade das Backrohr aufmachte und den darin befindlichen Braten zischend aufgoss, sagte lachend: »Was interessiert Sie das? Als Mann sind Sie ja ganz schön neugierig in der Küche. Wollen Sie sich bei mir einschmeicheln?«

»Das möchte ich nicht abstreiten, liebe Frau Litzelsberger. Aber in aller Bescheidenheit: Ich koche selbst oft und gerne.«

»Soviel ich auf dem Packerl mit dem Rumpsteak gelesen habe, sind Sie aber Inspector und nicht Koch …«

»Ja, Inspector bin ich von Berufs wegen, aber kochen, gnädige Frau, tue ich aus Passion.«

Bei dem Terminus »gnädige Frau« zuckte die Litzelsbergerin zusammen, eine steile Falte des Unwillens erschien zwischen ihren Augenbrauen.

»Also das mit der ›gnädigen Frau‹ können Sie sich sparen. Eine Gnädige bin ich nun wirklich nicht und werde ich mein Lebtag lang auch nicht mehr werden. Aber wenn Sie nicht wissen, wie Sie mich anreden sollen, dann sagen Sie doch einfach Frau Aurelia zu mir.«

Nechyba bekam wieder rote Ohren, stand von seinem Sessel auf, verbeugte sich artig in Richtung der Köchin und sagte förmlich: »Sehr gerne, Frau Aurelia, aber den Inspector müssen Sie dann auch vergessen. Wenn es Ihnen nix ausmacht, würde es mich sehr freuen, wenn Sie Herr Joseph zu mir sagen täten …«

Wieder schmunzelte die Litzelsbergerin und stellte eine Kasserolle auf den Herd, in der sie Reis kochte. Joseph Maria Nechyba war mittlerweile zwei Schritte auf sie zugetreten und schaute ihr interessiert über die Schulter.

»Messen Sie die Reis- und Wassermenge immer genau ab?«

»Natürlich. Zwei Schalen Wasser für jede Schale Reis.«

»Interessant ... ich habe das nämlich immer nur nach Gefühl gemacht.«

»... und dann ist der Reis angebrannt«, bemerkte die Litzelsbergerin trocken und schob den riesigen Mann sanft zu dem ihm zugewiesenen Sessel zurück. Nach einer kurzen Verlegenheitspause holte er tief Luft, gab sich einen Ruck und fragte: »Sehr geehrte Frau Aurelia, wäre es sehr unverschämt, wenn ich Sie fragen täte, ob ich Sie an Ihrem nächsten freien Tag, quasi als Dankeschön für die Übermittlung des Rumpsteaks, dass ... ich ... ich Sie zum Mittagessen ausführen dürfte. Zum Beispiel ins Speisehaus Meißl & Schadn am Neuen Markt. Dort isst man ganz hervorragendes Rindfleisch.«

»Das ist nicht notwendig. Bedankt haben Sie sich ja schon. Und einen wunderbaren Blumenstrauß haben Sie mir auch mitgebracht.«

»Aber das Rindfleisch bei Meißl & Schadn ist wirklich exzellent. Und wenn Sie diese Einladung nicht als Dankeschön akzeptieren wollen, dann könnten Sie

sie doch als Exkursion betrachten. Durchgeführt von einer Köchin und einem Freizeitkoch zwecks gemeinsamer Verkostung von Rindfleischspezialitäten. Rein aus beruflichem Interesse, gewissermaßen.«

»Also an Berufliches möchte ich an meinem freien Tag partout nicht denken. Das kommt überhaupt nicht infrage.«

Nechyba sank auf seinem Sessel in sich zusammen, die zweimalige Abweisung irritierte ihn. Wo sich die Dinge anfangs doch so gut entwickelt hatten …

»Aber wenn Sie mich unbedingt am Sonntag ausführen wollen, dann tun Sie es doch. Indem Sie mich zum Beispiel auf eine Jause ins Café Dommayer einladen. Dort spielt sonntags eine Tanzkapelle, und vielleicht dürfen Sie mich sogar zu einem Walzer auffordern.«

Der eben noch am Boden zerstörte Nechyba lebte auf. Seine Augen funkelten, er sprang von seinem Sessel auf und verbeugte sich abermals: »Ich wüsste nichts, was ich lieber täte, als mit Ihnen sonntags eine Landpartie hinaus zum Dommayer zu machen.«

Ein strenger Blick der Köchin genügte, und er nahm sofort wieder auf seinem Sessel Platz. Die Litzelsbergerin, die natürlich neugierig war, fragte den Inspector ob seiner familiären sowie beruflichen Situation aus. Letzteres führte unweigerlich zu dem Mord am Naschmarkt, über den sie aus berufenem Munde nun Details wissen wollte. Der verliebte Nechyba pfiff auf jegliches Amtsgeheimnis und erzählte der Köchin den aktuellen Stand der Ermittlungen: Dass das Mädel von hinten angefallen, zuerst mit den Händen gewürgt und dann mit einem Schal oder Tuch erdrosselt worden war. Dass ein Polizeiagent aus seiner Gruppe einen Verdächtigen am Naschmarkt verhaftet hatte – es war dies der ihnen beiden bekannte Fleischergeselle Anastasius Schöberl –, wie es leider ja schon heute morgen in der Zeitung zu lesen stand.

Was noch geheim war, war die Identität der Ermordeten. Es handelte sich dabei um die Gräfin Hermine von Hainisch-Hinterberg. Als er diesen Namen erwähnte, ließ Mizzi mit einem spitzen Aufschrei eine Steingutschüssel fallen. Sie erntete dafür einen bösen Blick der Köchin und erregte des Inspectors berufliche Neugierde.

»Was hast du denn, Kinderl? Warum schreckst du dich so?«

Mizzi wurde knallrot im Gesicht, bückte sich und sammelte die Scherben auf.

»So antworte doch dem Herrn Inspector!«, wurde sie in strengem Ton von der Köchin ermahnt. Darauf stotterte sie: »Na, es ist ja nur … weil … wegen dem Brieferl …«

»Was für ein Brieferl, Mizzi?«, die Litzelsbergerin übernahm wie selbstverständlich die Rolle derjenigen, die das Verhör führte.

»Na das, was mir der Stani diktiert hat.«

»Stani? Wen meinst denn? Was hat er dir diktiert?«

»Na, der Stani mit dem weißen Papagei, der was Planeten verkaufen tut.«

»Und …?«

»Der hat mich neulich am Vormittag, wie ich am Naschmarkt einkaufen war, gebeten, dass ich ihm ein Brieferl schreib an die Gräfin Hainisch-Hinterberg und dass ich es ihm dann auch dorthin trage.«

Jetzt schaltete sich Joseph Maria Nechyba ein, fragte nach dem Inhalt des Briefes, den die Mizzi recht exakt wiedergab. Das dadurch ans Licht gekommene Verhältnis zwischen dem Naschmarktfaktotum und der Gräfin verblüffte die Köchin.

»Das ist heute schon das zweite Mal, dass ich von dieser unglaublichen Mesalliance hör …«, murmelte Nechyba und fragte: »Bist du sicher, dass du das Brieferl der Gräfin Hainisch-Hinterberg übergeben hast?«

»Freilich, ich war doch in dem Haus bei ihr, im ersten Bezirk, in der Fichtegasse Nummero 8. Dort hab ich, so wie es mir der Stani aufgetragen hat, bei Schönthal-Schrattenbach geläutet. Und dann hat mir ein Dienstmädel aufgemacht. Und als ich die Gräfin Hainisch-Hinterberg verlangt habe, ist plötzlich der junge Herr dahergekommen. Der hat mir barsch das Brieferl abgenommen und gesagt, dass ich gefälligst verschwinden soll. Richtig grob war der …«

»Und wann genau warst du dort in der Wohnung, Kinderl?«

Mizzi legte den Kopf schief, dachte kurz nach und sagte: »Das kann ich Ihnen ganz genau sagen: Es war an dem Tag vor der Nacht, in der was das Fräulein am Naschmarkt erwürgt worden ist.«

XII/2.

Auf seinem Heimweg machte Nechyba noch einen Abstecher in die Theobaldgasse. Dort befand sich das Polizeigefangenhaus, ein mächtiges Gebäude, das ursprünglich als Karmeliterkloster errichtet worden war. An die Krempe seiner Melone tippend und den Dienstausweis zückend, nuschelte er: »Inspector Nechyba, Polizeiagenteninstitut, Polizei-Direction Wien.«

Der Wachposten antwortete verschlafen: »Grüß Gott, Herr Inspector! Wen hätten wir denn gern?«

»Einen, der im Laufe des gestrigen Abends vom Kommissariat Wieden zu Euch überstellt worden ist. Schöberl heißt er, Anastasius Schöberl.«

»Augenblick, den haben wir gleich …«

Der Wachebeamte blätterte in einem dicken Buch, murmelte dann »Aha« und wandte sich wieder dem Kriminalpolizisten zu: »Das betreffende Subjekt sitzt im 1. Stock in der Zelle 127. Wollen ihn der Herr Inspector dort befragen oder sollen wir ihn in ein Verhörzimmer bringen?«

»Ein Verhörzimmer wäre mir lieber«, antwortete Nechyba, worauf der Wachebeamte einen Kollegen zu sich rief und diesem folgende Instruktionen gab: »Czerny! Begleite den Herrn Inspector hinauf zum Diensthabenden im 1. Stock. Dort fragst du nach einem gewissen Anastasius Schöberl und nach einem Verhörzimmer für den Herrn Inspector.«

Besagtes Verhörzimmer war ein düsteres Loch mit einem wackeligen Tisch und zwei nicht minder wackeligen Stühlen. Als Nechyba sich auf einen von ihnen niederließ, ächzte er gewaltig. Nach circa fünf Minuten wurde Schöberl gebracht. Nechyba beschied dem begleitenden Wachebeamten, dass er sich mit Schöberl unter vier Augen unterhalten wolle, worauf dieser den Raum verließ.

»Gott der Herr sei gepriesen und bedankt!«, stieß Schöberl hervor, »endlich sind Sie gekommen, Herr Inspector, um mich aus diesem Schlamassel zu retten. Ich schwöre Ihnen beim Augenlicht meiner Mutter, ich werde Ihnen den Rest meines Lebens nicht nur wie bisher die besten Fleischstückerln auf die Seite legen, sondern als kostenlose Zuwaage auch immer die ganz besonderen Gustostückerln. Ich bitte Sie nur eines: Holen Sie mich da raus!«

»Immer langsam ... Immer mit der Ruhe!«, brummte Nechyba und zog einen Zettel aus der Innentasche seines Sakkos.

»Als Erstes möchte ich wissen, Schöberl, ob du dieses Geständnis da unterschrieben hast. Ist das deine Unterschrift?«

Der grobschlächtige Mann sank in sich zusammen und begann zu weinen: »Ich schwöre Ihnen, ich habe den Zettel da nur unterschrieben, weil sie mich am Kommissariat geprügelt haben wie einen Hund. Mit Fäusten und Schlagringen ... und ... bitt schön ... getreten haben s' mich auch. Voll in die Eier ... Ich hab heute den ganzen Tag Blut gebrunzt. Dann haben sie mir ein nasses Tuch um den ganzen Kopf gewickelt, bis ich keine Luft mehr bekommen hab. Und dann hat der eine Kiberer, der Dünne, der was mich am Naschmarkt arretiert hat, meine Hand genommen und damit das Geständnis unterschrieben …«

»Und warum hast du das Mädel ermordet?«

»Aber Herr Polizeipräsident, das hab ich nicht. Ich war's nicht! Ich schwör es! Bei allem, was mir heilig ist!«

»Hast du es gekannt, das Mädel?«

»Bitt schön! Bitte, bitte, glauben S' mir! Ich weiß nix von dem Mädel. Ich habe an dem Tag am Naschmarkt nur die Dorothea gehaut, weil sie frech zu mir war und weil sie mir nicht ihren Hintern hinhalten wollte. Aber sonst hab ich nix … wirklich gar nix g'macht.«

»Wollte dir die Ermordete auch nicht den Hintern hinhalten? Hast du sie deshalb erwürgt?«

Mit irrem Blick starrte Schöberl den Inspector an. Dann flüsterte er mit tränenerstickter Stimme: »Erwürgt? So was tu i net! Das habe ich noch nie 'tan … Ich hau immer nur hin … Ohrfeigen, Kopfnüsse, Fußtritte, Faustwatschen … oder ich traktier sie mit meinem Leibriemen … Für all das können S' mich einsperren. Aber gewürgt hab ich noch nie eine. Nein, Herr Inspector, das hab ich in meinem ganzen Leben niemals, nie und nimmer, g'macht …«

Lange Zeit starrte Nechyba auf das Häufchen Elend, das schluchzend vor ihm auf dem Stuhl saß. Schließlich stand er auf und dachte sich: Es ist zum Speiben*. Jetzt brauch ich einen Schnaps.

Den Schöberl aber, den Grobian, brummte er an: »Ich werde sehen, was ich für dich tun kann.«

Dann räusperte er sich und rief: »Wache! Führen Sie den Delinquenten in die Zelle zurück!«

XIII/2.

Ein pochender Kopfschmerz holte den schlafenden Aloysius Schönthal-Schrattenbach zuerst in einen halb wachen und nach einiger Zeit in den völlig wachen Zustand zurück. Durch die Vorhänge blinzelten Strahlen der späten Nachmittagssonne. Das Befinden war mies. Die Geschehnisse der vergangenen Nacht bedrückten ihn sehr. Einzig die Erinnerung, dass er beim Gulaschessen dem Sternberg mitgeteilt hatte, dass dessen neue Eroberung, die Gräfin Hainisch-Hinterberg, als grauslich kalte Leiche in der Gerichtsmedizin lag, entlockte ihm ein mattes Grinsen. Sternbergs Gesicht war auch zu komisch gewesen, als er diese Neuigkeit vernahm. Das kantige Bulldoggengesicht, das gerade an einer riesigen Gulaschflachse** gekaut hatte, verfärbte sich pur-

---

* Kotzen

** Gulaschsehne

purrot. Der Graf verschluckte sich und hatte in Folge einen fürchterlichen Husten- und Würgeanfall. Er hatte dem gönnerhaft plaudernden Grafen, der sich im Spielgewinn der vergangenen Nacht sonnte, einen ordentlichen Dämpfer verpasst. Gut so.

Als er aus dem Bett aufstand, bereute er es sofort wieder, da der Kopfschmerz zu einem dröhnenden Pochen anschwoll. Benommen taumelte er zu seinem Kleiderschrank, öffnete diesen und nahm den seidenen Schlafrock heraus. Nachdem er auch seine Hausschuhe gefunden hatte, verließ er das Schlafzimmer und fand im Salon seine Mutter beim nachmittäglichen Tee vor. Er wünschte ihr einen guten Morgen, worauf sie nichts erwiderte und ihn nur sorgenvoll ansah. Er ignorierte ihren Blick und fragte stattdessen: »Darf ich Ihnen etwas Tee nachgießen, liebe Frau Mama?«

»Danke, ich hatte meinen Tee bereits. Wenn du einen Blick auf die Uhr werfen würdest, würdest du sehen, dass es schon dreiviertel sechs ist. Zeit, um sich für das Abendessen vorzubereiten … Und du, Aloysius, stehst gerade erst auf! Mein Gott, Bub! Ich hab doch im Moment genug Sorgen. Der Tod der Minerl hat mich heute wiederum kein Auge zutun lassen. Und du treibst dich die ganze Nacht herum.«

»Pardon, aber das ist nicht ganz korrekt. Ich hab mich letzte Nacht in bester Gesellschaft befunden. Oder wollen Sie eine Einladung beim Fürsten Montenuovo als nächtliches Herumtreiben bezeichnen?«

»Hast du wieder Karten gespielt? Du hast doch eh schon so hohe Schulden. Du weißt doch eh nicht mehr, wie du das alles bezahlen kannst …«

»Mach Sie sich keine Sorgen …«, erwiderte der Baron und schob sich ein Stück Gebäck in den Mund, »… wir erben jetzt eh alles von der Minerl. Ihr Herr Bruder hat ihr doch ein komfortables Vermögen hinterlassen. Damit sind wir aus dem Schneider …«

»Pfui Teufel, Aloysius! Wenn es ums Geld geht, lässt du jegliches Taktgefühl vermissen. Deine arme Cousine ist noch nicht einmal unter der Erde, und du spekulierst schon auf ihre Erbschaft. Dégueulasse!«

Damit stand die Baronin auf und verließ den Salon. Ihr Sohn blieb beschämt zurück, was ihn aber nicht hinderte, die restlichen Kekse aufzuessen und in Ruhe eine Schale Tee zu trinken. Das Thein milderte sein Kopfweh, und er begann, sich in seiner Haut wieder wohlzufühlen. Um aber alle Lebensgeister wiederzuerwecken, befahl er dem Dienstmädchen, in die Badewanne kaltes Wasser einzulassen. Eine Radikalkur, die er schon öfters nach durchspielten und durchzechten Nächten angewandt hatte.

Merklich erfrischt stand er nach dem Bade lange vor seinem gut sortierten Kleiderschrank und überlegte, was er heute Abend tragen sollte. Er hatte Lust auf etwas Buntes, Schrilles. Doch die Etikette verlangte von ihm anderes. Es schickte sich einfach nicht, nach einem Todesfall in der Familie fröhliche Farben zu tragen. Deshalb entschied er sich für einen schwarzen Anzug, ein grafitfarbenes Gilet* sowie eine schwarzgrau gestreifte Krawatte. Solchermaßen bekleidet, stand er einige Zeit vor dem Spiegel und betrachtete sich mit ausgesprochenem Wohlgefallen.

Als er gegen 8 Uhr abends das Café Sperl betrat, herrschte reger Betrieb. Er ergatterte ein kleines Ecktischchen, das sich unmittelbar neben einer ihm wohlbekannten Gruppe von Tarockspielern befand. Es waren dies der Inspector Nechyba, der Redakteur Goldblatt, der Cafetier Kratochwilla, der ihn über seine Mitspieler hinweg mit einem »Kompliment, Herr Baron« begrüßte, und zu guter Letzt der Scharfrichter Lang. Ein wahrer Könner seines Faches, der erst im April des heurigen Jahres den Raubmörder Anton Senekl sachgerecht justifiziert hatte. Die anderen drei Herren grüßten ebenfalls, der Baron dankte höflich. Danach widmete er sich den Abendausgaben der Zeitungen, die ausführlich über den Mord sowie über den mutmaßlichen Täter, den Fleischergesellen Anastasius Schöberl, berichteten. Während des Lesens beobachtete er, dass es zwischen den Tarockspielern am Nebentisch beachtliche Spannungen gab. Besonders der Inspector sparte gegenüber dem Redakteur Goldblatt nicht an aggressiven Redensarten. Sie gingen weit über das beim Tarockspiel übliche Maß an ironischen Bemerkungen und kleinen Bosheiten hinaus. Schließlich wurde es dem auf seine Gemüt-

* Weste

lichkeit bedachten Joseph Lang zu bunt. Er schmiss die Karten auf den Tisch und grollte: »Jetzt reicht es aber! Wenn ihr beide – Nechyba und Goldblatt – euch unbedingt streiten wollt, dann gehts gefälligst hinaus auf die Gasse. Dort könnt Ihr euch von mir aus die Schädel einschlagen. Aber hier beim Tarockieren bitte ich mir ein anständiges Benehmen aus.«

Die beiden Angesprochenen zogen wie gemaßregelte Schulbuben die Köpfe ein. Lang, der keinen der beiden ernsthaft beleidigen wollte, mäßigte seinen Ton: »Meine Herren, wir spielen mittlerweile seit Jahren mindestens einmal pro Woche Tarock miteinander. In dieser Zeit sind mir die hier Anwesenden als Mitspieler, und fast möchte ich sagen als Freunde ans Herz gewachsen. Deshalb bitte ich euch – Nechyba und Goldblatt – legts die Karten offen auf den Tisch und sagts, was zwischen euch beiden los ist. Ich bin überzeugt, dass man über jedes Ärgernis vernünftig diskutieren kann.«

Nach einer kurzen Pause räusperte sich Nechyba und antwortete dem Scharfrichter: »Haben Sie heute Morgen dem Goldblatt seinen Artikel über den Naschmarktmord gelesen? Dieser Artikel ist eine einzige Sauerei. Erstens hat er irgendeinen meiner Untergebenen – wahrscheinlich den Pospischil – bestochen, dass der ihm eine völlig aus der Luft gegriffene Theorie des Tathergangs erzählt. Zweitens hat er damit einen unbescholtenen Wiener Bürger – den Anastasius Schöberl – als Mörder vom Naschmarkt in Verruf gebracht. Drittens missbrauchte er mein Vertrauen aufs Gröbste.

Denn wenn es sichere Fakten in dem Fall gegeben hätte, hätte er sie von mir als Erster erfahren. Schließlich treffen wir uns fast täglich hier im Café, spielen gemeinsam Tarock und sind ja auch sonst nicht böse aufeinander. So, jetzt wissen Sie, warum ich auf den Goldblatt so grantig bin.«

Goldblatt war dies alles peinlich, trotzdem ging er zum Gegenangriff über: »Also bitte, meine Herren! Geschichten zu recherchieren und darüber zu schreiben, das ist mein Beruf. Außerdem kann ich wirklich nichts dafür, dass gerade derjenige, der gestern den Mord gestanden hat, der Lieblingsfleischhauer vom Nechyba ist. Deshalb ist er jetzt sauer auf mich. Weil er in Zukunft beim Fleischhauer wahrscheinlich nur mehr Flachsen zugeschnitten bekommt …«

Über die letzte Bemerkung mussten sowohl der lauschende Baron als auch Kratochwilla und Lang schmunzeln. Nechyba grollte: »Ihre blöden Witze können Sie sich sparen, Goldblatt. Das ist nicht lustig. Der Schöberl ist höchstwahrscheinlich unschuldig, den haben sie nämlich gestern am Kommissariat in der Fleischmanngasse halb tot geprügelt, bevor er gestanden hat. Wenn ich Sie bei mir in der Polizei-Direction in ein Verhörzimmer bringe und Sie dann wie einen Hund hau, unterschreiben Sie mir auch jedes Geständnis. Wollen wir wetten, Goldblatt?«

»Das mit dem Schöberl ist aber was anderes. Das wissen Sie ganz genau, Nechyba. Erst gestern am Vormittag haben wir gemeinsam beobachtet, wie dieser

Grobian ein Mädel geschlagen hat. Am helllichten Tag, vor allen Leuten! Wer so was tut, ist zu allem fähig.«

Bei dieser Bemerkung Goldblatts hielt es der Baron nicht länger aus, nur stiller Zuhörer zu sein. Mit einem lauten Räuspern schaltete er sich in den Diskurs ein: »Pardon, wenn ich mich einmische. Aber die Behauptung des Herrn Redakteur entbehrt doch jeglicher Realität. Nur weil ein Mann eine Frau schlägt, ist er noch lang kein Mörder ...«

Diese Behauptung wollte der Scharfrichter wiederum nicht unwidersprochen lassen: »Also Herr Baron, der Meinung bin ich ganz und gar nicht. Ich halt das für eine ausgesprochene Rohheit, wenn ein gestandenes Mannsbild ein Weib schlägt. Wenn ich so was sehe, werde ich ganz rabiat. Die Hand gegen eine Frau zu erheben, das gehört sich für einen anständigen Mann nicht.«

»Ich weiß eh, dass der Schöberl ein brutales G'fraßt ist ...«, brummte Nechyba, »aber umgebracht hat er Ihr Fräulein Cousine sicher nicht. Da geb ich Ihnen völlig recht, Herr Baron. Das sagt mir mein kriminalistischer Instinkt. Und Ihnen, Herr Goldblatt, gebe ich das gerne auch schriftlich: Der Schöberl war's net!«

Nechyba nahm einen Schluck Schnaps und fuhr dann fort: »Apropos, Goldblatt. Wissen Sie, wer heute bei mir war und mir einen interessanten Hinweis auf den möglichen Naschmarktmörder gegeben hat?«

Der Angesprochene schüttelte den Kopf. Mit ruhiger Stimme klärte ihn Nechyba auf: »Ihre Nachbarin, Goldblatt. Frau Marianne Endlweber. Sie brachte zu Protokoll, dass ihr Nachbar ein unberechenbarer, gefährlicher Choleriker sei, der einen unregelmäßigen, bohemienhaften Lebenswandel führe und der sie schon des Öfteren bedroht hätte. Wollen Sie nicht morgen zu mir in die Polizei-Direction kommen, Goldblatt? Mir ein bisserl Rede und Antwort stehen, wo Sie in der Mordnacht waren, welches Alibi Sie haben, et cetera? Ich reservier ein Verhörzimmer für uns beide ...«

Der Baron, der Cafetier und der Scharfrichter lachten über diesen Vorschlag. Dadurch entspannte sich die Situation, und Lang drängte die beiden Streithähne, sich zu versöhnen. Goldblatt gab zu, dass er Schöberl mit der übereilten Veröffentlichung möglicherweise Unrecht getan habe. Schönthal-Schrattenbach nutzte die Gelegenheit, um in der Runde einige Zitate aus Otto Weiningers ›Geschlecht und Charakter‹ anzubringen. Und Adolf Kratochwilla war rundum zufrieden. Denn im Gegensatz zu den eher konsumationsarmen Tarockabenden wurde heute infolge des lauten und erregten Diskutierens heftig den Getränken zugesprochen. Was dem Cafetier einen hübschen Umsatz brachte.

XIV/2.

Ein zaundürrer Bub in zerlumpter Kleidung schlich durch das morgendliche Treiben des Naschmarktes. Er war barfuß und hielt mit Luchsaugen nach etwas Essbarem Ausschau. Hin und wieder bückte er sich, hob ein halb verfaultes Stück Obst auf und verschlang es gierig. Da er sich bei seiner Essenssuche voll auf den Boden konzentrierte, rannte er in eine kräftige weibliche Person, die einen vollgepackten Korb schleppte. Dieser rutschte ihr aus der Hand, Zwiebeln, Grünzeug und ein Salat kullerten auf die Erde. Der erste Reflex des Buben war: sich ducken, um der unvermeidlichen Ohrfeige auszuweichen. Als diese jedoch ausblieb, blickte er auf, krähte ein »Entschuldigung, gnädige Frau!« und wieselte hinter dem herumkullernden Gemüse her. Er sammelte alles ein und schlichtete es gewissenhaft in den am Boden stehenden Korb zurück. Der Litzelsbergerin schnürte es, als sie die halb verhungerte Kreatur beobachtete, das Herz ab. Und obwohl ihr normalerweise die Ohrfeigen locker von der Hand gingen, hatte sie in diesem Fall nicht zugeschlagen und auch nicht geschimpft.

»Entschu… Entschuldigen …«, stotterte der Bub. »Darf ich Ihnen für ein paar Heller den Korb nach Hause tragen?«

»Was willst du? Den schweren Korb schleppen?«

»Bitt schön. Ich schaffe es sicher. Gnädige Frau werden schon sehen, was ich für eine Kraft habe.«

Die Köchin ließ den Buben gewähren. Er ging los, den Korb mit beiden Händen vor sich hertragend. Die Last des Korbes drückte mächtig. Sein Gang wurde immer breitbeiniger und langsamer. Bis er schließlich den Korb niederstellen musste. Die Köchin trat neben ihn und fragte: »Wofür brauchst du denn so dringend Geld?«

Der Bub, der aufgrund der Anstrengung keuchte, schlug die Augen nieder und starrte auf seine Schmutzfüße. Es sah aus, als ob er am Absatz kehrtmachen und davonlaufen wollte. Schließlich sagte er: »Ich brauch's für eine Schlafstelle. Ich hab schon drei Nächt' auf der Gasse g'schlafen …«

Aurelia Litzelsberger griff in ihr Portemonnaie und kramte einige Heller heraus. Bevor sie ihm die gab, fragte sie: »Wie heißt du denn eigentlich?«

»Pepi …«

»Ich hab dich noch nie am Naschmarkt gesehen …«

»Ich bin eh schon eine Weile da. Seitdem meine Frau Mutter g'storben ist.«

Die Köchin drückte ihm die Münzen in die Hand, und er verschwand blitzartig in der Menschenmenge. Wahrscheinlich fürchtete er, dass es sich die gnädige Frau vielleicht doch noch anders überlegen könnte.

In der Schmerda'schen Wohnung ließ die Köchin den Korb einfach in der offenen Tür stehen. Die Mizzi, die das Aufsperrgeräusch gehört hatte, eilte herbei, schloss die Tür, nahm den Korb und schleppte das schwere Ding in die Küche. Aus dem kleinen Salon kommend, folgte die Dame des Hauses der Mizzi in die Küche und beäugte neugierig die eingekauften Sachen.

»Na, Aurelia, was gibt es denn Gutes zu Mittag?«

»Zuerst Leberpüree mit Eiern, dann einen Lammshasen* mit Kompottfrüchten und Salat. Als Dessert machen wir einen gespickten Igel.«

»Delikat wie immer. Ach Aurelia, was wäre, wenn ich Sie nicht hätte …?«

»Dann täten Sie sich einfach eine andere Köchin nehmen, gnädige Frau.«

»So etwas wie Sie finde ich mein Lebtag nicht mehr. Darum bin ich auch sehr vorsichtig, dass Sie mir niemand wegschnappt.«

Aurelia und Mizzi packten die Einkäufe aus und begannen mit den Kochvorbereitungen. Dazu gehörte unter anderem das Feuerentfachen im Herd sowie das Abhäuten und Spicken des Lammshasen. Den gespickten Braten legte die Köchin gemeinsam mit einer Speckschwarte, geschnittenen Zwiebeln und Goldrübchen in eine Bratpfanne. Mit zerlassener Butter wurde der Braten benetzt und mit weißem Papier abgedeckt, damit das zarte Fleisch im Rohr nicht zu rasch bräunte.

»Sagen Sie, Aurelia, wie war das eigentlich gestern mit dem Herrn Inspector, der Sie besucht hat? War er in einer kriminalistischen Angelegenheit hier?«

---

* Dabei handelt es sich um einen ausgelösten Lammrücken samt den Schlögeln; seinen Namen verdankt er der Formähnlichkeit mit dem Hasenbraten.

»Ja, gnädige Frau! Wegen des Mordes am Naschmarkt!«, rief Mizzi vorlaut.

»Um Gottes willen, was haben wir denn mit dieser grässlichen Sache zu tun?«

Die Litzelsbergerin warf der Mizzi einen bösen Blick zu und beruhigte ihre Arbeitgeberin: »Im Prinzip gar nix. Ich hab dem Herrn Inspector von der Mizzi ein Rumpsteak bringen lassen, das der Fleischhauerbub irrtümlich uns zugestellt hat. Dafür wollt' sich der Herr Inspector halt persönlich bedanken …«

»… er hat der Frau Aurelia einen wunderschönen Blumenstrauß mitgebracht …«

»Mizzi, halt gefälligst den Mund, wenn sich die gnädige Frau mit mir unterhält. Es hat dich keiner g'fragt.«

Inzwischen wurde das Leberpüree mit Eiern zubereitet. Es ist dies eine Suppe, für die Rindsleber feinblättrig geschnitten und danach in Mehl gewälzt wird. In einer Kasserolle werden in erhitzter Butter geschnittene Zwiebel, die Leberblättchen mit den Fleischabfällen des Lammshasen angeröstet und danach mit Rindssuppe und Wasser aufgegossen, gesalzen, gepfeffert und gekocht. Vor dem Servieren werden die Leber- und Fleischstücke sowie die Zwiebeln aus der Suppe abgeseiht. Mit einem Löffel passiert man die weichen, cremigen Leberteile durch das Sieb. Eier werden hart gekocht und geschält, das Eiweiß wird vorsichtig von den harten Dottern getrennt und gehackt, danach beides der Suppe beigefügt.

»Einen Blumenstrauß hat er Ihnen geschenkt, der Inspector? So, so ... Er wird doch am Ende kein Auge auf Sie geworfen haben?«

Nun musste sich die Litzelsbergerin eisern beherrschen, um nicht rot zu werden. Dies gelang ihr dadurch, dass sie sich vorstellte, die Mizzi übers Knie zu legen und dem vorlauten Dienstmädel mit dem Teppichpracker* den Hintern zu versohlen. Der Frau Hofrat antwortete sie, während sie den bei mäßiger Hitze im Ofen bratenden Lammshasen mit Saft begoss: »Glauben Sie, gnädige Frau, dass ein höherer Beamter, der sich noch dazu in den besten Mannesjahren befindet, ein Auge auf einen Dienstboten wie mich wirft? Ich entspreche ja nun wirklich nicht mehr dem Ideal des süßen Wiener Mädels. Aus dem Alter bin ich längst heraußen. Leider ...«

»Aber Aurelia! So was sollen Sie nicht sagen. Schließlich sind Sie eine stattliche Frau. Und wenn ich ein Mann wäre, könnte ich mir schon vorstellen, dass Sie mir gefallen täten ...«

Das war nun denn doch zu viel. Flammende Röte schoss der Köchin in den Schädel, und ihr fiel nichts Besseres ein, als »Aber gnädige Frau ...« zu murmeln.

Um sich abzulenken, bereitete die Köchin nun den gespickten Igel zu. Dazu ließ sie Mizzi Butter flaumig abtreiben und rührte dann nach und nach fünf Dotter, fein gestoßene, ungeschälte Mandeln, ein Täfelchen geriebene Schokolade, eine Messerspitze geschnittene Zitronenschalen, etwas fein gestoßenen und gesiebten

---

* Teppichklopfer

Zucker sowie ein paar mit Rotwein benetzte Bröseln hinein. Schlussendlich mengte sie den Schnee von drei Eiklar darunter. Inzwischen hatte die Mizzi melonenförmige Backformen innen mit Butter bestrichen und mit Mehl bestaubt. Die Litzelsbergerin füllte die Masse in diese Formen und schob sie ins Backrohr. Eine halbe Stunde später würde sie sie dann aus dem Rohr nehmen, die Mehlspeisen stürzen und igelförmig mit Mandelstiften verzieren sowie mit einem Weinguss* vollenden.

Die Stille, die ihrer Bemerkung folgte, war der Hausherrin nun ebenfalls peinlich. Sie zog sich mit einem »Nichts für ungut …« aus der Küche zurück und schloss leise die Tür von außen. Kaum dass sich ihre Schritte im Vorzimmer entfernt hatten, drehte sich die Litzelsbergerin um und haute der Mizzi eine Fürchterliche runter.

XV/2.

Es war gegen 2 Uhr Mittag, als Joseph Maria Nechyba mit vor Hunger laut knurrendem Magen die k. k. Polizei-Direction am Schottenring verließ. Ein gewalti-

* Zucker, Gewürznelken, Zitronenschalen werden in Wasser so lange gekocht, bis der Zucker Fäden zieht. Sobald dieses Stadium erreicht ist, werden die Gewürznelken und Zitronenschalen herausgefischt sowie einige Schlucke Rotwein hineingerührt.

ges Arbeitspensum hatte er zu diesem Zeitpunkt bereits erledigt. Gleich in der Früh bat er – sein unmittelbarer Vorgesetzter, der Leiter des k. k. Polizeiagenteninstituts weilte auf einer längeren Kur – um eine Vorsprache beim Zentralinspector Ferdinand Gorup von Besanez. Da die Aufklärung des Naschmarktmordes aufgrund des öffentlichen Interesses auch für die hohen Herren in der k. k. Polizei-Direction höchste Priorität hatte, bekam er noch am selben Vormittag einen Termin. Der Zentralinspector war um einige Jahre älter als Nechyba, ein drahtiger Mann mit sorgfältig gestutztem Vollbart und Bürstenfrisur. Am Schreibtisch sitzend, ohne von seiner Arbeit aufzublicken, kam er sofort zur Sache: »Na, wie schaut es aus, Nechyba? Haben wir in der Naschmarktaffäre hieb- und stichfeste Beweise gegen den … wie heißt er gleich?«

»Schöberl heißt er, Herr Zentralinspector. Anastasius Schöberl.«

»Ah ja. Also, was haben wir gegen den Schöberl in der Hand? Haben Sie seine Wohnung durchsucht? Zeugen, Verwandte, Bekannte befragt? Ist er schon früher straffällig geworden?«

»Das ist alles nicht so einfach. Die Sache verhält sich nämlich folgendermaßen: Einerseits hat der Schöberl einen Hang zu Gewalttätigkeiten, das ist amtsbekannt. Das spräche dafür, dass er der Täter ist. Andererseits haben wir bei der Durchsuchung seiner Wohnung nix gefunden. Kein Seidentuch, keinen Schal, nix. Dagegen spricht außerdem, dass er – ich hab ihn mir neulich im

Polizeigefangenenhaus vorführen lassen – Stein und Bein schwört, er sei es nicht gewesen.«

»Und das Geständnis?«

»Das ist – mit Verlaub – ein Tinnef*. Das ist nicht einmal das Papier wert, auf dem es geschrieben steht. Das haben der Pospischil – ein Polizeiagent aus meiner Gruppe – und ein paar Sicherheitswacheleute vom Kommissariat Fleischmanngasse aus ihm herausgeprügelt. Der Schöberl schaut aus, wie wenn eine Dampftramway über ihn drüberg'fahren wäre.«

»Und hat er ein Alibi?«

»Bisher nicht. Er wohnt auf Untermiete im Haus seines Arbeitgebers in der Gumpendorferstraße. Die Hausmeisterin dort hat ausgesagt, dass er in der fraglichen Nacht ziemlich spät und stockbesoffen heimgekommen ist. Trotzdem: Der Schöberl ist kein Würger. Der ist vom Typ her ein Schläger. Einer, der im Affekt einem Mädel den Schädel einschlägt. Aber keiner, der jemanden verfolgt, anspringt und von hinten mit einem Tuch stranguliert. Außerdem gibt es keinerlei Hinweise, dass der Schöberl und die Gräfin irgendetwas miteinander zu tun gehabt hätten.«

»Wenn er besoffen heimgekommen ist, muss er sich ja vorher irgendwo seinen Rausch angetrunken haben. Schauen Sie, dass Sie herausfinden, wo das war! Gibt es eigentlich noch andere Verdächtige?«

»Leider nein, Herr Zentralinspector … Allerdings war da so eine komische Geschichte, in die die Grä-

* wertloses Zeug / Dreck

fin Hainisch-Hinterberg verwickelt war. Eine delikate Angelegenheit, die ich von mehreren Seiten gehört habe.«

»So …?«

»Die Hainisch-Hinterberg hat in den Wochen vor ihrer Ermordung eine Affäre gehabt … Mit einem Planetenverkäufer vom Naschmarkt.«

»Na da schau her! Das ist ja eine Mesalliance, wie sie im Buche steht. Aber was hat das mit ihrer Ermordung zu tun?«

»Nun: Erstens würde das erklären, warum sich ein Fräulein aus der besseren Gesellschaft in der Nacht am Naschmarkt herumtreibt. Zweitens scheint es in dieser … hm … Affäre unmittelbar vor dem Mord eine Streiterei gegeben zu haben. Dafür habe ich eine Zeugin. Drittens ist der besagte Planetenverkäufer ein richtiger Weiberheld, der hinter jedem Rock her ist.«

»Interessant, interessant. Am Ende könnte also dieser Bursche der Mörder sein. Aus verschmähter Liebe, respektive aus verletzter Eitelkeit. Na ja … warum nicht? Ein Motiv wäre das allemal. Also, Nechyba, schauen Sie, dass Sie diesen Herumtreiber erwischen. Und dann nehmen Sie ihn einmal ordentlich in die Mangel. Es muss ja nicht gleich so heftig sein, wie das Ihr Untergebener … der Pospischil … mit dem Schöberl gemacht hat.«

»Jawohl, Herr Zentralinspector. Respekt, Herr Zentralinspector.«

»Grüß Sie Gott, Nechyba.«

Er war schon fast bei der Tür draußen, als er sich noch einmal umdrehte, räusperte und zu seinem Vorgesetzten sagte: »Da wär' noch etwas, Herr Zentralinspector …«

»Na …«

»Gegen den Pospischil möchte ich ein Disziplinarverfahren einleiten …«

»Wegen des bisserl Prügeln?«

»Auch. Aber in erster Linie wegen einer Indiskretion der Presse gegenüber.«

»Ist das erwiesen?«

»Mit Verlaub, ja. Ich kenne den Journalisten, der das geschrieben hat, und der hat mir gesagt, dass er den Zund* vom Pospischil bekommen hat.«

»Na, dann tunken wir ihn ordentlich ein, den Burschen. Statuieren wir ein Exempel, damit das Plaudern mit der Presse nicht einreißt. Das wäre ja noch schöner!«

»Jawohl, Herr Zentralinspector! Respekt, Herr Zentralinspector.«

Zurück in seinem Bureau, veranlasste Nechyba die Einleitung eines Disziplinarverfahrens gegen Pospischil. Weiters schickte er einen seiner Männer zu Schöberl in die Theobaldgasse, um zu eruieren, wo jener in der fraglichen Nacht gesoffen hatte. Zwei weitere Agenten kommandierte er ab, den Gotthelf am Naschmarkt zu suchen, gegebenenfalls zu arretieren und ihn zum Ver-

* Hinweis, Tipp

hör in die Polizei-Direction zu bringen. Als das erledigt war, hatte er einen Bärenhunger und obendrein vom vielen Reden einen staubtrockenen Mund. Deshalb ging er schleunigst auf ein Krügerl frisch gezapftes Pilsener sowie ein Fiakergulasch ins Winterbierhaus in die Wipplingerstraße.

XVI/2.

»Pssst!«

Mit beschwichtigenden Gesten und kugelrunden Augen öffnete Mizzi die Tür der Schmerda'schen Wohnung, um den Inspector eintreten zu lassen.

»Die gnädige Frau hat fürchterliche Migräne, und da ist sie immer ganz besonders lärmempfindlich. Wir müssen ganz leise sein …«

Nechyba schob seinen massigen Körper auf Zehenspitzen in das Vorzimmer und stolperte dabei fast über einen Wasserkübel, den das Dienstmädchen dort hingestellt hatte. Mit beiden Armen rudernd, konnte er mit Müh und Not sein Gleichgewicht bewahren – Mizzi hielt ob dieser akrobatischen Leistung die Luft an.

»Entschuldigen, Herr Inspector, aber ich wische gerade den Boden auf. Vorsicht! Das Parkett ist noch feucht.«

»Ist die Frau Aurelia in der Küche?«

Mizzi nickte mit einem verschwörerischen Grinsen und deutete ihm, dass er ruhig weitergehen solle. Sie selbst fischte sich den Aufwaschfetzen aus dem Kübel und fuhr mit dem Aufwischen des Bodens fort. Nechyba klopfte sachte an die geschlossene Küchentür. Als die Litzelsbergerin öffnete, wischte er seine schweißnassen Hände blitzschnell am Sakko ab und begrüßte die Köchin mit einem formvollendeten Handkuss. Diese galante Geste war ihr peinlich, und so zog sie ihn in die Küche herein. Kaum hatte er auf dem Sessel im Eck Platz genommen, fing er in der rechten Außentasche seines Sakkos zu kramen an. Er beförderte ein kleines Packerl mit Bonbons ans Tageslicht und überreichte es ihr. Sie nahm das Päckchen mit spitzen Fingern, beäugte es von allen Seiten und bemerkte trocken: »Sie sind mir einer. Bringen mir Konfekt vom k. k. Hofzuckerbäcker Sluka. Ich weiß gar nicht, ob ich das annehmen soll. Schließlich kenne ich Sie ja überhaupt nicht …«

»Frau Aurelia! Machen Sie mir doch bitte die Freude. Ehrlich gesagt, hab ich mich auch gefragt, ob ich Ihnen so ein Präsent mitbringen darf. Aber andererseits waren Sie ja unlängst so freundlich … einem … einem Rendezvous am kommenden Sonntag beim Dommayer zuzustimmen. Und da hab ich mir halt gedacht, dass es die Grenzen der Schicklichkeit nicht verletzen würde … Ihnen eine kleine Freude zu machen.«

»Also von einem Rendezvous weiß ich nix«, antwortete die Litzelsbergerin trocken, »ich habe nur die

Möglichkeit angedeutet, dass wir eventuell am Sonntag zum Dommayer hinausfahren könnten. Falls es nicht regnet, falls ich überhaupt freihabe und falls es Ihre Diensteinteilung zulässt.«

»Ich habe dienstlich schon alles eingeteilt. Am Sonntag stehe ich den ganzen Tag ausschließlich zu Ihrer Verfügung. Und falls es regnet, würde ich mich freuen, wenn ich Sie, liebe Frau Aurelia, vielleicht nicht zum Dommayer, sondern in die Stadt ausführen dürfte.«

Die Köchin hatte inzwischen das Packerl aufgemacht und ein Bonbon gekostet. Sie ließ es mit Bedacht auf der Zunge zergehen, machte dann »Mmm«, nahm ein weiteres und steckte es dem verblüfften Nechyba in den Mund.

»Da! Essen Sie! Wenn Sie den Mund voll haben, können Sie wenigstens nicht so viel Süßholz raspeln.«

Joseph Maria Nechyba aß gehorsam das Bonbon, und die Köchin wandte sich ihrer Arbeit zu. Für das Abendessen bereitete sie gespicktes Kalbsbries mit Spargelspitzen in der Kruste vor. Dazu hatte sie die Kalbsbriese bereits vor Stunden mit kaltem Wasser gewaschen und dann auswässern lassen. Sie stellte nun das Bries im Wasser auf den Herd, erwärmte es und wartete, dass es sich zusammenzog. Anschließend entfernte sie alle Häute und Flachsen. Als das Bries abgekühlt war, wurde es mit Speckfäden gespickt. Der Inspector saß auf dem Sessel und sah der Litzelsbergerin zu. Nach einiger Zeit konnte er seine Neugierde nicht mehr zügeln und fragte, was sie da gerade zubereitete.

Die Köchin erklärte ihm alles, nicht ohne sich neuerlich über sein Interesse zu wundern. Nun ließ sie in einem Töpfchen Kristallzucker karamellisieren und goss dann reichlich Wasser drauf. Das gespickte Bries wurde gesalzen, in eine Pfanne gelegt, mit dem Zuckerwasser aufgegossen und so lange gedünstet, bis der Saft dick wie ein Sirup war. Nun wurde nochmals Wasser beigegeben und das Bries mit dem so entstandenen Saft so lange begossen, bis die Briesoberfläche eine schöne glänzende Farbe annahm. Rechtzeitig vor dem Abendessen würde die Köchin das Bries dann ins Rohr schieben, damit es goldbraune Farbe bekam. Für die Kruste knetete sie einen Teig aus Mehl, Salz, Dotter, zerlassener Butter sowie Wasser, den sie mit dem Nudelwalker messerrückendick auswalkte. Dieser Flecken wurde dreimal übereinandergelegt, ausgewalkt, nochmals dreimal übereinandergelegt und unter vorsichtigem Hinzugießen von Wasser geknetet, bis er schließlich geschmeidig war. Den fertigen Teig schob die Litzelsbergerin zum Rasten in ein Eck und baute sich dann vor dem Inspector auf. Sie sah ihm direkt in die Augen und stellte ihn zur Rede: »Herr Joseph, was soll das Theater? Sie machen mich mit Ihrer Fragerei über meine Arbeit, mit Ihren Komplimenten, Geschenken und auch mit Ihrer Anwesenheit ganz narrisch. Ich bin eine einfache Frau, der Sie augenscheinlich den Kopf verdrehen wollen. Nur wird das bei mir nix werden. Damit das ein für alle Mal klar ist. Sie sollten jetzt gehen und mich in Ruhe lassen!«

Nechyba war, als ob man ihn mit einem Kübel kaltem Wasser angeschüttet hätte. Er ließ aber nicht locker. Im Gegenteil: Er kniete vor der Köchin nieder, nahm ihre Hand und setzte zu einer Liebeserklärung an. Just in diesem Augenblick öffnete Mizzi die Küchentür, gab ein erstauntes Aaah! von sich und blieb blöde gaffend vor der oben geschilderten Szene stehen. Nechyba versuchte zu retten, was zu retten war. Er stand auf – ohne die Litzelsbergerische Hand loszulassen –, sah die Mizzi streng an und sagte: »Gut, dass du gerade hereingekommen bist. Erstens sollst du ruhig wissen, dass ich die Frau Aurelia am Sonntag ausführen werde. Unter allen Umständen und bei jedem Wetter. Zweitens wollte ich dir eh noch ein paar Fragen stellen. Also steh nicht da wie die Kuh vorm neuen Tor. Mach gefälligst die Küchentür zu und erzähl mir jetzt ganz genau, was du über diesen Planetenverkäufer, den Gotthelf, weißt.«

Zu seiner Überraschung entzog ihm die Litzelsbergerin erst nach geraumer Zeit ihre Hand. Das Mädchen war völlig kleinlaut und berichtete brav, was sie über den schönen Stani wusste. Als die Befragung zu Ende war, schickte die Köchin das Mädel um ein paar Einkäufe. Joseph Maria Nechyba entschuldigte sich bei der »lieben Frau Aurelia« für die kompromittierende Situation, in die er sie gebracht hatte. Die Köchin nahm die Entschuldigung kommentarlos zur Kenntnis. Nechyba zog sich auf seinen Sessel zurück und schaute zu, wie sie im goldenen Nachmittagslicht zwischen all den Töpfen, Pfannen und Kasserollen am Herd agierte.

Der Teig wurde nun hauchdünn ausgerollt, in eine ovale Backform gegeben, mit Kukuruz* ausgefüllt und im Rohr goldgelb gebacken. Danach schüttete die Köchin den Kukuruz weg, stürzte die Kruste behutsam aus der Form, bestrich sie innen und außen mit Eidotter und ließ sie im heißen Rohr kurz trocknen. Nun begann sie, die Suppenspargel zu putzen, deren obere Drittel abzuschneiden und diese in Salzwasser zu kochen. Später würden die abgetropften Spargelspitzen dann in zerlassener, heißer Butter geschwenkt und in die Kruste, die mit der Rundung nach unten auf einer Platte lag, gefüllt werden. Rund um die spargelbefüllte Kruste würde die Köchin dann das in Scheiben geschnittene Bries anrichten. Mitten in ihrer Arbeit hielt die Litzelsbergerin plötzlich inne, sah zu dem Inspector hinüber, schmunzelte und sagte: »Sie werd ich anscheinend nicht mehr los, Nechyba.«

Wobei »Nechyba« entschieden zärtlicher als »Herr Joseph« klang.

XVII/2.

Als Mizzi aus dem kühlen Hausflur auf die Gasse hinaustrat, musste sie unwillkürlich nach Luft schnappen. Die brütende Hitze des hochsommer-

* Mais

lichen Nachmittags legte sich schwer auf ihre Brust. Bereits nach wenigen Schritten begann sie heftig zu transpirieren. Mit jedem weiteren Schritt bereute sie, dass sie in der Früh einen Unterrock angezogen hatte. Das hätte sie sich wirklich sparen können! Mehrmals wischte sie sich mit dem Schürzenzipfel den Schweiß vom Gesicht. Das grelle Sonnenlicht schmerzte in den Augen. Mit ihrem langen Unterrock, einem weiß-blau gestreiften Überrock, weißer Schürze, die nicht mehr ganz sauber war, und einer gestärkten weißen Bluse mit hohem, rüschenbesetzten Kragen ging sie durch die Straßen der fast ausgestorbenen Stadt. Keine Fußgänger, keine Fuhrwerke, nichts. Im Schatten einer offenen Toreinfahrt lag müde hechelnd ein Hund. Mizzi musste sich nicht lange den Kopf über die Gründe der großen Leere zerbrechen. Schließlich schrieb man bereits den zehnten Juli. Da hatten sich schon viele Menschen auf Sommerfrische begeben. Automatisch dachte sie dabei an die sommerlich verlassenen Wohnungen mit den abgedunkelten Räumen, zugedeckten Sitzgarnituren und fest verschlossenen Kästen. Der scharfe Naphthalin- und Kampfergeruch, der Motten von Kleidern und Polstermöbeln fernhalten sollte, war ihr plötzlich gegenwärtig. Die Vorstellung war so intensiv, dass sie niesen musste.

›Helfgott!‹, dachte sich der Mann, der ihr, seit sie aus dem Haustor getreten war, folgte. Er hatte ziemlich lang in einem Hofeingang, der sich vis-à-vis des Schmerda'schen Hauses befand, gewartet. Inständig hatte er gehofft, dass das Dienstmädchen heute noch auf die Gasse herunterkommen werde. Mizzi trottete in Richtung Lotte Landerls Greislerei, um die ihr aufgetragenen Einkäufe zu erledigen.

Als sie die Klinke der Greislerei drückte, ging die Tür nicht auf. Sie rüttelte einige Male heftig und bemerkte erst dann das Taferl, das innen an der Tür hing. Auf ihm stand in kunstvoll geschwungenen Buchstaben geschrieben: ›Komme gleich‹.

Enttäuscht und verwirrt setzte sich das Dienstmädchen auf die kühlen Steinstufen vor der Ladentür und wartete. Als ihr das Warten zu fad wurde, flüchtete sie sich in Tagträume. Sie dachte an lauter angenehme Dinge: Wie wunderbar wohl ein Rumpsteak schmecken würde ... an den netten Grafen Borowicz und die Fahrt im Fiaker ... an den Stani, den sie so sehr verehrte und der ihren schüchternen Avancen bisher immer ausgewichen war. Plötzlich kam ihr eine Idee. Eigentlich könnte sie auf einen Sprung beim Gotthelf vorbeischauen. Ob der wohl wusste, dass sich ein Inspector von der Polizei-Direction für ihn interessierte? Nur einen Sprung, um ihm diese Neuigkeit zu erzählen. Unterdessen würde die Frau Landerl ihren Laden wieder aufgesperrt haben, und sie könnte dann die aufgetragenen Einkäufe machen. Als Entschuldigung für ihr langes Ausbleiben würde sie die vorübergehende Sperre der Greislerei vorbringen. Eine Ausrede, die die Köchin bei der Greislerin ruhig nachprüfen konnte! Kaum hatte die Mizzi sich das überlegt, war sie schon flotten Schrittes zur Gotthelf'schen Unterkunft unterwegs. Sie dachte voll Freude an die kommenden drei Wochen, während denen die Familie Schmerda ebenfalls auf Sommerfrische fuhr. Diese Zeit war für das Dienstmädchen der Höhepunkt des Jahres. Denn im Gegensatz zur Köchin, die daheimblieb und die Schmerda'sche Wohnung hütete, wurde das Dienstmädchen vom Hofrat und seiner Familie in den Urlaub mitgenommen. Die Reise ging auf den Semmering, wo in einer gepflegten Familienpension eine ganze Etage bezogen wurde. Hier gab es für Mizzi kaum etwas zu tun. Sie konnte in der herrlichen Mittelgebirgslandschaft ausgedehnte Spaziergänge machen, sich in Wiesen legen und stundenlang in die Luft schauen. Die Herrschaft war sehr entspannt, die Atmosphäre äußerst leger und die arbeitsame, stets irgendeine Beschäftigung findende Köchin weit weg. Solche Gedanken erfrischten Mizzi bei ihrem Weg durch die Stadt. Ihr Schritt war nun sehr beschwingt, und es dauerte nicht lange, bis sie die Gotthelf'sche Unterkunft erreicht hatte. Sie durchquerte den ersten, menschenleeren Innenhof und gelangte durch einen engen, selbst in dieser Jahreszeit feucht und muffig riechenden Durchgang in den zweiten Hof. Sie klopfte an die Eingangstür der Gotthelf'schen Hütte, drückte schüchtern die Türschnalle und bemerkte zu ihrer großen Enttäuschung, dass auch diese Tür versperrt war. In der Hoffnung, dass der Stani ein Nachmittagsschläfchen halten könnte, klopfte und rüttelte sie an der Tür. Plötzlich wurde ein ebenerdiges Fenster aufgerissen und ein zerraufter Männerkopf auf einem massigen Oberkörper kam zum Vorschein. Der Mann, der ein nicht mehr ganz frisches Unterhemd trug, murrte: »Was ist denn los? Was machst denn für einen Krawall? Hör sofort auf!«

»Entschuldigen der Herr … ich wollte keinen Krach machen. Es ist nur … nur, weil ich dem Herrn Gotthelf dringend etwas auszurichten hätte …«

»Herr Gotthelf …? Seit wann ist der Gotthelf ein Herr? Nicht einmal ich bin ein Herr, obwohl ich da der Hausmeister bin. Ein Herr ist unser Hausherr oder der Herr Lehrer, der was im zweiten Stock wohnt. Merk dir das! Und was den Gotthelf betrifft, hab ich keine Ahnung, wo der sich herumtreibt. Der war schon den ganzen Tag nicht da. Ich steck meine Füße jetzt wieder ins Lavoir mit kaltem Wasser und möchte keinen Mucks mehr hören. Hast du verstanden?«

Mit einem resoluten Knall schloss er das Fenster. Stille breitete sich im Hinterhof aus und Mizzi entfernte sich enttäuscht.

Erleichtert statt enttäuscht war Mizzis Verfolger. Die Abgeschiedenheit des Hinterhofs war genau das, was er für sein Vorhaben benötigte. Als sich Mizzi langsam dem dunklen Durchgang zwischen den Höfen näherte, begann das Blut in seinen Schläfen zu pochen. Wie in Trance sah er die zarte Gestalt auf sich zukommen, seine schweißnassen Hände verkrallten sich in dem Seidentuch, das er vor seiner Brust hielt. Er spannte das Tuch und drückte sich in eine Mauernische. Doch als das Mädel den Durchgang betrat, sah er plötzlich das erbitterte Ringen mit der Frau, die er am Naschmarkt erwürgt hatte, vor seinem geistigen Auge. Diese Erinnerung bewog ihn, die Taktik zu ändern. Schnell ließ er das Tuch in der Tasche seines Sakkos verschwinden und trat aus dem Mauervorsprung hervor. Mizzi erschrak, dann blitzte aber ein Wiedererkennen in ihren Augen auf.

»Gott zum Gruße, mein Kind!«, sagte der Mann freundlich. »Was treibt dich in diesen menschenverlassenen Hinterhof? Wolltest du am Ende den Gotthelf besuchen?«

»Grüß Gott, gnädiger Herr. Ja, zum Gotthelf Stani wollt ich, gnädiger Herr …«, stotterte Mizzi.

»Siehst du, das hab ich auch vorgehabt. Komm, schauen wir noch einmal nach, ob er nicht doch da ist.«

Damit nahm er sie mit der Linken bei der Schulter, drehte sie um und stupste sie vor sich her. Mit der Rechten zog er das Seidentuch aus der Tasche. Die linke Hand schob sein Opfer, das sich widerstandslos bugsieren ließ, etwas nach rechts. Zart strich er mit der Hand zu ihrem Hals hinauf. Hier befand sich plötzlich auch die rechte Hand mit dem Seidentuch. Beide Hände vereinigten sich blitzschnell vor Mizzis Hals. Das Tuch wurde gestrafft. Hinter Mizzis Genick verknotet. Und zusammengezogen. Mizzis Körper bäumte sich jäh auf.

Der recht große und kräftige Mann zog den Mädchenkörper am Seidentuch in die Höhe. Mizzis Beine strampelten in der Luft. Hilflos rudernde Arme. Gurgelnde Geräusche. Dann ein kurzer, scharfer Knacks. Mizzis Kopf knickte zur Seite. Wie von Sinnen schüttelte er den am Seidentuch baumelnden Körper. Als ein scharfer Uringeruch aufstieg, ließ der Mann die Tote auf den Boden plumpsen.

Kurz betrachtete er sein Werk. Dann beugte er sich zu der Toten hinunter und schnürte ohne Hast das Seidentuch auf. Er zog es unter dem Leichnam hervor, schüttelte es kurz aus und steckte es zurück in seine Tasche. Danach klopfte er einige Staubkörner von den Ärmeln seines Sakkos, überprüfte den Sitz seiner Krawatte, zog den Strohhut etwas tiefer ins Gesicht und verließ gemessenen Schrittes den Ort der Tat.

3. Teil

Amtsblatt der k. k. Polizei-Direction in Wien:

Statthalterei-Erlass vom 28. Juli 1903, Z. 73.867 Auszug (Pol.-Diens.-Z. 71.881/I)

Der Vertrieb der von J. F. Schnek in Berlin-Charlottenburg erzeugten und von Rudolf Blau in Wien in Verkehr gesetzten Massageluftpumpe zur Behandlung der Impotenz ist verboten.

I/3.

Er lag an Henriette Orliczeks weißem Busen und schlief. Sie strich durch sein wirres Haar, worauf er – ohne aufzuwachen – etwas murmelte und den Kopf in eine andere Position legte. Die Frau rückte behutsam die Massen ihres Busens zurecht, sodass sie das Gewicht seines Kopfes nicht drückte; danach fiel sie in einen Dämmerschlaf.

Henriettes Glück hatte vor über einer Woche begonnen. Damals, als der, nach Hermine Hainisch-Hinterbergs plötzlichem Ableben, völlig verstörte Gotthelf besoffen durch die Gegend wankte. Er verkaufte kaum mehr Horoskope am Naschmarkt, sondern irrte tagelang wie von tausend Teufeln getrieben über den Markt und durch die Gassen und Straßen der Stadt. Irgendwann befand er sich schließlich vor dem Café Sperl, wo er in seiner Verwirrung mit einer Passantin zusammenstieß. Da erwachte er aus seinem Delirium. Eine wohlriechende weibliche Person sah ihn empört an. Er besann sich seines Charmes und seiner Manieren, entschuldigte sich in aller Form und fragte, ob er sie als kleine Wiedergutmachung zu einem Kaffee und einem Stück Mehlspeise einladen dürfe. Da schmolz die Empörung der Henriette Orliczek wie Schnee in der Frühlingssonne. Der junge Mann war zwar kein besonders fescher Kerl, dafür aber interessant und außerdem nur halb so alt wie sie. Er sah etwas mitgenommen aus, seine Kleidung machte aber einen gepflegten Eindruck. Ungewöhnlich war, dass er einen weißen Papagei auf der Schulter trug. Trotzdem nahm die Orliczek die Einladung an. Im Café Sperl bestellte sie statt eines Kaffees einen weißen G'spritzten sowie zwei Eier im Glas. Gotthelf schloss sich dieser Bestellung an und begann, charmant mit seiner attraktiven Begleitung zu plaudern. Es stach ihn der Hafer, und er begann das Spiel mit dem Feuer: »Wenn uns einer da so sitzen sieht, könnte er sich glatt denken, dass Sie – gnädige Frau – und ich nach einer langen aufregenden Nacht ein spätes, nachmittägliches Frühstück zu uns nehmen …«

»Das trifft vielleicht auf Sie zu«, antwortete die Orliczek, der bei dieser Avance des jungen Mannes ganz kribbelig wurde. »So, wie Sie aussehen, haben Sie sicher die ganze Nacht sowie den halben heutigen Tag durchgefeiert. Apropos: Wo haben Sie denn den komischen Vogel her?«

Liebevoll holte Gotthelf den Papagei, der es sich auf der Lehne eines benachbarten Sessels bequem gemacht hatte, zu sich her und sagte: »Na, Toni? Wo habe ich dich denn her, du komischer Vogel, du?«

»Komischerrrr Vogel, komischerrrr …«

»Benimm dich, Toni und begrüße die Dame an unserem Tisch. Sag: Küss die Hand!«

»Dame an unserrrm Tisch! Küss die Hand!«

Gotthelf gab dem Papagei zur Belohnung ein Stück Zucker und setzte ihn auf den Sessel zurück. Danach stand er auf, verbeugte sich, hauchte auf ihre Hand einen formvollendeten Kuss und stellte sich und seinen gefiederten Begleiter folgendermaßen vor: »Gestatten, gnädige Frau, Stanislaus Gotthelf mein Name. Und der komische Vogel heißt Toni. Er ist ein Papagei. Beim Ausüben meines Gewerbes – ich bin Planetenverkäufer – ist er mir behilflich. Toni übernimmt die Rolle Fortunas und wählt die Horoskopzetteln für meine Kundschaft aus.«

Die Orliczek beließ ihr feuchtes Patschhändchen in Gotthelfs kühler Hand, räusperte sich und stellte sich als Henriette Hugo*, Sängerin und Schauspielerin am Theater an der Wien vor. Er streichelte zart über ihren Handrücken und murmelte beeindruckt: »Ah, eine Künstlerin …«

Sie entzog ihm die Patschhand und trank ihr Glas leer. In ihrem Gesicht kehrte die vornehm blasse Gesichtsfarbe zurück und sie sagte souverän: »Also zwei Dinge möchte ich jetzt stante pede: erstens noch einen G'spritzten. Und zweitens, mein lieber Herr Gotthelf, möchte ich, dass Sie mich nicht so förmlich gnädige Frau nennen. Machen Sie mir doch die Freude und sagen Sie einfach Henny zu mir.«

Gotthelf schluckte. So rasch hatte ihn sein Charme noch selten zum Ziel geführt. Er bestellte umgehend zwei weitere G'spritzte, sah der Orliczek tief in die Augen und löffelte mit Bedacht die Eier im Glas. Sein Blick entfachte bei ihr jenes Kribbeln von vorhin, und sie stocherte ohne rechten Appetit in ihren Eiern herum.

---

* Sie sprach ihren Künstlernamen immer französisch aus: ›Ügó‹

Als die vollen Gläser am Tisch standen, erhob er seines und sprach einen Toast aus: »Auf die unergründlichen Wege des Schicksals, die mich heute in Ihre Arme geführt haben, meine liebe Henny.«

Sie prosteten einander zu, tranken, plauderten, wobei sie allmählich vom Sie zum Du übergingen. Die Welt versank um sie herum, und als der Zahlkellner mit der Rechnung kam, weil er von einem Kollegen abgelöst wurde, beschlossen die beiden zu gehen. Ohne große Umstände nahm die Orliczek den Gotthelf in ihre Zimmer-Küche-Kabinett-Wohnung mit.

Nachdem er dort ihr Kribbeln in einem ersten Liebesakt gestillt hatte, wurde dem ziemlich mitgenommenen und auch recht übel riechenden Gotthelf ein heißes Bad eingelassen. Als sie ihm den Rücken wusch, erzählte sie ihm von ihrer Kindheit, ihrem Werdegang und dass sie eigentlich nicht Hugo, sondern Orliczek hieß. Die folgenden Tage verbrachte das ungleiche Paar meist in Henriettes breitem Bett. Zwischendurch ging sie das Notwendigste einkaufen. Arbeiten musste sie nicht, da das Theater an der Wien Sommerpause hatte.

Apropos Theater an der Wien: Als Sängerin und Schauspielerin hatte sie es auf den Brettern, die die Welt bedeuteten, nie ganz an die Spitze geschafft. In jungen Jahren war sie auf die Rolle des süßen Mädels spezialisiert gewesen. Mit abnehmender Jugend und zunehmender Leibesfülle musste sie ins Fach der Mütter, Gouvernanten und komischen Alten wechseln. Rollen, die ihrem Selbstbewusstsein einen argen Dämpfer gaben. Einen weiteren Dämpfer hatte sie vor einer Woche von ihrem langjährigen Liebhaber, dem Wurstfabrikanten und Miethausbesitzer Wenzel Beinstein, erhalten. Dieser hatte kurzerhand die gemeinsam geplante Sommerfrische in Bad Aussee abgesagt und war stattdessen mit einer Ballettelevin ans Meer nach Abbazzia gefahren. Gedemütigt, verlassen und ziemlich desperat war sie in die Arme des ebenfalls desperaten Stanislaus Gotthelf gelaufen.

Gotthelf schlief an ihrem Busen tief, zufrieden und glücklich. Er war im Ozean der Orliczek'schen Zärtlichkeiten untergetaucht. Wenn er nicht gerade schlief, erzählte er ihr Geschichten aus seinem Leben, zeigte ihr Kunststücke, die er mit dem Toni einstudiert hatte, und ließ sich im Übrigen von der Geliebten verwöhnen. Er vergaß völlig, welcher Wochentag oder wie spät es war. Ob es draußen regnete oder ob die Sonne schien, war ihm ebenfalls wurscht.

II/3.

Gleichmässigkeit und Bequemlichkeit sind die wohl wichtigsten Bestandteile im Leben eines Faulpelzes und Nichtstuers. Andererseits ist immer dasselbe auf Dauer auch fad. Besonders dann, wenn man Tag und Nacht mit ein und demselben Menschen beisammen ist, mit dem man außer einer intensiven Bettgeschichte nichts gemeinsam hat. Da wandelt sich die Fadesse allmählich zur lähmenden Ödheit und diese in weiterer Folge zum zwischenmenschlichen Fegefeuer.

Dies war der Status quo des Gemütszustandes, den Stanislaus Gotthelf bei sich selbst konstatierte. Nachdem er sich circa zwei Wochen in den Fängen der Orliczek befunden hatte. Es ging ihm allmählich fürchterlich auf die Nerven, dass er außer der Orliczek nur den Toni als Ansprechpartner hatte. Und der war auch nicht gut gelaunt. Im Gegenteil. Seit geraumer Zeit brüllte er nur mehr: »Scheiße!«

Schließlich war der Toni die windige Luft des Wientals sowie die Gerüche und das Menschengewühl des Naschmarkts gewohnt. Dinge, auf die er nun schon ziemlich lange verzichten musste. Das Nachäffen der Orliczek'schen Stimme war für den Toni anfangs eine recht lustige Herausforderung gewesen, hatte aber auf Dauer seinen Reiz verloren. Dem schönen Stani ging es ähnlich mit Hennys Reizen. Während er anfangs voll wollüstigem Enthusiasmus im Meer des ihm dargebotenen Fleisches untergetaucht war, suchte er nun verzweifelt einen Rettungsring, der ihn vorm Ertrinken in den Orliczek'schen Wogen bewahrte.

Dieser Rettungsring tauchte in Person des Wenzel Beinstein auf, der eines Tages vor Henriettes Wohnungstür stand. Rhythmisch klopfte er. Gleichzeitig betätigte er mit ungeheurem Elan die Drehklingel. Kurzum: Er begehrte aufs Vehementeste Einlass. Mit einem gewaltigen Blumenbouquet ausgerüstet, flüsterte Beinstein zarte Liebesschwüre durch den Briefschlitz. Diese garnierte er mit zerknirschten Entschuldigungen und der Selbstbezichtigung, dass er sich wie ein riesengroßer Hornochse benommen hätte. Die Orliczek, die sich im ersten Moment gewaltig geschreckt und nicht gewusst hatte, was sie tun sollte, schmolz ob der Hartnäckigkeit ihres Langzeitverehrers dahin. Durch die verschlossene Tür hindurch hielt sie ihm eine fürchterliche Strafpredigt. Und es war ihr völlig egal, dass der im Bett liegende Stani dabei zuhörte. Das ungenierte Schmarotzertum Gotthelfs, der seit geraumer Zeit in ihrer Wohnung und auf ihre Kosten lebte, zehrte gleichermaßen an ihren Nerven wie auch an ihren nicht gerade üppigen finanziellen Reserven. Als sie nun dem Beinstein die Leviten las, stieg ihr plötzlich der Geruch von Geld in Form von Beinsteins sündteurem Eau de Toilette in die Nase. Sie dachte an all die kostbaren Parfums, Toiletteartikeln, Kleidungsstücke, Diners und Soupers, die ihr Beinstein über ein Jahrzehnt lang spendiert hatte.

Beinstein war ein für die Zeit um 1900 typisches Exemplar des Wiener Millionärs. Er verfügte über ein Vermögen, das sein Vater in den 20er- und 30er-Jahren des 19. Jahrhunderts geschaffen hatte. Damals kaufte der alte Beinstein – ein sehr fleißiger, aus Böhmen zugewanderter Fleischhauer – um wenig Geld Grundstücke in den noch unverbauten Vorstädten Wiens. Gleichzeitig baute er seine Fleischerei nach und nach zu einer Wurstmanufaktur aus, die die Wirren der 1848er-Revolution unbeschadet überstand. In dem zehn Jahre später einsetzenden Wirtschaftswunder der Gründerzeit mauserte sich die Manufaktur zu einer veritablen Wurstfabrik. Zusätzlich wurde das Stadtgebiet von Wien damals zügig erweitert, und die ehemals billigen Vorstadtgründe waren plötzlich ein Vermögen wert. Solchermaßen gelangte der alte Beinstein zu unzähligen Millionen, die nach seinem Tod dem Junior in den Schoß fielen. Der hatte bis dahin dem lustigen Studentenleben gefrönt, ohne freilich jemals irgendeinen Studienabschluss erlangt zu haben. Als nunmehriger Fabrikant und mehrfacher Mietshausbesitzer investierte er sein Geld in die schönen Künste. Er sponserte Aufführungen diverser Vorstadttheater und nahm sich der dort agierenden Schauspielerinnen und Sängerinnen an. Seine schlampigen Verhältnisse und Amouren mit blutjungen Ballettmädeln, aufstrebenden Schauspielerinnen und gefeierten, meist reiferen Theaterdiven waren Legion, bis er vor circa zehn Jahren die Orliczek kennen- und lieben lernte. Seit damals verband die beiden eine erstaunlich stabile Liaison, die auch nicht durch gelegentliche Seitensprünge der einen oder anderen Seite ernsthaft gefährdet werden konnte. Und so war es nicht weiter verwunderlich, dass Beinstein nach der kleinen Eskapade in Abbazzia reumütig zur Orliczek zurückkehren wollte.

Gottergeben ließ er sich von ihr die Leviten lesen und murmelte in einem fort Entschuldigungen und Beschwichtigungen. Er klopfte und kratzte zärtlich an der Wohnungstür und wartete geduldig darauf, dass sie sich beruhigen und ihm die Tür öffnen würde. Als sich die Türe schließlich öffnete, war er nicht wenig überrascht, neben seiner Henriette einen jungen Kerl mit einem Papagei auf der Schulter zu sehen. Dieser lüftete den Hut, grüßte höflich und sagte, indem er an Beinstein vorbeistolzierte: »Wünsche einen schönen Nachmittag, der Herr.«

III/3.

Nechyba blies Trübsal. Nicht in der Amtsstube am Schottenring, sondern in seinem Stammcafé in der Gumpendorferstraße. Hier im Sperl saß er an *seinem* Tisch, von dem er auf das Eck Gumpendorferstraße-Dreihufeisengasse hinaussehen konnte. Fast zwei Wochen suchte er nun schon den vermaledeiten Gotthelf. Seit der Ermordung Mizzis war der wie vom Erdboden verschluckt. Da half auch nicht, dass Nechyba praktisch alle Leute seiner Gruppe bei der Suche eingespannt hatte. Jeden Quadratzentimeter der Gotthelf'schen Behausung hatten sie auseinandergenommen – einen Hinweis auf seinen derzeitigen Aufenthaltsort konnten sie nicht finden. Gefunden hatten sie vielmehr drei tadellose Anzüge samt dazugehöriger Wäsche, einen erstklassigen, mit Innenpelz gefütterten Wintermantel (das Fell stammte allerdings nur von einem Kaninchen ...), jede Menge Toiletteartikel, Duftwässer und Seifen sowie einen Sparstrumpf, in dem sich erstaunliche 228 Kronen befanden. Das warf für Nechyba natürlich die Frage auf, wie ein dem Straßenhandel nachgehendes Individuum eine solch beachtliche Summe zusammenkratzen konnte. War es möglich, dass der Planetenverkäufer mit seinen Horoskopen so viel Geld verdient hatte? Oder ging er irgendwelchen krummen Geschäften nach? Bei dieser Gelegenheit kamen dem Inspector die immer wieder auftauchenden Abgängigkeitsanzeigen in den Sinn, die vom Land stammende Dienstmädchen betrafen. Immer wieder verschwand eine spurlos samt ihrem Hab und Gut. War Gotthelf am Ende gar ein Serienmörder? Ein Kerl, der sich bei den weiblichen Dienstboten einschmeichelte, sie samt ihren bescheidenen Habseligkeiten vom Dienstplatz lockte, ausraubte und umbrachte?

Im Zuge dieser Spekulationen hatte Nechyba vorderhand einem weiteren Fund in Gotthelfs Wohnung wenig Beachtung geschenkt: einem Bündel Liebesbriefe. Das kultivierte Schriftbild sowie die Qualität des Briefpapiers ließen darauf schließen, dass sie von einer Dame stammten, die der besseren Gesellschaft angehörte. Ein Umstand, der den Inspector irritierte, da er nicht zu seiner Dienstmädchen-Theorie passte. Als er die Briefe nach einigen Tagen schließlich doch las, machten ihn vor allem die Kosenamen stutzig, mit denen die Verfasserin ihre Briefe unterzeichnet hatte: deine dich am liebsten auffressen wollende Minerl, dein dir mit Haut und Haar verfallene Gräfin etc. Nechyba pfiff leise durch die Zähne. Wenn ihn nicht alles täuschte, hatte er damit den endgültigen Beweis in der Hand, dass Gotthelf tatsächlich ein Verhältnis mit der ermordeten Gräfin Hainisch-Hinterberg gehabt hatte. Um die Herkunft der Briefe zweifelsfrei zu klären, bat er die Baronin Schönthal-Schrattenbach um einen Gesprächstermin.

Zwei Tage später empfing Gottburga von Schönthal-Schrattenbach den Inspector um 5 Uhr nachmittags in ihrem Salon. Nechyba war beeindruckt von der prächtigen Ausstattung des herrschaftlichen Hauses sowie von der Größe der Wohnung. Mit zusammengeschlagenen Hacken verbeugte er sich vor der adeligen Dame und hauchte einen Handkuss auf die ihm gereichte Hand. Die Baronin bat ihn, sich zu setzen, und ließ ihm vom Dienstmädchen Tee sowie Gebäck vom k. k. Hofzuckerbäcker Heiner reichen. Nach einigen einleitenden Floskeln kam Nechyba zum Anlass seines

Besuches. Aus der Brusttasche zog er einen der bei Gotthelf gefundenen Briefe und reichte ihn der Baronin. Diese griff zur Lorgnette, warf einen Blick darauf und erbleichte.

»Um Gottes willen! Wo haben Sie denn diesen Brief her, Herr Inspector?«

»Sind S' mir bitte nicht böse, aber das kann ich Ihnen im Augenblick nicht verraten. Faktum ist, dass wir diesen und weitere Briefe in Händen haben. Was ich nun wissen will, ob diese Briefe von Ihrem Fräulein Nichte stammen …«

»Na, ganz unzweifelhaft! Das ist doch die Handschrift von dem Kind. Was und wem schreibt sie denn da?«

»Gnädige Frau, ich glaub, es wäre gescheiter, wenn Sie das nicht lesen täten …«

Mit diesen Worten nahm Nechyba der Baronin den Brief aus der Hand.

»Wissen Sie, es stehen da Sachen drinnen, die nicht unbedingt für die Augen eines Dritten bestimmt sind. Und die man am besten nicht breittritt.«

»Um Gottes willen! Sie werden unsere Familie doch nicht kompromittieren? Wissen Sie, die Minerl, meine Nichte, war ja fast noch ein Kind. Sie hat mir immer viel Freude gemacht. Nur in der letzten Zeit nicht mehr … Da ist sie plötzlich so verschlossen gewesen. Hat in ihrer eigenen Welt gelebt und hat sich von mir nix sagen lassen. Bis dann das Unglück geschehen ist. Es hat ja gar nicht anders kommen können … das arme Kind …«

Die Baronin bekam einen Weinkrampf, den Joseph Maria Nechyba geduldig abklingen ließ. Danach reichte er ihr ein sorgsam gebügeltes Taschentuch, das sie dankbar annahm, um die Tränen wegzuwischen. Dann zeigte sie ihm einen Brief, den sie von dem durch Skandale berühmt gewordenen Maler Gustav Klimt erhalten hatte. Klimt forderte darin die Baronin in sehr höflichem, aber doch bestimmtem Ton auf, die vereinbarte Anzahlung für das begonnene Porträt ihrer Nichte zu begleichen.

»Keine Sorge, gnädige Frau. So, wie es aussieht, hat Gustav Klimt keinerlei schriftliche Vereinbarung mit Ihrem Fräulein Nichte getroffen. Deshalb hat er vor Gericht wenig Chancen. Und was die anderen Briefe betrifft, so können Sie ebenfalls unbesorgt sein. Sie befinden sich in polizeilicher Verwahrung und sind damit vor Veröffentlichungen geschützt. Ich gebe Ihnen mein Wort, dass – sobald die Ermittlungen in diesem Fall abgeschlossen sind – Sie die Briefe von mir persönlich retourniert bekommen.«

»Tausend Dank für Ihr Verständnis … Aber sagen Sie mir doch bitte noch eins: Wo haben Sie die Briefe gefunden? Am Ende gar bei dem Faktotum vom Naschmarkt? Wissen Sie, mein Sohn, der Aloysius, hat sich in letzter Zeit so aufgeregt, weil sie angeblich eine Amour fou mit irgendeinem Straßenhändler gehabt haben soll.«

»Unglücklicherweise deutet alles darauf hin, dass Ihr Sohn, der Herr Baron, recht hat«, antwortete Nechyba.

»Aber was geschehen ist, ist geschehen, und Ihr Kummer macht Ihre Nichte auch nicht wieder lebendig.«

Mit einem unbehaglichen Gefühl erinnerte sich Nechyba an diesen Nachmittag zurück. Um seine Stimmung zu heben und die Seele ein bisserl zu erwärmen, bestellte er beim Pikkolo einen Goldblatt.

Da der Pikkolo neu im Café Sperl war und ihn deshalb mit offenem Maul anstarrte, schnauzte ihn Nechyba an: »Fetzenschädl*, blöder! Bist jetzt schon zwei Wochen im Sperl und weißt noch immer nicht, was dem Redakteur Goldblatt sein Lieblingskaffee ist! Pass auf, ich erkläre es dir jetzt ein für alle Mal: Das ist ein Türkischer passiert, der mit einem ordentlichen Schuss Trebernen aufgebessert wird. Und weilst mich gar so blöd anschaust, bringst mir jetzt just einen doppelten. Doppelter Kaffee, doppelter Treberner!«

Natürlich brachte der verwirrte Pikkolo etwas völlig Falsches, da der Lausbub nicht wusste, was ein Treberner ist. Nechyba rief den Oberkellner an den Tisch, der dem Pikkolo eine schallende Ohrfeige verabreichte, bevor er Nechyba persönlich den bestellten doppelten Goldblatt servierte. Dieses Getränk erhellte des Inspectors nachmittägliche Stimmung.

Mit Genugtuung erinnerte er sich an den Rapport beim Zentralinspector, der vor einigen Tagen stattgefunden hatte. Gorup von Besanez war hoch zufrieden, dass

* Schimpfwort (in etwa wie Sackgesicht)

es endlich einen hieb- und stichfesten Beweis für die Beziehung zwischen der ermordeten Gräfin Hainisch-Hinterberg und Gotthelf – ihrem wahrscheinlichen Mörder – gab. Weiters legte dieses Ermittlungsergebnis den Verdacht nahe, dass der Planetenverkäufer auch das Dienstmädchen ermordet hatte, um möglicherweise eine Mitwisserin auszuschalten. Es konnte also davon ausgegangen werden, dass mit der Verhaftung des verdächtigen Individuums die Naschmarktmorde endlich aufgeklärt werden würden. Um dies möglichst rasch zu gewährleisten, erhielt Nechyba vom Zentralinspector die ausdrückliche Erlaubnis, alle 14 Polizeiagenten seiner Gruppe für die Suche nach Gotthelf einsetzen zu dürfen.

»Ich bitte Sie nur eines, Nechyba«, ermahnte ihn sein Vorgesetzter, »Diskretion, äußerste Diskretion. Die Sache ist nämlich sehr heikel. Jetzt, wo erwiesen ist, dass die Hainisch-Hinterberg eine Liaison mit diesem Gottschlurf … diesem Gottseibeiuns … gehabt hat. Wussten Sie, dass Gottburga von Schönthal-Schrattenbach eine Cousine ersten Grades des Fürsten Montenuovo ist?

Also: Dass mir nix von dieser grauslichen Mesalliance in die Zeitung kommt. Haben Sie mich verstanden, Nechyba? Dafür sind Sie mir persönlich verantwortlich. Und noch etwas: Den Pospischil habe ich wegen seiner Indiskretion der Presse gegenüber mit einer Verwarnung abgestraft. Außerdem hab ich ihm bis auf Weiteres alle Dienstzulagen und Remunerationen gestrichen. Vielleicht wäre es bei dieser delikaten Angelegenheit überhaupt ratsam, dass der Kerl an den ganzen Ermittlungen überhaupt nicht teilnimmt. Lassen Sie ihn doch einfach den Innen- und Journaldienst machen, Nechyba. Die anderen 13 Mann Ihrer Gruppe werden doch – zum Kuckuck noch einmal! – den Gottdings … Gottlob … oder wie er heißt … finden! Und noch was: Gehen Sie mit den uns vorliegenden Beweisen zum Untersuchungsrichter, damit der vom Pospischil verhaftete Fleischhauergeselle freikommt. In dieser Sache haben Sie übrigens von Anfang an den richtigen Riecher gehabt. Kompliment, Nechyba!«

Die Erinnerung an dieses Lob sowie die Tatsache, dass er die Enthaftung des Anastasius Schöberl zustande gebracht hatte, hellten sein Gemüt auf. Es bestätigte sich nun das, was er von Anfang an gesagt hatte: Das durch Prügel erzwungene Geständnis war nicht das Papier wert, auf dem es niedergeschrieben worden war. Schöberl musste sich zwar bis auf Weiteres einmal die Woche am zuständigen Polizeikommissariat melden, war aber sonst wieder ein freier Mann.

Was Nechyba aber wirklich quälte und ihm Rätsel aufgab, war das Verschwinden Gotthelfs. Kruzitürken noch einmal! Ein Mensch konnte sich doch nicht von einem Tag auf den anderen Tag in Luft auflösen. Und schon gar nicht in Wien, wo jeder jeden kennt und wo das Belauern und Bespitzeln von Nachbarn,

Freunden, Bekannten und Verwandten eine allgemein beliebte und eifrig betriebene Beschäftigung war. Im Geiste ging er nochmals all die Weiber durch, von denen er wusste, dass sie mit Gotthelf ein intimes Verhältnis hatten. Circa zwei Dutzend waren es, deren Namen und Adressen seine Polizeiagenten in den letzten Tagen ausgeforscht hatten. Jede einzelne war peinlich genau über ihr Verhältnis mit dem Planetenverkäufer befragt worden. Zusätzlich hatten seine Männer die Wohnungen all dieser Frauen durchsucht. Der enorme Arbeitsaufwand zeitigte allerdings keinerlei Ergebnis – außer dass es zu etlichen Ehezerwürfnissen sowie in zwei Fällen zu gerichtlichen Untersuchungen wegen Ehebruchs kam … Eine der betroffenen Frauen war die Greislerin Lotte Landerl. In diesem Fall untersagte der Inspector seinen Leuten jegliche Vernehmung; die Greislerin nahm er sich selber vor. Er fasste die sich in Grund und Boden schämende Frau mit Glacéhandschuhen an und wickelte die Durchsuchung von Wohnung und Greislerei äußerst diskret ab. Dieses diskrete Vorgehen hatte angenehme Folgen: Die Landerl verwöhnte ihn ab diesem Zeitpunkt, wann immer er ihre Greislerei betrat, nach Strich und Faden. Einerseits genoss er es, anderseits war es ihm peinlich, da es ihm fast wie Bestechung vorkam.

Er zündete sich eine Virginier an und orderte beim Ober einen doppelten Mokka gespritzt. Als er das heiße Gebräu aus Kaffee und Cognac mit Genuss schlürfte, musste er plötzlich an die kräftige, ihm mittlerweile schon vertraute Gestalt der Aurelia Litzelsberger und an die Gemütlichkeit der Schmerda'schen Küche denken. Dorthin zog es ihn. Aber was für einen Grund hatte er – außer seiner Sehnsucht nach der geliebten Frau –, in der Wohnung des Hofrats vorstellig zu werden? Es fiel ihm nichts ein. Und da es sich nicht schickte, in das Paradies der Schmerda'schen Küche grundlos vorzudringen, blieb er im Sperl sitzen und begann, von der Litzelsbergerin zu träumen. In diesem meditativen Zustand hatte er plötzlich eine Erscheinung: Ein tadellos gekleidetes, schlankes Mannsbild ging beschwingten Schrittes, den Hut keck in den Nacken geschoben, über die Gumpendorferstraße. Der Kerl flanierte am Café Sperl vorbei, bog in die Dreihufeisengasse und danach in die Engelgasse* ein. Auf der Schulter des Kerls hockte ein weißer Papagei.

»Zahlen!«, brüllte Nechyba, fingerte einige Münzen aus der Tasche, drückte sie dem verdutzten Marqueur in die Hand, stürzte hinaus auf die Straße und lief mit hochrotem Kopf der Gestalt hinterher. Schnaufend bewegte er sich die Engelgasse hinunter, überquerte die stark befahrene Magdalenenstraße und kollidierte fast mit einer wütend bimmelnden Tramway. Zwischen den gemauerten Buden des Naschmarktes holte er den flott dahinschreitenden Gotthelf ein. Nechyba machte nicht viel Federlesen. Seine Rechte packte von hinten Gotthelfs Kragen und riss ihn mit einem gewaltigen Ruck

---

* Heute: Girardigasse

nach unten. Gotthelf landete ruckartig auf dem Buckel und zappelte wie ein Maikäfer. Der erschrocken wegflatternde Papagei kreischte: »Geh scheißen!«

Nach einer schmerzhaften Bruchlandung wurde Gotthelf von Nechyba am Genick in die Höhe gezogen und abgeführt. Dabei mussten sich die beiden durch eine gaffende Menschenmenge hindurchdrängen.

Begleitet wurden sie von einem wild flatternden und ordinär schimpfenden Papagei.

IV/3.

Syrakus, 4. August 1903

Ich wünschte, Du könntest jetzt hier sein und mit mir in dieser zauberischen Gegend den Strand entlangspazieren. Als ich dies unlängst abends tat, am Strand des mondbeschienenen Ionischen Meeres, hörte ich die Corso-Militär-Musik die Cavalleria rusticana spielen. Mascagni war einfach groß, als er die geschrieben hat! Ich hoffe, Dir geht es gut. Freue mich auf ein Wiedersehen in Wien.

Otto

Aloysius Schönthal-Schrattenbach betrachtete Otto Weiningers Ansichtskarte. Je länger er sie anstarrte, desto melancholischer wurde er. Warum konnte Otto wochenlang Italien bereisen und er nicht? Was hatte er verbrochen, dass er diesen stickig heißen Sommer in Wien verbringen musste? Alle seine Freunde und Bekannten hatten sich in die Sommerfrische begeben. Und sogar Künstler wie Gustav Klimt befanden sich auf Sommerfrische. Nur er, der Herr von Schönthal-Schrattenbach, saß im faden Wien. Nein! So konnte es auf keinen Fall weitergehen! Der Baron verließ sein Zimmer, marschierte das Vorzimmer entlang und betrat – ohne anzuklopfen – das Speisezimmer, in dem seine Mutter das Mittagessen zu sich nahm. Sie erschrak so über sein abruptes Eintreten, dass sie sich fast verschluckte.

»Was ist dir denn, Bub? Du siehst so echauffiert aus. Komm, setz dich zu mir und erzähl, was dir über die Leber gelaufen ist. Magst vielleicht einen Bissen mit mir essen? Die Reserl soll noch ein Gedeck bringen.«

»Mutter! Ich will nix essen. Im Gegenteil: Ich bin schon ang'fressen*. Und zwar ordentlich! Sie können sich gar nicht vorstellen, wie sehr ich das alles da satthabe!«

»Loisl, reg dich doch nicht auf. Was ist denn los?«

Er legte ihr Weiningers Ansichtskarte auf den Tisch.

»Da! Lesen Sie!«

---

* verärgert

Die Baronin nahm ihre Lorgnette, las den kurzen Text und fragte: »Na und …?«

»Na und? Da fragen Sie noch? Alle, alle sind auf Sommerfrische. Nur ich bin hier in Wien. Und warum? Weil meine Frau Mama der Meinung ist, dass wir uns die Sommerfrische finanziell nicht leisten können. Alle können sich eine Sommerfrische leisten, nur die Schönthal-Schrattenbachs nicht. Da, nehmen Sie sich ein Beispiel: Der alte Weininger finanziert seinem Sohn eine mehrwöchige Italienreise!«

Seufzend legte die Baronin ihr Besteck beiseite, tupfte sich mit der Stoffserviette den Mund ab und verstaute sie hernach in einem hübsch bestickten Serviettentäschchen. Dann nahm sie einen Schluck Wasser, seufzte noch einmal und sah ihren Sohn lange an.

»Loisl, schau: Du weißt doch, dass wir uns seit dem Tod deines Vaters keine großen Sprünge leisten können. Und das, was wir uns bisher leisten konnten, verdankten wir der Minerl, die jetzt leider nicht mehr unter uns weilt. Von ihrem Geld – und nur von ihrem Geld! – haben wir uns Extratouren wie längere Aufenthalte am Land oder Ausgaben für Garderobe oder auch die Begleichung deiner immer wieder anfallenden Spielschulden leisten können. Aber seit die arme Minerl tot ist, ist ihr Vermögen eingefroren. Erst wenn die Verlassenschaft eröffnet ist – das wird beiläufig in einer Woche der Fall sein –, werden wir als ihre einzigen leiblichen Verwandten und somit Erben wieder ein kommodes finanzielles Auskommen haben.

Aber bis dahin müssen wir von der Hand in den Mund leben. Glaubst du, mir hat es Spaß gemacht, unsere Köchin zu entlassen? Dass mir jetzt die Reserl zu Mittag und am Abend im Menagereindl das Essen aus dem Wirtshaus holen muss … Heute hat es übrigens ein ausgezeichnetes Beuschl mit Knödel gegeben. Das solltest du probieren, Bub.«

»Nennen Sie mich nicht Bub! Und das Beuschl können Sie selber essen. So ein Hundefraß … Geschnittene Lungenstücke mit Saft, zu denen alte, zerriebene Semmeln in Kanonenkugelform serviert werden. Nein danke!«

Damit verließ er das Speisezimmer und schloss die Tür hinter sich so schwungvoll, dass die fein geätzten Türgläser aufs Heftigste vibrierten. Die Baronin aber packte ihre Serviette wieder aus dem Täschchen aus, klingelte nach dem Dienstmädel und ließ sich den Rest des Kalbsbeuschls servieren. Eine Speise, die aus fein geschnittener und mit Essig befeuchteter Kalbslunge, in einer Einbrenn unter Beigabe von Rindssuppe, Speck, Sardellen, Kapern, Zitronenschalen – alles fein gehackt – und Petersilie zubereitet wurde; abgeschmeckt mit Salz, Pfeffer und einem Schuss Essig. Als Beilage wurden flaumige Semmelknödel gereicht. Ein Genuss, den sich die Baronin durch das echauffierte Benehmen ihres Sohnes keinesfalls verderben ließ.

V/3.

Fröhlich pfeifend, sperrte Nechyba die Tür seiner Zimmer-Küche-Kabinett-Wohnung auf, trat ein und legte die Einkäufe auf die Küchenanrichte. Mit einem Seufzer der Zufriedenheit zog er sich die drückenden Schuhe und danach die Socken aus. Die nackten Füße stellte er auf das kühle Linoleum des Fußbodens. Bei so einer Affenhitze schwollen ihm immer die Füße an; wenn er daheim war, genoss er es, barfüßig herumzulaufen. Er setzte sich, betrachtete versonnen seine dicken, roten Füße, wackelte mit den Zehen und starrte eine Zeit lang einfach vor sich hin. Nun bekam er Lust auf ein kühles Glas Wasser, doch er war vorerst zu faul aufzustehen, den Wasserkrug zu nehmen und draußen am Gang zur Bassena zu gehen. Beim Gedanken an ein Glas kühles Wasser kamen ihm die Jahre vor 1873* in den Sinn, als man das Wasser vom Wassermann unten auf der Straße oder von einem der städtischen Brunnen holen musste. Qualitativ war dieses G'schloder** natürlich in keiner Weise mit dem vorzüglichen Hochquellwasser zu vergleichen, das im Höllental am Fuß der Rax gefasst wurde und über unzählige Aquädukte nach Wien floss. Nechyba erinnerte sich an einen Ausflug, den er gemeinsam mit seinem Vater kurz vor dessen Tod unternommen hatte. Damals, im Jahr 1887, fuhren sie an einem

---

* Inbetriebnahme der 1. Wiener Hochquellwasserleitung

** Schlecht schmeckende Flüssigkeit

Sonntag mit der Südbahn nach Wiener Neustadt und stiegen dort in die Bahnlinie nach Reichenau um. Von dort wanderten sie durch das wildromantische Höllental bis zur der Stelle, wo eine der großen Quellen gefasst worden war und wo von der Quelle eiskaltes Wasser in ein gemauertes Becken sprudelte. Sie schöpften – von der Wanderung erhitzt – mit beiden Händen das Quellwasser, tranken, kühlten sich Gesicht, Hände und Nacken. Der Anlass für diesen Ausflug war eine Belobigung, die Nechyba junior in der Woche davor vom Polizeipräsidenten persönlich erhalten hatte. Ihm war bei einem nächtlichen Kontrollgang ein flackerndes Licht bei einem Juwelier aufgefallen. Er überprüfte die Eingangstür und fand, dass sie aufgebrochen war. Nechyba betrat den Laden, brach dem ersten Einbrecher mit einem Faustschlag das Nasenbein, schnappte den zweiten bei der Gurgel und drückte diese so lang zu, bis der Spitzbube das Bewusstsein verlor. Damit klärte der junge Sicherheitswachebeamte eine Einbruchsserie, in der seine älteren Kollegen monatelang erfolglos ermittelt hatten. Nechyba wurde belobigt und bekam eine Prämie ausbezahlt. Weiters erhielt er die Chance, von der Sicherheitswache in den Dienst der k. k. Polizeiagenten überzuwechseln. Dieses Avancement feierte er mit seinem Vater in Form eines sonntäglichen Ausflugs nach Reichenau. Als sie im Gastgarten des Wirtshauses saßen, das sich in unmittelbarer Nachbarschaft der Quelle befand, erhob sein Vater das Bierglas, prostete ihm zu und sagte auf Tschechisch, wie stolz er sei.

Ach Gott, der Herr Papa …

Er war im Jahr 1851 als Zugführer der k. k. Militärpolizeiwache nach Wien gekommen*. Bei den Kommandierungen zur Militärpolizeiwache wurde keinerlei Rücksicht darauf genommen, ob jemand Deutsch verstand oder nicht. So geschah es, dass sich dieser Wiener Wachkörper großteils aus Tschechen rekrutierte, die im Volksmund Zarrucks genannt wurden und deren stereotype Redewendung bei Amtshandlungen »Nix Deutsch!« war. Joseph Maria Nechybas Vater bemühte sich zwar, der deutschen Sprache mächtig zu werden, doch als Mann von knapp 30 Jahren fiel ihm das nicht leicht. Er lernte im Dienst deutsche Brocken sprechen und verstand Deutsch auch recht gut, privat sprach er aber weiterhin Tschechisch. Auch deshalb, weil er im Prater das böhmische Wäschermädel Maria Suchova kennenlernte, das er 1853 heiratete und das ihm 1860 den Sohn Joseph Maria gebar. Als seine Frau zwei Jahre später an Typhus starb, war es – abgesehen von seinen tschechischen Untergebenen bei der Militärpolizeiwache – vor allem sein Sohn, mit dem er weiterhin Tschechisch sprach. Um die beiden männlichen Nechybas kümmerte sich nach dem Tod der Gattin und Mutter die Nachbarin Anna Grubenschlager, die gleichfalls verwitwet war. Aufgrund der fehlenden gemeinsamen Muttersprache war bei aller Herzlichkeit im Umgang immer eine gewisse Distanz

---

* In diesem Jahr übernahm die Militärpolizeiwache sämtliche Aufgaben der Exekutive in der Stadt.

zwischen den beiden Erwachsenen. Dies traf nicht auf Joseph Maria zu. Er plauderte mit seinem Vater Tschechisch und mit der Antschi Tant' – wie er die Grubenschlager liebevoll nannte – Deutsch. So wuchs er zweisprachig auf. Ein Umstand, der ihm im Polizeidienst von Vorteil war und der ihn tolerant gegenüber Menschen anderer Herkunft sein ließ. Aufgrund dieser Geisteshaltung lehnte Nechyba übrigens den Wiener Bürgermeister Dr. Karl Lueger und dessen Christlichsoziale Partei aufs Schärfste ab. Luegers Tiraden gegen Juden, Judäo-Magyaren und Tschechen waren Nechyba extrem zuwider. Den dumpfen, kleinbürgerlichen Geist, der das Weltbild der Christlichsozialen prägte, empfand er als bedrückend, ärgerlich und auch gefährlich.

Aber lassen wir die Politik …, dachte sich Nechyba, stand mit einem Ruck auf, griff sich den Wasserkrug und setzte sich Richtung Bassena in Bewegung. Als er draußen – noch immer bloßfüßig – das Wasser in den Krug rauschen ließ, wurde die Tür der Nachbarwohnung geöffnet, und eine alte Frau mit vogelartigem Gesicht lugte aus dem Türspalt. Nechyba, der das Quietschen der Türangel gehört hatte, drehte sich um und sagte: »Servus, Antschi Tant'! Wie geht es dir denn bei der Hitze? Soll ich dir auch ein Wasser hineintragen?«

»Ja Pepi, das wäre lieb … Bist heute schon früh vom Dienst nach Haus kommen? Magst vielleicht einen Liptauer? Ich hab einen frischen Liptauer g'macht …«

»Was? Jetzt mitten im Sommer? Jetzt kriegst doch nirgendwo einen Brimsen*.«

»Geh … Ich brauche keinen Brimsen, wenn ich einen Gusto auf Liptauer habe. Da nehme ich halt einen Topfen. Das schmeckt genauso gut.«

Der Pepi ging in die Küche der alten Frau, nahm einen Krug sowie ein Lavoir, füllte beide Gefäße draußen bei der Bassena und trug sie der Grubenschlager in die Küche. Diese hatte inzwischen Brotscheiben geschnitten und in einem Körbchen auf den Tisch gestellt. Daneben platzierte sie eine Steingutschale, in der sich der Liptauer befand. Pepi ließ sich mit einem zufriedenen Seufzer an dem Tisch nieder. Ach Gott, die Antschi Tant' …

Früher war sie eine rüstige Frau gewesen, heute machte es ihr Mühe, einen Krug Wasser von der Bassena in die Wohnung zu tragen. So ändern sich die Zeiten … Wie eine Mutter hatte ihn die Grubenschlager aufgezogen, von ihr lernte der immer hungrige und schon sehr früh aufs Essen fixierte Bengel auch die Grundregeln des Kochens.

Daumendick schmierte sich Pepi Nechyba den Liptauer aufs Brot, biss mit Genuss ab, kaute konzentriert und konstatierte: Die Antschi Tant' hat recht! Für einen Liptauer tut es Topfen auch. Wichtig waren die Zutaten: schaumig gerührte Butter, im Mörser gestoßenes Pulver vom scharfen Kirschpaprika, fein gehackte Zwiebeln, Kapern, Gurkerln, eine Prise Salz, Kümmel sowie ein

* Cremiger, streichfähiger Schafkäse

ebenfalls fein gehacktes Sardellenfilet. Nechyba goss sich und der alten Frau ein Glas Wasser ein. Seines trank er, da der Liptauer scharf war, in einem Zug aus und seufzte danach das zweite Mal zufrieden.

»Antschi Tant', lass bitte die Wohnungstür offen, damit ich auf den Gang hinausschauen kann. Ich erwarte nämlich Besuch.«

»Besuch? Am Ende gar ein Mädel?«, kicherte die Alte.

»Geh, Antschi Tant' … was redest denn da? Ich fange mir doch in meinem Alter nix mehr mit einem Mädel an. Und als leitender Beamter schon gar nicht.«

»Na, und die Köchin? Die du letzten Sonntag ausgeführt hast?«

»Das ist was anderes.«

»Die magst, gell? Wie alt ist die eigentlich?«

»Glaubst, ich hab sie gefragt? Außerdem ist es doch wurscht, wie alt sie ist.«

»Also magst sie! Wenn sie dich nur nicht unglücklich macht, Pepi …«

»Geh, hör auf! Das ist eine solide, ernsthafte Person. Die hat eine Stelle im Haushalt eines Hofrats vom Innenministerium.«

»Dann ist sie also schon eine Ältere … Das ist eh gut … Willst sie nicht heiraten?«

»Ich bitt dich! Wir sind nicht einmal per Du. Wir verstehen uns halt gut. Und ich führ sie gerne am Sonntag aus.«

»Hat sie auch andere Verehrer?«

»Das ist nicht so eine.«

»Na, dann könntest du sie ja wirklich heiraten …«

Das Gespräch wurde zu Pepis großer Erleichterung durch das Erscheinen Schöberls beendet. Nechyba bat ihn in die Küche der Antschi Tant', sie holte einen dritten Sessel aus dem angrenzenden Schlafzimmer. Schöberl musste sich setzen und auch ein Liptauerbrot essen. Der Fleischhauergeselle lobte den Liptauer über den grünen Klee und erzählte der alten Frau, wie Nechyba ihn aus den Fängen der Justiz befreit hatte. Wahre Lobeshymnen sang er auf den Inspector. Die Alte lächelte stolz und tätschelte dem Pepi die Hand. Er widersetzte sich dieser mütterlichen Zuneigungsbezeugung nicht, sondern trank mit Genuss den Slibowitz, den die Grubenschlager den beiden Männern eingeschenkt hatte. Der Slibowitz schmeckte auch dem Schöberl ausgezeichnet. Und da die Antschi Tant' laufend nachschenkte, führte er die Laudatio auf Nechyba allmählich lallend fort. Der Picknickkorb samt Inhalt, den er für Nechybas Sonntagsausflug mit der Litzelsbergerin zusammengestellt hatte, war vom Feinsten. Lauter geselchte oder luftgetrocknete Stücke, die auch an einem heißen Sommertag nicht verderben würden. Für den Picknickkorb ließ sich der Schöberl keinen Heller von Nechyba bezahlen. »Das ist mein Dankeschön an den größten Polizisten Wiens, der mich aus dem Gefängnis, in dem ich unschuldig gesessen bin, herausgeholt hat.«

Dem mittlerweile schon ziemlich illuminierten Nechyba gingen solche Reden runter wie Öl. Er nahm einen weiteren Schluck Slibowitz, genoss das milde Nachbrennen des Schnapses und war mit sich und der Welt zufrieden. Schließlich konnte ihm – dem barfüßig, besoffen dasitzenden Inspector – so schnell keiner das Wasser reichen …

VI/3.

In einem Anfall von postkoitaler Schwermut griff Leo Goldblatt nach dem Päckchen Zigaretten, das er sich vor Wochen gekauft hatte. Er entnahm eine ziemlich strohige Zigarette und zündete sie an. Anders als Nechyba blies er den Rauch nicht in kunstvollen Ringen in die Luft, sondern qualmte vor sich hin. Neben ihm lag die Endlweber, die in ihrer nackten Üppigkeit fast wie eine Zwillingsschwester der Orliczek aussah. Aus ihrem Mund quoll allerlei Geplapper. Goldblatt war leicht beschwipst und müde. Er döste rauchend vor sich hin und ließ die Frau reden. Ihre Worte erinnerten ihn an einen Ausflug, den er in jungen Jahren mit seinem Vater in den Wienerwald gemacht hatte. Nach einer endlos langen Wanderung rasteten die beiden an einem Bach. Dort streckten sie ihre müden Glieder im Gras aus und ließen sich vom monotonen

Murmeln des Baches zu einem Mittagsschläfchen verleiten. Der Bach plätscherte, die Vögel zwitscherten, das Gras duftete, und die Gedanken eilten unendlich weit fort.

»Goldblatt!!!«

Mit einem Ruck setzte er sich im Bett auf. Neben ihm saß die Endlweber und rieb sich den linken Unterarm.

»Du hast mich verbrannt ... mit deiner Zigarette. Du Grobian, du!«

Und schon wieder rannen ihr dicke Tränen über die nicht minder dicken Wangen. Goldblatt dämpfte die Zigarette aus und zog die Endlweber an sich. Mit seinen dünnen Armen versuchte er sie zu umfangen, was ihm aufgrund ihrer Leibesfülle nicht gelang. Beruhigend redete er auf sie ein, streichelte sie sanft und versuchte, die Situation so gut es ging zu kalmieren. Schließlich beruhigte sich die Endlweber und fing wieder zu plappern an. Über Gott und die Welt, über die Parteien im Haus, über die Fratschlerinnen am Naschmarkt, über die Greislerin Lotte Landerl, über die unzähligen Male, wo sie sich über ihn – Goldblatt – in den letzten Jahren geärgert hatte. Besonders echauffierte sie sich wegen seiner Arglosigkeit bezüglich der Hausmeisterin Oprschalek: »Das ist eine moralisch nicht gefestigte Person! Und der vertraust du deinen Wohnungsschlüssel an.«

Goldblatts Gedanken fingen wieder an abzuschweifen. Er dachte an den lustigen Abend, den er heute mit zwei seiner Kollegen verbracht hatte. Sie waren bei einem Heurigen draußen in Ottakring gewesen und hatten etliche Viertel Wein getrunken. Der Heurigenwirt setzte sie eine Stunde vor Mitternacht an die frische Luft, worauf sie durch halb Ottakring wandern mussten. Schließlich fanden sie einen freien Einspänner, der sie zurück in die Stadt kutschierte. Zu Hause angekommen, läutete er die Oprschalek aus den Federn, damit sie ihm das Haustor aufsperre. Zu diesem Zeitpunkt verspürte er bereits einen merkwürdigen Druck im Magen. Dieser Druck formte sich umgehend zu einer gewaltigen Faust, die ihm beim Hinaufsteigen der Stiegen gehörig zu schaffen machte. Im ersten Stock hatte er sogar kurz Angst, sich mitten im Stiegenhaus übergeben zu müssen. Mit beinahe übermenschlicher Konzentration und mit gezielten Atemübungen konnte er dieses Missgeschick abwenden. Als er endlich vor seiner Wohnung anlangte, war er schweißgebadet. Die Faust im Magen startete eine neuerliche Attacke. Diesmal wusste er, dass nichts und niemand den vom Magen heraufstrebenden Gewalten Einhalt gebieten konnte. Er drehte sich blitzschnell um, taumelte die paar Schritte zum Etagen-WC, sperrte es mit zitternden Fingern auf, klappte die Klobrille hoch und entleerte seinen Magen in die weiße Porzellanmuschel. Die dabei entstehenden Geräusche riefen seine Nachbarin auf den Plan, die sich fürchterlich über die von ihm angerichtete Sauerei auf der Gemeinschaftstoilette alterierte. Er aber, unendlich erleichtert und gleichzeitig erbost über das keifende Weib, holte aus und haute ihr eine runter. Die schallende Ohrfeige brachte die Endlweber augenblicklich zum Verstummen. Goldblatt rechnete mit einer heftigen Reaktion. Mit einer Tracht Prügel, die ihm die schwerere und wahrscheinlich auch kräftigere Frau verabreichen würde. Um so erstaunter war er, dass nichts dergleichen geschah. Vielmehr verbarg die Endlweber ihr Gesicht in den Händen und fing zu weinen an. Goldblatt genierte sich. Er hatte eine wehrlose Frau ins Gesicht geschlagen.

Vorsichtig – immer noch leicht schwankend – näherte er sich seiner Nachbarin und legte behutsam einen Arm um ihre Schulter. Mit leiser Stimme entschuldigte er sich. Er betonte, wie leid ihm das alles täte und beteuerte, dass er jetzt gleich einen Kübel Wasser und ein Tuch holen werde, um die von ihm angerichtete Sauerei aufzuwischen. Als das Weinen nicht aufhörte, sondern sich zu einem heftigen, fast hysterischen Schluchzen steigerte, entschuldigte sich Goldblatt auch für all die Ärgernisse, mit denen er im Lauf der letzten Jahre seiner Nachbarin das Leben vergällt hatte. Gleichzeitig umfasste er die Frau mit dem zweiten Arm und redete begütigend auf sie ein. Diese Nähe hatte Folgen: Bei der Endlweber schwoll die Erregung ab, während sie bei Goldblatt anschwoll. Denn die weiblichen Fleischmassen, die nur von einem Nachthemd umhüllt waren, strahlten eine starke Anziehungskraft aus. So ergab eins das andere: Ehe sichs die beiden seit Jahren verfeindeten Nachbarn versahen, lagen sie schon unter einer gemeinsamen Bettdecke.

»Goldblatt!«

Diesmal erklang der Ordnungsruf um etliche Nuancen sanfter.

»Wo bist du denn schon wieder mit deinen Gedanken? Warum hörst mir nicht zu?«

»Aber ich hör dir doch zu … Ich hab nur ein bisserl vor mich hin geträumt. Also, was hast du gerade g'sagt?«

»Ich hab g'sagt, dass das unverantwortlich und leichtsinnig ist, dass du einem Weib, das mit einem verhafteten Mordgesellen eine Affäre gehabt hat, deine Wohnungsschlüsseln anvertraust.«

»Aber was redest du denn? Die Oprschalek hat doch nix mit einem Mörder. Wie kommst du auf so eine Schnapsidee?«

»Also der Schnaps und die ganzen alkoholischen Getränke sind dein Revier. Damit hab ich nix zu tun. Deshalb hab ich auch keine Schnapsideen. Und: Ich weiß, was ich weiß. Es ist nun einmal Tatsache, dass die Oprschalek diesen hässlichen Menschen, der was am Naschmarkt Horoskopzetterln verkauft, vor ein paar Wochen zu sich in die Wohnung gezogen hat. Und dann hab ich gehört – weil ich dieses lose Weib und ihr Treiben schon seit längerer Zeit beobachte –, dass von ihrer Wohnung drinnen ganz eindeutige Geräusche gekommen sind.«

»Was für Geräusche?«

»Na, weißt eh … solche Geräusche halt …«

Goldblatt biss sie in den Hals, sie stöhnte vor Wollust. Er flüsterte ihr ins Ohr: »Solche Geräusche?«

»Ja, solche … und ich weiß auch, wann das war. An dem Abend, an dem die Gräfin am Naschmarkt erdrosselt worden ist. Deshalb weiß ich auch, dass der Planetenverkäufer nur das Dienstmädel und nicht die Gräfin umgebracht haben kann. Außerdem wäre es ja noch schöner, wenn eine echte Gräfin mit so einem Subjekt etwas zu schaffen gehabt hätte!«

VII/3.

Vorwitzig blinzelten morgendliche Sonnenstrahlen durch das schmale Fenster ins Kammerl der Aurelia Litzelsberger. Sie war schon auf und wusch sich gerade im Lavoir. Die Morgentoilette erfolgte heute mit besonderer Sorgfalt. Nicht nur, weil Sonntag war, sondern weil sie mit *ihrem* Nechyba eine Landpartie machen wollte. Ja, ja, der Nechyba … Noch vor etwas über einem Monat hätte sie es für gänzlich unmöglich gehalten, sich in ihrem Alter noch einmal zu verlieben. Aber dieser dicke Nechyba …

Sie schmunzelte zärtlich, als sie an den Mann dachte, der äußerlich so bedrohlich wirkte und der innerlich mit dem Gemüt eines empfindsamen Kindes ausgestattet war. Wehmütig erinnerte sie sich an die vergangenen drei Wochen zurück, in denen die Familie Schmerda am Semmering auf Sommerfrische gewesen war. Sie selbst war – so wie jedes Jahr – in Wien geblieben, hatte die hofrätliche Wohnung gehütet und so manche freie Stunde mit Nechyba genossen. Nicht mit Schmäh und auch nicht mit Charme eroberte der im Umgang mit Frauen etwas tollpatschige Inspector ihre Gefühle, sondern mit Geradlinigkeit. Der Nechyba – und da war sie sich mittlerweile sicher – war einer, der aus seinem Herzen keine Mördergrube machte. Der, wenn ihn etwas ärgerte, sofort grantig wurde, und der andererseits, wenn ihn etwas berührte, diese Regung nicht elegant überspielte, sondern offen zeigte. Ein Feinschmecker, der ohne Ausbildung zu kochen angefangen hatte und der alle Fehler, die man als Dilettant in der Küche macht, in der ihm eigenen, unbeholfenen Art beging. Dieser Nechyba!

Nach Beendigung der Morgentoilette holte die Litzelsbergerin das helle Leinenkostüm aus dem Schrank, das sie nur im Sommer und nur an ihren freien Sonntagen trug. Zur Feier des Tages kramte sie das Goldmedaillon hervor, das sie einst zur Firmung geschenkt bekommen hatte und in dem sie ein Bild ihrer Mutter aufbewahrte. Sie legte es um den mit Rüschen besetzten Stehkragen ihrer weißen, frisch gestärkten Bluse. Dann setzte sie ihren Strohhut auf, ging in die Küche und weckte die Gerti*. Ein blutjunges, kräftiges Ding, das willig zupackte und das im Großen und Ganzen ein bisserl dumm war. Im Gegensatz zur Mizzi zeigte die Gerti vorläufig keine Anwandlungen, Extratouren zu machen, Liebschaften einzufädeln oder den Kopf bei anderen Dingen als bei ihrer Arbeit zu haben. Insofern war die Köchin mit ihrer Wahl zufrieden. Gleichzeitig bekam der sonnige Morgen mit der Erinnerung an das ermordete Dienstmädel eine bittere Note. Die arme Mizzi …

Aurelia Litzelsberger seufzte; sie bedauerte es zutiefst, dass sie die Mizzi oft sehr hart angepackt hatte. So manche Ohrfeige wäre ja nicht unbedingt notwendig gewesen.

Bevor die Köchin ging, befahl sie der Gerti, die laut gähnte und sich den Schlaf aus den Augen rieb, den Ofen anzuheizen. Außerdem musste sie Kaffee kochen und den am Vortag gebackenen Gugelhupf in Stücke schneiden und auf einem großen Teller ordentlich anrichten. Weiters sollte sie beim Decken des Frühstückstisches nicht das Glas Wasser für den Herrn Hofrat vergessen.

»Und wasch dir gefälligst nach dem Einheizen die Hände. Dass du mir mit deinen Schmutzfingern keine Abdrücke auf das Frühstücksporzellan machst!«

---

* Das neue Dienstmädel, das sie nach Mizzis Tod im Dienstvermittlungsbureau Meixner am Franziskanerplatz ausgesucht hatte.

Der Orgelklang und das vielstimmige Gloria in excelsis deo erfüllten die barocke Kuppel der Karlskirche. Hier unter den monumentalen Fresken Johann Michael Rottmayrs fand sich Aurelia Litzelsberger jeden Sonntag zur Frühmesse ein. Die Köchin genoss im Schmerda'schen Haushalt das Privileg, jeden Sonntag dienstfrei* zu haben, denn an diesem Tag führte der Hofrat seine Familie zum Essen aus. Die Messe in der prunkvollen Karlskirche entschädigte Aurelia Litzelsberger für alle Mühen der langen und harten Arbeitswoche. Nach dem Gottesdienst schlenderte sie über den Karlsplatz sowie über den still und verlassen daliegenden Naschmarkt. Sie überquerte die Magdalenenstraße und kehrte in das prächtige Gründerzeithaus, in dem die Hofratsfamilie wohnte, zurück. Als sie die Wohnungstür aufsperrte, strömte ihr intensiver Kaffeegeruch entgegen, aus dem Speisezimmer hörte sie das morgendliche Geklapper des Kaffeegeschirrs. In ihrer Kammer legte sie den Strohhut ab, sah in der Küche nach dem Rechten, bemerkte zufrieden, dass die Gerti gewaschene Hände und offensichtlich alle Sachen ordentlich erledigt hatte. Die Köchin ging zum Speisezimmer, klopfte an, trat ein und wünschte den Herrschaften einen guten Morgen. Mit wachsamem Auge ging sie einmal rund um den Tisch, schenkte dem Hofrat, der Zeitung las, Kaffee nach und trug der Gerti auf, ein Glas frisches Wasser zu

* Damals war es üblich, dass Dienstboten nur alle vierzehn Tage Anspruch auf einen freien Tag hatten. Dies traf bei den Schmerdas aber nur auf das Dienstmädchen, nicht aber auf die Köchin zu.

bringen. Bernadette Schmerda beobachtete sie unentwegt. Schließlich konnte sie nicht länger an sich halten und platzte heraus: »Frau Aurelia, Sie schauen heute so strahlend glücklich aus! Gerade so, wie wenn Sie frisch verliebt wären …«

Ihre Zwillingsschwester und Alphonse brachen daraufhin in Gekicher aus, die Litzelsberger bekam einen roten Kopf. Der Hofrat ließ die Zeitung sinken, sah seine Kinder streng an und brummte: »Bernadette! Ein Wort noch, und du hast die kommende Woche Hausarrest. Alphonse, grins nicht so blöd! Geh lieber in dein Zimmer und steck deine Nase in die Lateingrammatik. Nach dem Mittagessen werde ich dich prüfen. Bernadette und Charlotte, ihr beide räumt jetzt anstatt der Gerti den Frühstückstisch ab. Danach bereitet ihr euch in eurem Zimmer auf den Sonntagsgottesdienst vor.«

Die Gemaßregelten traten schnellstens den Rückzug an, die Mädchen nahmen dabei all das Geschirr mit, das nicht mehr verwendet wurde. Als die Kinder aus dem Zimmer waren, wandte sich der Hofrat an die Köchin: »Sie müssen schon entschuldigen, Frau Aurelia. Aber wir sind alle ein bisserl beunruhigt, seitdem Sie so intensiven Kontakt zu dem Herrn Inspector von der Polizei-Direction pflegen. Nicht dass ich was dagegen hätte. Aber man macht sich halt so seine Gedanken …«

Nun schaltete sich auch die Hausfrau ein: »Liebe Aurelia, Sie wissen, dass ich Ihnen alles Glück der Welt wünsche. Versprechen Sie mir bitte nur eines: Wenn

Sie den Herrn Inspector heiraten, bleiben Sie weiterhin bei uns im Dienst. So eine gute Köchin wie Sie finden wir nie wieder.«

»Gnädige Frau, gnädiger Herr, ich bitt Sie, machen Sie sich wegen mir keine Sorgen. Weil … weil, von einer Heirat ist wirklich keine Rede nicht. Dem Herrn Inspector Nechyba erlaube ich nur, mich hin und wieder auszuführen. Und seine Besuche hier im Haus waren rein dienstlicher Natur.«

Der Hofrat schmunzelte und meinte begütigend: »Sie wissen, Frau Aurelia, dass ich Ihre Kochkünste über alles schätze und dass meine Frau und ich Ihnen im Haushalt absolut freie Hand lassen. Weiters gebe ich Ihnen hiermit meine ausdrückliche Erlaubnis, dass der Herr Inspector Sie untertags hier in der Wohnung besuchen darf. Und jetzt schauen Sie, dass Sie weiterkommen und den sonnigen Tag genießen. Schönen Sonntag!«

»Das wünsche ich Ihnen und der gnädigen Frau auch«, antwortete die Litzelsbergerin und zog sich mit einem Knicks aus dem Speisezimmer zurück. In der Küche nahm sie entgegen ihren sonstigen Gewohnheiten keinen Kaffee und auch keinen einzigen Bissen zu sich. Ihre Hände zitterten, die Nerven flatterten. Das Wohlwollen, das sie soeben erfahren hatte, war für die Litzelsbergerin, die sich ihrer Stellung als einfacher Dienstbote sehr wohl bewusst war, nicht leicht zu verkraften. Zusätzlich war sie, obwohl das ja nicht ihr erstes Rendezvous mit dem Nechyba war, nervös wie ein Schulmädchen.

Flotten Schrittes ging sie die Magdalenenstraße stadteinwärts und die Engelgasse hinauf zum vereinbarten Treffpunkt – dem Café Sperl. Vor dem Eingang erblickte sie die vertraute Gestalt. Einem Turm gleich hatte sich Nechyba vor dem Kaffeehaus* aufgebaut. In seinen Pranken hielt er einen riesigen Picknickkorb. Er begrüßte sie mit Handkuss und ging voran ins Café, wo er seinen Lieblingsplatz ansteuerte. Artig nahm er ihr den Schirm ab und rückte einen Stuhl zurecht, auf dem sie Platz nahm. Dann ließ er sich selbst mit einem Schnaufer nieder. Mit großem Vergnügen bestellte er für sich und die Litzelsbergerin Kaffee, Eier, Schinken, frische Semmerln, Kipferln und Marmelade. Beide sprachen den gebotenen Genüssen kräftig zu, ohne dabei viel zu reden. Nach dem Frühstück fragte er, ob es sie störe, wenn er rauchen würde. Sie gestattete es ihm und beobachtete neugierig das mit Bedacht zelebrierte Ritual des Anzündens und Rauchens der Virginier. Als sie gegen 10 Uhr vormittags das Café verließen, traten sie ins grelle Licht eines strahlend schönen Sommertages. Auf der Magdalenenstraße herrschte sonntäglich reger Verkehr. Voll besetzte Straßenbahnen rumpelten, Einspänner und Fiaker rollten vorbei. Die Litzelsbergerin hängte sich bei Nechyba ein, und beide promenierten zur Stadtbahnstation Karlsplatz. Dort löste er zwei Billets 2. Klasse nach Hietzing, was ihm einen kleinen

* Um 1900 gehörte es nicht zum guten Ton, dass Frauen ohne männliche Begleitung – außer nachmittags zum Kaffeekränzchen – Cafés frequentierten. Deshalb wartete Nechyba vor der Tür auf die Litzelsbergerin.

Disput mit der sparsamen Köchin einbrachte. Sie fand nämlich nichts dabei, 3. Klasse zu fahren, denn ans Ziel gelangte man so und so.

In Hietzing stiegen sie aus, wanderten durch den alten Ortskern und folgten dann dem Verlauf der steil ansteigenden Maxingstraße. Diese führte entlang der Mauer des Schlosses Schönbrunn hinauf auf die Anhöhe des Rosen- und des Stranzenbergs. Die beiden Wanderer erreichten schnaufend und schwitzend ihr Ziel. Hier bot sich ihnen ein fantastischer Rundblick: Links hinter ihnen lag der Schönbrunner Schlosspark, rechts leuchteten grün die bewaldeten Höhen des k. k. Thiergartens, und vor sich sahen sie den Maurerberg sowie die dahinter im Dunst liegenden Erhebungen des südlichen Wienerwaldes. Ergriffen von diesem Anblick, umfasste die Litzelsbergerin das mächtige Kreuz Nechybas und lehnte sich gegen ihn – so wie man sich an einen Baum lehnt. Nach einer Schrecksekunde stellte er den Picknickkorb ins Gras und legte den freien Arm vorsichtig um ihre Schulter.

»Na, Nechyba, haben Sie in Ihrem riesigen Korb auch etwas zum Trinken? Ich hab so geschwitzt, dass ich jetzt einen Schluck Wasser vertragen könnt'.«

»An alles hab ich gedacht«, strahlte er, löste sich vorsichtig aus der Umarmung und holte aus den Tiefen des Korbs eine Flasche Gießhübler Mineralwasser sowie zwei Trinkbecher hervor. Währenddessen breitete die Litzelsbergerin ein großes Taschentuch auf der Wiese aus, auf das sie sich vorsichtig mit ihrem hellen Leinenkleid setzte. Nechyba, der sich einfach so neben sie setzen wollte, musste ebenfalls ein Taschentuch ausbreiten. Sie prosteten einander zu und tranken. Die Litzelsbergerin lehnte sich nun auch im Sitzen an ihn und ließ sich zweimal Mineralwasser nachschenken. Die trockenen Gräser der Wiese stachen durch die groben Leinenstoffe, Fliegen und eine Hummel schwirrten herum, Käfer und Ameisen krabbelten. Das störte beide, und so nahm die Idylle ein baldiges Ende.

Sie schüttelten die juckenden Halme sowie die Krabbeltiere aus dem Gewand, steckten ihre Taschentücher ein und wanderten über die Wiesen des Stranzenbergs hinunter ins Tal, wo die Verbindungsbahn fuhr. Durch eine Unterführung ging es weiter nach Speising; am Rande der Bauernhäuser und Gärtnereien dieses Wiener Vorortes lag das Ziel ihres Ausflugs: Das Gasthaus Zum Feldkeller. Im weitläufigen Gastgarten nahmen sie unter einem alten Nussbaum Platz. Während die Köchin den Proviant aus dem Picknickkorb hervorholte und am Tisch appetitlich arrangierte, bestellte Nechyba beim Kellner einen halben Liter Heurigen sowie eine Siphonflasche mit Sodawasser. Der Wirt brachte die Getränke, äußerte sich lobend über das G'selchte* und wünschte einen guten Appetit. Sie saßen auf einer Holzbank an

* Geräuchertes Fleisch (dass Gäste das Essen selbst mitbrachten, war damals in einfachen Gaststätten und bei Heurigen üblich)

einem grob gezimmerten Tisch und ließen sich Schöberl's G'selchtes schmecken. Dazu tranken sie einen G'spritzten, der herrlich erfrischte. Dies beruhte vor allem auf der Säure des Grünen Veltliners, der von den nahen Maurer Weinbergen stammte.

»Ein resches Tröpferl«, bemerkte Nechyba mit Kennermiene. Und die Litzelsbergerin, die eher den lieblicheren Weinen (zum Beispiel aus Gumpoldskirchen) zugetan war, stimmte ihm lachend zu: »Ein Wein, der, wenn man ihn pur trinkt, so sauer ist, dass es einem das Hemd in die Hose zieht.«

Schalkhaft erwiderte er: »Aber Sie haben heut ja gar kein Hemd an ...«

Die Litzelsbergerin rückte ob dieser plumpen Vertraulichkeit keinen Zentimeter von ihm ab. Sie blieb eng an seiner Seite sitzen, obwohl er einen intensiven Geruch verströmte. Er roch nach Schweiß, frisch gestärktem Leinen, Wein – er hatte mittlerweile vier G'spritzte getrunken – sowie einem süßlichen Rasierwasser. Letzteres irritierte sie. Wenn etwas nicht zu diesem Mannsbild passte, dann war das ein liebliches Rasierwasser. Trotzdem genoss sie seine Nähe. Und da sie sich ziemlich sicher war, dass sie dieses Gefühl auch in Zukunft nicht missen wollte, nahm sie ihr Henkelglas, wandte sich dem aufgrund seiner Kühnheit ein bisserl verlegenen Nechyba zu und sagte: »So da, Herr Joseph! Jetzt nehmen Sie Ihr Glas in die Hand und stoßen mit mir an. Dann geben Sie mir ein Busserl und sagen Du zu mir!«

Der Tonfall war dem Inspector vertraut. Klare und deutliche Anweisungen. Damit konnte er umgehen. Er schlug im Geist die Hacken zusammen, nahm sein Glas, stieß mit der neben ihm sitzenden Frau an und nahm einen kleinen Schluck. Dann küsste er sie mit einer Vehemenz, dass es ihr fast den Atem verschlug. Darauf spülten beide mit einem kräftigen Schluck nach. Nechyba musste die soeben gewonnene Intimität sofort auskosten: »Liebe Aurelia … weißt … du machst mich sehr glücklich … Ich habe nämlich fast schon ein bisserl Angst gehabt, dass du mich halt nur gern hast. Aber nicht so richtig magst …«

»Du Tschapperl*!«, lachte die Litzelsbergerin, »glaubst du, dass ich einen, der was mir nicht unter die Nase geht, dass ich so einen dauernd zu mir in die Küche lass?«

Dieses Argument leuchtete Nechyba ein. Nun zögerte er auch nicht länger, legte behutsam seinen Arm um ihre Schulter und gab ihr noch ein Busserl. Das beengte die Köchin doch zu sehr; sie nahm vorsichtig seinen Arm herunter, behielt aber seine Riesenhand in der ihren, die übrigens auch ganz schön groß war. Und so saßen die beiden, Händchen haltend, im schattigen Garten des Wirtshauses Zum Feldkeller.

Und weil es dem österreichischen Gemüt eigen ist, dass man gerade, wenn es am schönsten ist, gern an etwas nicht so Schönes denkt, begann die Litzelsbergerin, nun über den armen Gotthelf zu philosophie-

* Kind, hilfloser Mensch

ren. Dass der jetzt, wo sie beide so schön im Grünen bei einem Glaserl Wein saßen, sich unschuldig in einer Zelle im Landesgericht befand.

Der arme Gotthelf? Nechyba glaubte seinen Ohren nicht zu trauen. Der und unschuldig? Da musste er dringend einige Dinge klarstellen. Er räusperte sich und erklärte ihr mit sanfter Stimme: »Schau, mach dir wegen des Gotthelfs kein Kopfzerbrechen. Das ist ein richtiger Hallodri*. Der hat sein Leben lang viele kleine Dummheiten gemacht, bis er jetzt plötzlich zwei große, gravierende Dummheiten auf einmal begangen hat. Aus Eifersucht zuerst und dann aus Angst, dass ihn deine Mizzi verraten könnte … Weißt, ich hab sie ja kaum gekannt, die Mizzi. Aber wie ich das Mädel am Tatort vorm Stani seiner Wohnung tot liegen gesehen habe, hat es mir das Herz zusammengekrampft. So ein junges Ding und schon so tot. Die hat doch noch nix von ihrem Leben g'habt. Unglücklicherweise läuft das Mädel dem Gotthelf übern Weg, und der erwürgt sie … einfach so. Sei mir nicht bös, aber dafür gebührt dem Pücher** der Tod durch den Strang.«

Nechyba schüttelte traurig den Kopf und nahm einen großen Schluck vom G'spritzten. Die Litzelsbergerin erwiderte: »Also ich kann mir das nicht vorstellen, dass der Gotthelf ein Mädel oder eine Frau umbringen kann. Dazu ist der nicht imstand. Der ist doch ein ganz ein weicher Kerl. Der tut eine Frau anhimmeln, der weint

* Heiter-unverlässlicher Mensch

** Verbrecher

ihr von mir aus etwas vor oder küsst ihr die Füße. Aber umbringen kann der keine. Und die Mizzi, die ihn so verehrt hat, schon gar nicht. Außerdem, weißt du, was mir die Landerl erzählt hat? Dass er eine Affäre mit einer Kundin von ihr gehabt hat und dass er über zwei Wochen bei der in der Wohnung war. Ununterbrochen! Amour fou hat sie es genannt. Die Frau, mit der er zusammen war, ist eine Soubrette vom Theater an der Wien. Angefangen hat die Geschichte übrigens an dem Tag, an dem die Mizzi umgebracht worden ist. Da hat die Landerl nach Mittag die beiden gemeinsam ins Café Sperl reingehen gesehen … Und weil die Landerl ein neugieriger Mensch ist, hat sie später mehrmals nachgeschaut, und da sind die beiden immer noch im Sperl gesessen. Der Stani war also zum Zeitpunkt von Mizzis Ermordung im Sperl. Ist das nicht merkwürdig? Das passt doch alles nicht zusammen. Also meiner Meinung nach kann der unmöglich die Mizzi am Gewissen haben …«

Platsch! Damit hatte sie Joseph Maria Nechyba von seiner Wolke im siebenten Himmel heruntergeholt. Wie ein begossener Pudel saß er da und wusste keine Antwort. Es beschlich ihn das ungute Gefühl, dass bisher überhaupt wenige Fakten in beiden Mordfällen ermittelt wurden. Irgendwie hatte er die ganze Sache in den letzten Wochen schleifen lassen. Nun wurde es höchste Zeit, aufzuwachen und intensiv über die beiden Mordfälle nachzudenken und auch nachzuforschen. Weil, so konnte es wirklich nicht weitergehen …

VIII/3.

Seit dem frühen Morgen ging ihm ein Geruch nicht aus dem Sinn. Er hatte ihn auf dem Weg ins Büro überfallen und klebte nun in seinem Gedächtnis. Dieser Duft regte seine Fantasie an und war Ursache dafür, dass seine Magensäfte äußerst stimuliert reagierten. Infolgedessen hatte er schon am späten Vormittag trotz des üblichen Gabelfrühstücks einen Bärenhunger. Das Gabelfrühstück hatte aus zwei Schwarzbrotscheiben und zwei butterweichen Quargeln* bestanden, deren intensiver Geruch sich im gesamten 2. Stock der k. k. Polizei-Direction ausbreitete. Als Zentralinspector Ferdinand Gorup Freiherr von Besanez über den Gang eilte und dabei den aus Nechybas Zimmer kommenden Pospischil fast umrannte, herrschte er ihn an: »Sagen Sie, wie riechen Sie denn? Ihre Körperausdünstung geht ja auf keine Kuhhaut! Wie heißen Sie überhaupt? Was? Pospischil …? Ah, Sie sind der, der so gerne mit der Presse plaudert! Wie sind Sie denn überhaupt adjustiert? Sie haben lauter Schmutzspritzer auf dem Sakko, sind unrasiert, und ein Besuch beim Haarschneider würde Ihnen auch nicht schaden. Wissen Sie was? Das ist ein dienstlicher Befehl: Sie gehen auf der Stelle ins nächste Tröpferlbad** und waschen sich dort. Bei der

* Stark riechende, aus Quark hergestellte Käselaibchen

** öffentliche Badeanstalt

Gelegenheit lassen Sie auch gleich vom Bader die Haare schneiden und sich rasieren. Punkt 2 Uhr nachmittags erwarte ich Sie gewaschen, rasiert und frisiert zum Rapport in meinem Büro. Treten Sie weg, Sie Schande des Polizeiagentenkorps!«

Nechyba, der die Standpauke durch die Zimmertür hindurch mitgehört hatte, grinste schadenfroh und murmelte: »Ich glaube, ich werd in Zukunft öfters Quargeln essen …«

Nach dieser kurzen Ablenkung meldete sich sein Hungergefühl wieder. Dieser vermaledeit köstliche Geruch … Kruzitürken! … Süßes Kraut, das gemeinsam mit Zwiebeln und Speck gedünstet wurde. Dieser Duft entfachte sein Verlangen nach einem Gericht, das er schon längere Zeit nicht mehr gegessen hatte: Krautfleckerln!

Knapp vor Mittag entschloss er sich, das Büro zu verlassen, auf den Naschmarkt zu gehen und dort ein schönes Krauthäuptel sowie ein paar Zwiebeln zu erstehen. Heute Abend würde er Speck auslassen, in dem heißen Fett die Zwiebeln rösten, mit etwas Zucker karamellisieren, dann das fein geschnittene Kraut zum Dünsten dazugeben, inzwischen einen Nudelteig machen und ihn zu kleinen rechteckigen Fleckerln schneiden. Sie würde er in kochendes Wasser werfen, kurz aufkochen lassen, abseihen und danach mit dem gedünsteten Kraut vermengen … Herrlich!

Er stieg bei der Oper aus der Tramway, ging durch die Operngasse, überquerte den Karlsplatz und tauchte in den Bauch von Wien – den Naschmarkt – ein. Über dem Markt hing wie immer eine Glocke von Viktualiengerüchen, die sich mit menschlichen und tierischen Ausdünstungen mischten. Angenehm betäubt von den vielfältigen Gerüchen, Stimmen und Eindrücken, schob sich Nechyba mit knurrendem Magen durch das Menschengewühl. Jetzt gegen Ende des Sommers war das Angebot an Gemüse besonders üppig: Neben grünen Erbsen, Fisolen*, Kohl, Kohlrüben, Karotten, Karfiol**, Rotkraut, Erdäpfeln, Kürbissen, Gurken, Paradeisern***, Kukuruz und Schwammerln gab es mittlerweile auch schon wieder frisch eingelegtes Sauerkraut. Auch das Obst hatte Saison: Tiefblaue, rote und hellgrüne Trauben aus dem Süden, goldig gelbe oder blutrote Äpfel, Birnen aus dem Norden und Westen, alle Arten des Kernobstes sowie Waldbeeren. Nechyba konnte nicht umhin, sich eine riesengroße Birne zu kaufen. Voll Gier biss er in ihr süßes Fleisch, sodass ihm der Saft am Kinn herunterrann und den Bart verklebte. Wie besessen nagte er das Obststück rundum ab, bis er nur mehr einen winzigen Butzen in den klebrigen Fingern hielt. Den ließ er auf den Boden fallen, wo er sich zu allerlei anderen Abfällen gesellte. Die klebrigen Finger aber lutschte er – so wie

---

* grüne Gartenbohnen

** Blumenkohl

*** Tomaten

es sonst nur Lausbuben tun – einzeln ab und trocknete sie danach sorgfältig mit dem Stofftaschentuch. Sein Appetit war fürs Erste gestillt, und er konnte sich in Ruhe nach einem geeigneten Krauthäuptel umsehen. Als er sich an einem Pferdefuhrwerk vorbeidrängte, auf dem pyramidenartig Krautköpfe aufgetürmt waren, sah er plötzlich eine bekannte Gestalt: Alphonse Schmerda. Den Lausbuben, den er vor einigen Wochen beim Stehlen von Äpfeln ertappt hatte. Augenblicklich überkam Nechyba berufliche Neugierde, und so heftete er sich an Alphonse' Fersen. Der hatte keine Augen für etwaige Verfolger und auch nicht für wohlgerundete Äpfel. Die einzigen Rundungen, die ihn interessierten, waren jene von Henriette Orliczek. Sie blieb bei einem Obststand stehen, um Trauben zu kaufen. Von der Fratschlerin wurde sie als Stammkundin begrüßt. Nechyba fing einen Gesprächsfetzen auf, bei dem es um eine Operettenaufführung im Theater an der Wien ging. Da dämmerte ihm, dass es sich bei dieser Person um eine Operettensängerin handelte, die er vor Jahren schon einmal auf der Bühne gesehen hatte. Vor circa zehn Jahren war sie sehr bekannt und beliebt gewesen. Henri, … Hans … oder so ähnlich, war ihr Name. Als ihm das durch den Kopf ging, fielen der Sängerin beim Gustieren und der Tratscherei mit der Fratschlerin einige Trauben aus der Hand. Wie ein geölter Blitz schoss Alphonse Schmerda auf das am Boden liegende Obst zu, sammelte es ein und überreichte es mit einer artigen Verbeugung der überraschten Dame. Sie bedeutete ihm, dass er die Trauben der Fratschlerin zurückgeben sollte. Die Orliczek fasste den Knaben beim Kinn, sodass er ihr in die Augen schauen musste und sagte: »Danke, mein Lieber. Du bist ja ein ganz ein Flinker … Wie heißt du denn?«

Alphonse wurde knallrot und stammelte seinen Namen.

»So, so … Alphonse. Ein hübscher Name, der passt gut zu dir. Weißt du, wie ich heiße?«

»Sie … Sie … gnädige Frau … sind die berühmte Theaterkünstlerin Henriette Hugo.«

»Bravo, mein Kleiner … Weißt du was, ich hab am Nachmittag Probe im Theater an der Wien. Wenn du willst, dann kommst du so um 4 Uhr zum Portier und sagst ihm, dass du zu mir willst. Ich werde ihm Bescheid geben, dass er dich hereinlässt. Dann kannst du mir beim Proben zuschauen.«

Alphonse hatte sich – nachdem die Orliczek sein Kinn losgelassen hatte – wieder gefasst, verbeugte sich, deutete einen formvollendeten Handkuss an und verschwand in der Menschenmenge. Nechyba schnappte folgende Bemerkung auf, die die Orliczek beim Bezahlen des Obstes machte: »Ein hübscher Bengel. Und so aufgeweckt …«

Der hübsche Bengel schlenderte langsam zur elterlichen Wohnung zurück. Ein träumerischer Ausdruck lag auf seinem Gesicht. Als Nechybas eiserne Faust ihn beim Schlafittchen packte, wurde er jäh aus seinen

Träumen gerissen. Er erkannte den hünenhaften Polizisten mit dem furchterregenden Schnauzbart wieder, und sein Gesicht verformte sich zu einer ängstlichen Grimasse.

»Ich hab heut nix g'stohlen …«, greinte er.

Nechyba grinste diabolisch und manövrierte das zappelnde Stück Mensch in eine dunkle Nische hinter einen Marktstand.

»Du hast genug Dreck am Stecken. Rotzbub, du. Spielst den Kavalier bei Frauen, die vom Alter her deine Mutter sein könnten … Allein dafür hast du dir ein paar Ohrfeigen verdient. Aber ich will Gnade vor Recht ergehen lassen. Was mich interessiert, ist Folgendes: Wie lange schleichst du schon der Henri, Hans, Hugo, oder wie immer sie heißt … hinterher? Das war doch nicht das erste Mal heute?«

Das Eck, in das Nechyba Alphonse gedrängt hatte, war dunkel und menschenleer. Der Bub zitterte wie Espenlaub. Stammelnd erzählte er, dass ihm vor etwa einem halben Jahr bei einem seiner Naschmarkt-Streifzüge die Henriette Hugo aufgefallen sei. Danach habe er sich für die Künstlerin zu interessieren begonnen und schließlich herausgefunden, dass sie ganz in der Nähe, nämlich in der Gumpendorferstraße, wohne. Daraufhin habe er viel freie Zeit damit verbracht, vor ihrem Hauseingang herumzulungern und ihr nachzuspionieren.

»So, so …«, brummte Nechyba und ließ den Knaben los. Dieser drückte sich ängstlich in das dunkle Eck.

In einem beruhigend väterlichen Ton erkundigte sich Nechyba nun, ob sich Alphonse an den Tag Anfang Juli erinnern könne, an dem das Dienstmädchen des elterlichen Haushalts einem Verbrechen zum Opfer gefallen war. Alphonse massierte sich das malträtierte Genick und starrte in die Ferne. Dann begann er klar und präzise zu erzählen: »Es war ein fürchterlich heißer Nachmittag. Die Frau Aurelia hat die Mizzi hinunter auf die Gasse geschickt, um etwas zu besorgen. Ich bin gleich nach der Mizzi runtergegangen und habe sie noch um die nächste Ecke verschwinden gesehen. Es war niemand auf der Straße außer einem Mann, der hinter der Mizzi hergegangen ist. Ich hab mir nix dabei gedacht und bin zum Naschmarkt spaziert ... Ich wollte mich ein bisserl umschauen ... hier ist mir die Frau Hugo über den Weg gelaufen, und ich bin ihr gefolgt. Sie hat an dem Tag ein ganz besonders schönes, weißes Sommerkleid angehabt. Ziemlich bald ist dann der Planeten-Stani, der einen stockbesoffenen Eindruck gemacht hat, in die Frau Hugo gerannt. Er hat sich höflich entschuldigt, und beide sind gemeinsam ins Café Sperl gegangen. Da sind sie in einer Fensterloge gesessen und haben sich unterhalten. Nach circa zwei Stunden haben sie das Sperl verlassen und sind zu der Frau Hugo in die Wohnung gegangen. Ich hab vor der Haustür beiläufig eine weitere Stunde gewartet, aber der Planeten-Stani ist nicht wieder herausgekommen. Mir ist fad geworden, und ich bin noch in den ersten Bezirk gegangen. Am Abend war ich pünktlich zum Abendessen zu Hause. Da sind alle schon ganz aufgeregt gewesen, weil die Mizzi von einer Besorgung nicht zurückgekommen ist ...«

Nechyba zwirbelte versonnen die linke Spitze seines Schnauzbartes.

»Kannst du dich erinnern, wann der Planeten-Stani in die Frau Hugo hineingerannt ist? War das zehn Minuten, nachdem du die Mizzi um die Ecke verschwinden gesehen hast, oder vielleicht 20 Minuten später?«

»Das werden zehn Minuten gewesen sein. Weil, von unserer Wohnung hab ich fünf Minuten runter zum Naschmarkt und dort hab ich gleich die Frau Hugo gesehen, der ich Richtung Sperl gefolgt bin, wo der Planeten-Stani in sie hineingerannt ist. Ich hab mich eh schon die ganze Zeit gewundert, dass Sie den als Mizzis Mörder verhaftet haben. Der hat das sicher nicht gemacht. Weil, der kann nicht gleichzeitig im Café Sperl und bei sich daheim gewesen sein ... Aber ich hab mir gedacht, ich sage lieber nix, damit Sie nicht bös werden und mich noch einmal verprügeln ...«

IX/3.

Er stand nach einem Nachmittagsschläfchen vor dem mannshohen, mit üppigen Schnitzereien versehenen

Spiegel in seinem Zimmer. Das Haar hing ihm wirr ins Gesicht, seine Haltung war gebeugt, die Schultern krümmten sich zu einem Buckel. Er betrachtete die körperliche Hülle seiner Existenz: Schüttere Haare, ein blasser Teint, rot entzündete Pickel. Der einst muskulöse Oberkörper war schlaff und teigig, der Bauch aufgebläht, darunter ein in sich zurückgezogenes Geschlecht, schlaffe Oberschenkel, spitz hervortretende Knie, krumme Beine und rötlich gefärbte Füße mit Zehen, deren Form er noch nie leiden konnte.

»Ich hab Füße wie ein Bauer … Kein Wunder, seitdem ich praktisch bankrott bin, kann ich mir keinen Fiaker mehr leisten. Alles muss ich zu Fuß gehen … Was für ein Leben!«

Alle seine Hoffnungen waren dahin. Seine Pläne, zumindest an einen Teil des Vermögens seiner toten Cousine zu gelangen, hatten sich in Luft aufgelöst. Oh, wie er sie verabscheute, diese Weiber! Und am hassenswertesten erschien ihm seine Mutter. Eine Rabenmutter! Sie hatte heute beim Notar – als ihr das riesige Vermögen der Nichte mit Brief und Siegel zugesprochen worden war – seine zuerst leisen und dann immer hysterischeren Forderungen, ihm einen Teil des Erbes zu überschreiben, abgeschmettert. Kühl und bestimmt vertrat sie den Standpunkt, dass das nun ihr Vermögen sei und dass sie ihr Vermögen nicht zu teilen gedenke. Sie werde es so wie bisher halten, dass er von ihr alles, was er zu einem standesgemäßen Leben benötige, bekomme. Sie werde ihm eine Apanage zahlen und für seine Amouren, sein Reitpferd im Prater und – Gott sei's geklagt – auch für seine Spielschulden aufkommen. Nicht mehr, aber auch nicht weniger gedenke sie zu tun. Damit war nun klar: Der einzige Ausweg, der ihm blieb, waren seine Pistole und deren kalt glänzende Munition. Nachdenklich rollte er eine Patrone zwischen Daumen und Zeigefinger. Angenehm kühl war sie und strahlte Sachlichkeit, Bestimmtheit sowie Ruhe aus. Er führt die Patrone an seine Schläfe, bohrte die Patronenspitze in die Schläfenhaut und brüllte in den Spiegel: »Bumm!«

Danach ließ er die Hand resignierend sinken, Daumen und Zeigefinger gaben die Patrone frei. Sie fiel auf den Parkettboden und rollte unter den Kleiderschrank. Tod ... Wie fühlte sich der Tod an? Kühl und sachlich wie die Patrone, die er gerade noch in der Hand gehalten hatte? Oder heiß und leidenschaftlich? Wie eine stürmische Affäre? Wie ein Rausch der Sinne? Wie das Tanzen eines Walzers? Immer im Kreis, immer schneller, bis einem schwarz vor Augen würde? Den Kopf leicht benebelt von Champagner, die Beine beflügelt vom Dreivierteltakt, die Sinne entflammt von der ständig drehenden Bewegung, der Geschwindigkeit der Musik und der körperlichen Nähe einer Fremden, die sich ihm und dem Rhythmus der Musik auslieferte ... Würde ihn *die* Tod beglücken? Die elegante, blasse Schwester des düsteren Sensenmannes ... Würde er sich im spöttischen Glanz ihrer dunklen Augen aalen, seine Wange an die hohen Backenknochen ihres Schädels schmiegen und von ihrem lippenlosen Mund den eiskalten Hauch eines Todeskusses empfangen? Würde er die Tödin souverän in seine Arme nehmen und sie in einem letzten Aufbäumen im Walzerschritt durch die dicht gedrängte Menge all derer führen, die in diesem Augenblick ebenfalls die Klänge des finalen Walzers vernahmen?

Ein Pochen an der Zimmertür riss ihn aus seinen Visionen. Die Tür wurde vorsichtig geöffnet, und es ertönte ein spitzer Schrei. Reserl, das Dienstmädchen, starrte den nackten Baron mit offenem Mund an. Der kam allmählich wieder zu Sinnen und bemerkte ironisch: »Na, Reserl, jetzt hast du endlich einmal einen Mann en nature gesehen.«

»Die … die … die Frau Baronin lässt fragen, ob … ob der gnädige Herr vielleicht mit ihr den 5-Uhr-Tee im Salon nehmen möchte?«

»Sag meiner Frau Mama, dass ich fürchterlich Migräne habe und dass ich ihre Gegenwart in diesem Zustand noch weniger als sonst ertrage. Bring mir stattdessen eine Schale Tee aufs Zimmer.«

Das Dienstmädchen knickste und schloss die Tür, während Schönthal-Schrattenbach zu seinem Bett zurückschlich.

Es klopfte neuerlich. Diesmal trat nicht das Dienstmädchen, sondern die Baronin ein. Sie hatte eine Schale samt Untertasse in der Hand und war bei jedem Schritt darauf bedacht, dass der Tee nicht überschwappte. Endlich erreichte sie das Bett und ließ sich auf der Bettkante nieder. Wortlos reichte sie ihrem Sohn die Schale. Sie hüstelte leise und versuchte, ihrem Sohn mit der Hand über das Haar zu fahren. Dieser entzog sich der mütterlichen Geste und verzerrte sein Gesicht zu einer Fratze des Unwillens. Die Baronin seufzte: »Aloysius, was ist los mit dir? Bist du noch immer verstimmt? Du hast dich doch eh schon abreagiert … Das Theater, das du beim Notar aufgeführt hast, war äußerst blamabel. Dass du dir so einen Auftritt vor fremden Leuten leistest … Ich verstehe dich nicht, Bub. Statt dass du froh bist, dass ich die Alleinerbin deiner Cousine bin, führst du dich auf wie ein Verrückter …

Schau, mit dieser Erbschaft können wir endlich wieder ein standesgemäßes Leben führen. Gehen wir morgen zum Schneider und lassen wir dir zwei neue Anzüge anmessen. Ich selbst hab auch schon nachgedacht, in welchem Modesalon ich mir meine Wintergarderobe schneidern lassen werde. Komm, lach doch ein bisserl …«

Aloysius Schönthal-Schrattenbach schlürfte seinen Tee und dachte an das ungeheure Vermögen der Cousine: riesige Ländereien mit landwirtschaftlichen Betrieben in Mähren, die per annum ein hübsches Sümmchen Geld erwirtschafteten, ein Actienpaket an der Börse, eine Beteiligung an böhmischen Industriebetrieben sowie ziemlich viel Bargeld in einem Bankdepot. Die

Immobilien und Actien könnte man leicht zu Geld machen. Geld, das er dringend benötigte und das ihn den Armen der Tödin entreißen würde …

»Aloysius, warum starrst du so trübsinnig vor dich hin? Bedrückt dich was? Komm, erzähl!«

Schönthal-Schrattenbach bekam bei diesem warmen, mitleidigen Ton eine Gänsehaut vor Hass und Ekel. Die Schale zitterte in seiner Hand, und er war einen Augenblick lang versucht, sie seiner Mutter an den Kopf zu werfen. Doch er beherrschte sich und antwortete mit einem zynischen Lächeln: »Liebend gerne werde ich morgen mit Ihnen zum Schneider gehen. Allerdings werde ich mir nur einen einzigen Anzug anmessen lassen. Einen schwarzen. Weiters bitte ich Sie, mir eine schwarze Samtkrawatte zu kaufen und mir beim Schuhmacher schwarze Stiefeletten anfertigen zu lassen … Weil, ich stelle mir das hübsch vor, mit schwarzem Anzug, schwarzer Krawatte und schwarzen Stiefeletten aufgebahrt in einem schneeweißen Sarg zu liegen. Das ist sicher für alle sehr ästhetisch anzuschauen …«

»Kind, was ist dir? Was fehlt dir denn? Soll ich einen Arzt rufen?«

»Einen Arzt braucht es nicht, Mutter …«

Er beugte sich vor und flüsterte: »Was mir fehlt, ist Geld. Viel Geld, Mama. Eine halbe Million Kronen. Fehlendes Geld ist die Krankheit, an der ich krepieren werde. Ich habe zwei Möglichkeiten: entweder eine Kugel, die ich mir selber in den Schädel jage, oder eine tödliche Duellkugel, durch die mich unser hochverehrter Freund Adalbert Graf Sternberg von der Schande der Zahlungsunfähigkeit erlösen wird. Eine halbe Million Kronen, Mama. Spielschulden, alles Spielschulden … Sternberg war so nett und hat alle meine Verbindlichkeiten übernommen. Da Sternberg gerade selbst eine Pechsträhne hat, drängt er mich, meine Schulden zu begleichen. Und wie wir wissen, Mama, sind Spielschulden Ehrenschulden. Also bleibt mir nichts anderes übrig, als durch eigene Hand aus dem Leben zu scheiden oder mich mit dem Grafen zu duellieren. Übrigens, Sternberg weilt nur deshalb noch unter uns Lebenden, weil er bisher kein einziges Duell verloren hat …«

X/3.

In seinem Büro in der Polizei-Direction am Schottenring wartete eine Fülle von Arbeit. Es war die Wochenbesprechung mit den k. k. Polizeiagenten seiner Gruppe abzuhalten – er hatte sie bereits einmal verschoben –, und er musste Pospischil auf die Finger schauen. Seitdem dieser ausschließlich Innendienst versah, wanderten alle Akten über seinen Schreibtisch. Zu Nechybas Pflichten gehörte es, sie regelmäßig durchzusehen, zu kontrollieren und die immer wieder vorkommenden

Blödheiten Pospischils zu korrigieren. All das war dem Inspector im Moment sehr zuwider. Er empfand nahezu Ekel vor seiner Arbeit. Deshalb befand er sich auch nicht im Büro, sondern im Café Sperl.

Seine Hände ruhten auf dem Marmor des Kaffeehaustischchens, und sein Blick stierte durch das von wandernden Regentropfen überzogene Fenster auf die nasse Gumpendorferstraße hinaus. Er sah, wie ein Dienstmädchen, das eine riesige, mit Lebensmitteln vollgestopfte Tasche schleppte, in eine Regenlacke tappte. Er beobachtete, wie ein Herr mit Dackel und Schirm aus dem Hauseingang gegenüber trat und wie eine spindeldürre Gestalt ohne Schirm durch den Regen hastete. Es sah aus, als ob der dünne Kerl versuchen wollte, die trockenen Räume zwischen den einzelnen Regentropfen zu nutzen. Die Gestalt kam näher, Nechyba schmunzelte und dachte: Wenn der Goldblatt – so dünn, wie er ist – nicht aufpasst, rutscht er glatt durchs nächste Kanalgitter …

Als der Redakteur das Sperl betrat, nahm er noch vor dem Hut die Brille ab. Denn Goldblatts Augengläser waren nicht nur nass, sondern beschlugen sich auch blitzartig in der Wärme des Kaffeehauses. Ja, es gab einen Kälteeinbruch in diesen Septembertagen, und Goldblatt, der weder Mantel noch Schirm bei sich hatte, fröstelte.

»Einen Tee mit doppeltem Rum für den Herrn

Redakteur! Damit er sich keine Verkühlung holt …!«, rief Nechyba dem Ober zu.

Goldblatt – kurzsichtig wie eine Blindschleiche – setzte die geputzte Brille auf und ging zum Tisch des Inspectors.

»Man könnte fast glauben, dass Sie meine Frau Mama sind, Nechyba. So sehr bemuttern Sie mich … Wollen Sie am Ende gar was von mir? Oder sind Sie ausnahmsweise einmal gut aufgelegt? Obwohl das ganz schön meschugge wäre, bei diesem hundsmiserablen Wetter.«

»Was sind Sie nur für ein Mensch, Goldblatt? Da kommen Sie wie ein begossener Pudel ins Café herein. Sie tun einem leid, und man möchte Ihnen was Gutes tun. Und das Einzige, was Ihnen darauf einfallt, ist ein Zynismus. Warum sind S' denn immer so misstrauisch?«

»Gehen S'! Hören S' auf! Ich kenn Sie jetzt schon 15 Jahre, und noch nie haben Sie mir auch nur einen kleinen Mokka spendiert. Da frag ich mich natürlich, warum Sie ausgerechnet heute die Spendierhosen anhaben …«

»Sie kombinieren scharfsinnig wie ein alter Kriminalist«, schmunzelte Nechyba. Gönnerhaft beobachtete er, wie sich Goldblatt das Stamperl Rum in die Teeschale goss und dann das heiße Getränk mit kleinen Schlucken schlürfte. Währenddessen bildeten sich auf der Bank links und rechts neben ihm nasse Flecken.

»Goldblatt, ich brauche tatsächlich etwas von Ihnen.«

»Sie von mir? Gott möge abhüten!«

»Einen Rat! Nur einen Rat, Goldblatt. Ich bin nämlich mit meinem Latein am Ende. Ich habe einen riesengroßen Fehler gemacht und weiß nicht, wie ich den in Ordnung bringen soll …«

»Na, na … so schlimm wird es ja wohl auch nicht sein …«

»Finden Sie es nicht schlimm, wenn ein Unschuldiger zum Tode verurteilt wird?«

Goldblatt hielt beim Teeschlürfen inne. Behutsam stellte er die Teeschale auf die Untertasse zurück, räusperte sich, kramte aus dem Sakko das uralte, nunmehr etwas feuchte Päckchen Zigaretten hervor. Er zündete sich eine an und starrte auf sein Gegenüber. Nechyba rutschte nervös hin und her. Schließlich räusperte er sich und sagte in leisem Tonfall: »Goldblatt, der Planetenverkäufer, den ich verhaftet hab, hat in einem der beiden Mordfälle ein einwandfreies Alibi. Der Mörder rennt nach wie vor frei herum. Aber so, wie es aussieht, werden sie den Gotthelf für beide Morde verurteilen und aufhängen. Es sprechen zu viele Indizien gegen ihn.«

Goldblatt machte einen tiefen Zug von der Zigarette, kratzte sich am kahlen Schädel und starrte Nechyba weiter an. Nach einer Weile wendete er den Blick ab und murmelte: »Lachen werden Sie, Nechyba. Lachen … Wenn ich Ihnen sage, dass ich gleichfalls weiß, dass der Gotthelf in einem der beiden Fälle unschuldig ist.«

»Was? Was sagen Sie da?«

»Nicht so laut, Nechyba! Ich habe gesagt, dass mir bekannt ist, dass es der Gotthelf zumindest bei der Hainisch-Hinterberg nicht war. Das weiß ich. Definitiv. Weil, es müsste schon mit Zauberei zugehen, wenn der Gotthelf eine Frau am Naschmarkt erwürgen und zur gleichen Zeit mit einer anderen beisammen sein könnte, die am Getreidemarkt wohnt …«

»Wovon reden Sie? Hat der Gotthelf am Ende gar auch für diesen Mord ein Alibi?«

»Was heißt hier auch? Nur für den. Ob er es bei dem Dienstmädel war, kann ich nicht sagen.«

»Goldblatt, jetzt hören Sie einmal zu! Dass er es bei der Mizzi nicht war, dafür hab ich Zeugen. Davon rede ich ja die ganze Zeit! Und wenn Sie mir jetzt erzählen, dass er auch für den zweiten Mord ein Alibi hat, dann war die Verhaftung Gotthelfs nicht nur ein grober Fehler, sondern eine wahre Katastrophe!«

Nechyba stützte die Arme auf den Kaffeehaustisch und raufte sich die kurz geschorenen Haare.

»Sie machen mir Spaß, Nechyba! Da verhaften Sie einen Kerl wegen zwei Morden. Gut. Dann kommen Sie drauf, dass er es in einem Fall nicht gewesen ist. Auch gut. Und dann treffen Sie mich, fragen mich um Rat, und ich erzähl Ihnen, dass er es im zweiten Fall ebenfalls nicht war. Sehr gut, Nechyba! Das ist ein Witz! Aber ein schlechter.«

»Wissen Sie was? Ich bestell uns jetzt was G'scheites zum Trinken, und wir erzählen einander, was wir wissen. Herr Ober, zwei große, französische Cognacs!«

Als die edle Spirituose in bauchigen Gläsern serviert worden war, schwenkten, schnüffelten und tranken die beiden schweigend. Dann begann Nechyba zu erzählen: »Also passen S' auf: Kennen Sie die Soubrette Henriette Hugo? Die spielt seit über einem Jahrzehnt am Theater an der Wien.«

Goldblatt nickte, und Nechyba fuhr fort: »Für besagte Dame schwärmt ein Lausbub, der mir in diesem Sommer schon öfters über den Weg gelaufen ist. Es ist der Sohn vom Hofrat Schmerda, bei dem die Mizzi im Dienst stand. Gerade 15 Jahre ist er alt – der Alphonse Schmerda – und nix als Flausen hat er im Kopf. Seine größte betrifft die Hugo oder Orliczek, wie sie mit bürgerlichem Namen heißt. In die ist der Bub bis über beide Ohren verliebt und spioniert ihr tagaus, tagein nach. Kurzum: Ich habe mir den Knaben vorgeknöpft. Der hat mir seine Bewunderung für die Orliczek gebeichtet sowie die Beobachtungen, die er am Tag von Mizzis Ermordung gemacht hat: Der Gotthelf ist vorm Sperl in die Orliczek hineingerannt, dann sind sie ziemlich lange miteinander hier im Kaffeehaus gesessen, und dann hat die Orliczek – typisch für so eine vom Theater – den Gotthelf zu sich in die Wohnung mitgenommen. Der kleine Schmerda hat vor dem Haus noch eine Stunde gewartet, aber weder die Orliczek noch der Gotthelf sind wieder herausgekommen ... Der Ordnung halber möchte ich zweierlei hinzufügen. Erstens: Ich war im Haus der Orliczek und habe mich umgeschaut, dort gibt es keinen zweiten Ausgang durch den Hof. Das heißt: Wer durch die Haustür in das Haus hineingeht, muss durch diese Tür auch wieder herauskommen. Zweitens: Dass der Bub nicht gelogen hat, bestätigt eine weitere Zeugin. Die Greislerin Landerl hat an besagtem Nachmittag nämlich dem Gotthelf nachspioniert. Weil sie mit ihm ihren Mann betrügt und weil sie eifersüchtig ist. Die hat den Gotthelf und die Orliczek ebenfalls hier im Sperl sitzen und miteinander turteln gesehen. Daraus folgt: Der Gotthelf hat für die Tatzeit von dem Mord ein tadelloses Alibi.«

Goldblatt hatte sich eine weitere Zigarette angezündet. Er nahm einen Schluck Cognac, blies ein paar nachdenkliche Rauchwölkchen in die Luft und begann seinerseits zu erzählen: »Ja, ja, der Gotthelf … Der kann die Finger nicht von den Weibern lassen. Und das wird ihn jetzt den Kopf kosten … An dem Abend, als die Gräfin ermordet wurde, hat er mit unserer Hausmeisterin, der Oprschalek, eine … na, wie soll man sagen … intime Begegnung gehabt. Die Oprschalek erwischte ihn nämlich in unserem Hof, als er dort in ein Eck gespieben hat. Da sie schon die ganze Zeit hinter dem Gotthelf her war und ihr Mann – ein fleißiger Sozialdemokrat – gerade wieder in einer Parteiversammlung gesessen ist, hat sie sich … na ja … hat sie sich den Gotthelf zur Brust genommen. Ich hab eine Zeugin, die das alles beobachtet hat. Als der Gotthelf schließlich den Fängen der Oprschalek entkommen und hier im Sperl aufgekreuzt ist, war die Hainisch-Hinterberg schon längst tot. Daraus folgt: Der Gotthelf war's nicht.«

»Und was ist das für eine Zeugin, die den Gotthelf und Ihre Hausmeisterin so genau beobachtet hat?«

»Das geht Sie nichts an, Nechyba.«

»Also ich muss schon bitten! Was sind Sie denn gleich so angerührt, Goldblatt? Haben Sie zu der Frau vielleicht irgendein Naheverhältnis, dass Sie sie decken wollen?«

Goldblatt bekam rote Ohren. Er blieb die Antwort schuldig und drückte stattdessen mit Akribie den Zigarettenstummel im Aschenbecher aus. Nechyba blickte ihn forschend an. Plötzlich kam ihm eine Idee, die ihn erheiterte: »Was denn, was denn, Goldblatt! Sie werden sich doch nicht mit dieser Dame etwas angefangen haben? Goldblatt, Sie sind ja verlegen wie ein Pennäler ... Da schau einmal einer an! Leo Goldblatt, der überzeugteste Junggeselle und Frauenvermeider von ganz Wien, ist schwach geworden. Na, wer ist denn die Glückliche?«

»Schreien Sie nicht so, Nechyba. Es muss ja nicht gleich das ganze Sperl wissen, dass ich eine Affäre hab ... Außerdem ist da nix. Das war eine besoffene Geschichte. Ich bin in der Nacht heimgekommen und hab halt Lärm gemacht. Darauf ist meine Nachbarin in der Tür g'standen, wir haben uns gestritten, dann hat sie zum Weinen angefangen, und ich hab sie getröstet ... Man ist ja schließlich nicht aus Stein, Nechyba. Und nach dem Trösten, wie wir so nebeneinander gelegen sind, hat sie mir allen möglichen Tratsch aus dem Haus erzählt. Das war mir ja alles wurscht, bis auf die

Geschichte mit der Oprschalek und dem Stani … Da hab ich nachgebohrt und bin draufgekommen, dass sich die Marianne, also die Endlweber und die Oprschalek nicht ausstehen können. Deshalb spioniert die eine der anderen nach.«

»Endlweber? Ist das nicht die, die bei mir in der Polizei-Direction war und einen gewissen Redakteur Goldblatt als möglichen Mörder von der Hainisch-Hinterberg anzeigen wollte?«

»Genau die ist es. Sie hat das damals auch nur gemacht, weil sie auf mich eine Wut gehabt hat.«

»Und warum ist sie nicht, wie ich den Gotthelf verhaftet habe, wieder in die Polizei-Direction kommen?«

»Rache, mein lieber Nechyba. Weil sie der Oprschalek das Gefühl gegönnt hat, das Bett mit einem vermeintlichen Frauenmörder geteilt zu haben.«

»Und die Oprschalek? Warum hat die den Gotthelf nicht entlastet?«

»Weil die von Natur aus ein bisserl blöde ist. Der ist bis heute nicht klar, dass sie exakt zur Mordzeit den vermeintlichen Mörder in ihren Armen gehalten hat … Außerdem: Soll sie zur Polizei gehen und sagen: Bitt schön, ich hab Ehebruch mit einem vermeintlichen Frauenmörder begangen? Nein, so blöd ist sie auch wieder nicht!«

Nechyba seufzte: »Ich rekapituliere: Der Gotthelf hat für beide Mordfälle ein Alibi. Er ist genau so unschuldig wie der Schöberl. Das heißt: Ich hab nach zwei Monaten Ermittlung praktisch nix in der Hand.

Und der Gotthelf, der arme Teufel, sitzt durch meine Schuld im Landesgericht und wartet voll Angst darauf, die beruflichen Fähigkeiten unseres Freundes – des Herrn Lang – kennenzulernen.«

XI/3.

Wenn man von der Sonne spricht, dann zeigt sie sich. So oder so ähnlich musste das Auftauchen des Scharfrichters Lang auf Goldblatt und Nechyba gewirkt haben. Wie aus dem Boden gewachsen, stand plötzlich Langs massige Gestalt neben ihnen.

»Habe die Ehre! Ist es gestattet, sich zu den Herren zu setzen? Ich sehe schon, dass Sie auf das Ernsteste diskutieren. Aber bei dem Sauwetter draußen ist im Café herinnen kein anderer Tisch mehr frei.«

Nechyba blickte den patschnassen Lang irritiert an. Goldblatt machte aber sofort eine einladende Handbewegung: »Nehmen Sie einen Sessel und setzen Sie sich zu uns. Wir haben eh gerade von Ihnen geredet …«

»Von mir? Da schau her! Hoffentlich nix Schlechtes?«

Lang holte sich einen freien Sessel und bestellte sich ebenfalls einen Tee mit doppeltem Rum. Er ließ sich ächzend zwischen Nechyba und Goldblatt nieder.

»Also, was haben Sie über mich geredet, meine Herren?«

»Der Nechyba und ich haben uns über den Stanislaus Gotthelf unterhalten. Dass der bald Ihre Bekanntschaft machen wird. Nicht hier im Café, sondern streng beruflich.«

»Ja, ja, der Gotthelf ...«, seufzte Lang, »so wie es aussieht, wird dem Gericht gar nichts anderes übrig bleiben, als ihn zum Tode zu verurteilen. Sind ja schließlich auch grausliche Sachen, die er angestellt hat. Zwei so blutjunge Mädeln ins Jenseits zu befördern ... Der muss im Kopf nicht ganz richtig sein – ein normaler Mensch tut so etwas nicht.«

Der Ober brachte den Tee, und Lang begann, das heiße Gebräu genussvoll zu schlürfen. Nechyba räusperte sich und sagte leise: »Wer die zwei Mädeln umgebracht hat, dem gebührt wirklich der Strick. Das Problem ist nur: Der Goldblatt und ich sind unabhängig voneinander draufgekommen, dass es der Gotthelf definitiv nicht war.«

Lang verschluckte sich und bekam einen Hustenanfall. Der Oberkörper des Mannes bebte, sein Kopf lief purpurrot an, die übrigen Gäste im Lokal verstummten und beobachteten das Spektakel. Der Oberkellner eilte herbei und klopfte Lang kräftig auf den Rücken, sodass dieser die verstopfte Luftröhre freihusten konnte. Als der Anfall vorbei war und die anderen Gäste sich wieder um ihre eigenen Angelegenheiten kümmerten, flüsterte Lang mit belegter

Stimme: »Der Gotthelf war es nicht? Seid Ihr Euch da ganz sicher, meine Herren?«

Nechyba und Goldblatt nickten und erzählten dem Scharfrichter den Stand der Dinge.

Der Nachmittag wurde zum Abend und der Abend zur Nacht. Die drei Männer saßen wie angeschraubt an ihrem Kaffeehaustisch und unterhielten sich in gedämpftem Tonfall, ohne auf ihre Umgebung zu achten. Beflügelt von weiteren Kaffees und Cognacs, rollten sie die beiden Mordfälle nochmals auf. Sie gingen gemeinsam die gesamte Bekanntschaft der beiden Mordopfer durch und erstellten eine Liste der Verdächtigen. Denn über folgende Fakten waren sich alle drei einig: Dass die beiden Morde zusammenhingen und dass beide Mordopfer – aus welch unterschiedlichen Milieus sie auch stammen mögen – den Mörder höchstwahrscheinlich persönlich gekannt hatten. Im Laufe des Abends grenzten sie die Liste der potenziellen Täter immer weiter ein. Knapp vor der Sperrstunde blieb nach harten Diskussionen und dem Abwägen aller Wahrscheinlichkeiten schließlich nur mehr ein Name übrig. Er veranlasste Joseph Maria Nechyba zu folgendem Stoßseufzer: »Ich bin doch ein Hornochse! Dass mir das nicht früher aufgefallen ist …«

Apropos auffallen: Auffällig verhielt sich während des langen Abends einer der Kaffeehausgäste. Einem Schatten gleich huschte er immer wieder an dem Tisch der drei

Männer vorbei. Man konnte sehen, dass er sehr bemüht war, Brocken des Gesprächs aufzuschnappen. Schließlich setzte sich der Schatten an den übernächsten Tisch. Hier konnte er noch besser lauschen. Nach 11 Uhr leerte sich das Café allmählich, und der Schatten war plötzlich auch verschwunden. Grußlos und ohne zu zahlen. Ein Umstand, der den Oberkellner maßlos ärgerte.

XII/3.

Gottburga von Schönthal-Schrattenbach hatte in den letzten Wochen zahlreiche durchwachte Nächte verbracht. Die Ermordung ihrer Nichte sowie das daraufhin einsetzende finanzielle Debakel raubten ihr den Schlaf. Doch nun, nachdem ihre Nichte die ewige Ruhe gefunden und sie selbst das beachtliche Familienvermögen derer von Hainisch-Hinterberg geerbt hatte, schlief die Baronin wieder tief und fest. So wie dies vor den fatalen Ereignissen der Fall gewesen war. Schließlich war das ererbte Vermögen das ihrer eigenen Familie. Sie selbst war seinerzeit bei der Heirat mit Friedrich Schönthal ausgesteuert und abgefunden worden. Ihr älterer Bruder – Hermines Vater – hatte alle Ländereien und Besitztümer der Familie erhalten.

Die Baronin schlief den Schlaf der Gerechten und reagierte vorerst auch nicht, als seltsame Geräusche aus anderen Teilen der Wohnung in ihr Schlafgemach drangen: verängstigtes Wimmern, dumpfe Schläge, ein Gurgeln und Röcheln, das Schnarren der Besenkammertür sowie Schleifgeräusche. Erst der dumpfe Knall, mit dem die Tür der Besenkammer zugeworfen wurde, holte sie aus Morpheus' Armen. Dies geschah in Form eines langsamen Erwachens, das von dem Wunsch weiterzuschlafen stark verzögert wurde. Sie zwang sich, wach zu werden. Denn die Geräusche waren dermaßen ungewöhnlich, dass sie unbedingt nachschauen wollte, was hier vorging. Noch ungewöhnlicher war aber, dass plötzlich – mitten in der Nacht – jemand mehrmals vehement an ihre Schlafzimmertür klopfte. Mit dünner, verschlafener Stimme rief sie: »Wer ist da?«

Niemand antwortete. Stille. Nun war sie endgültig wach. Mit lauter und gleichzeitig etwas zitternder Stimme rief sie nochmals: »Wer ist da?«

Auch diesmal erfolgte keine Antwort. Stille. Die Baronin war nun verunsichert: Sollte sie aufstehen und den merkwürdigen Geräuschen nachgehen? Oder sollte sie sich lieber im Bett verkriechen, die Decke über beide Ohren ziehen und versuchen, möglichst schnell wieder einzuschlafen? Vielleicht würde sich morgen – bei Tageslicht – alles als harmlose Geschichte herausstellen? Vielleicht hatte Aloysius gar eines seiner Mädeln mit in die Wohnung gebracht? Obwohl er wusste, dass ihr das unter keinen Umständen recht war. Schließlich war ihre

Wohnung ja kein öffentliches Haus! Je länger die Baronin nun über diese Möglichkeit nachdachte, desto wahrscheinlicher erschien sie ihr. Aloysius hatte eines dieser jungen, liederlichen Geschöpfe in die Wohnung mitgebracht. Wahrscheinlich hatte es zwischen den beiden eine kurze Auseinandersetzung gegeben – vielleicht war es um Geld gegangen –, und dann hatte er sie hinausgeschmissen. Das bedeutete, dass der dumpfe Knall nicht von der Besenkammertür, sondern von der Wohnungstür stammen musste. Und danach hatte er an ihre Schlafzimmertüre geklopft, um sich zu vergewissern, dass sie von der ganzen Aufregung nichts bemerkt hatte. Kaum dass sie sich diese Erklärung zurechtgelegt hatte und beruhigt hinüber ins Land der Träume gleiten wollte, klopfte es wieder an ihrer Schlafzimmertür.

Sie schreckte aus dem Halbschlaf auf. Ihr Herz pochte. Ihr Puls raste. Angstschweiß! Irgendetwas war da draußen im Gange. Schließlich hielt sie es im Bett nicht mehr aus. Mit einem energischen Ruck stand sie auf, um sich Gewissheit zu verschaffen. Vielleicht hatte ihr Sohn die kleine Schlampe allein hier in der Wohnung zurückgelassen? Sie schlüpfte in ihre Seidenpantoffeln und streifte sich den Morgenmantel über das Nachthemd. Nachdem sie mit zitternden Händen den Gürtel des Morgenmantels um die Leibesmitte zusammengezurrt hatte, öffnete sie mit einem Ruck die Schlafzimmertür. Sie spähte hinaus. Doch draußen im lang gezogenen Vorzimmer war nichts. Merkwürdig war nur, dass die Tür, die vom Vorzimmer in den Salon führte, ein Stück geöffnet war. Flackerndes Kerzenlicht schimmerte durch diesen Spalt. Noch immer schlaftrunken, schlurfte die Baronin zum Salon, öffnete die Tür und war erstaunt. Auf dem Tisch in der Mitte des Salons lag ein dickes Buch, links und rechts davon standen zwei Kerzenleuchter. Wie von einem Zauber erfasst, ging die Baronin auf das Buch und die flackernden Kerzen zu, zog den zur Seite gerückten Sessel zum Tisch, setzte sich und begann, die in dem Buch aufgeschlagene und mit mehreren Federstrichen gekennzeichnete Stelle zu lesen:

Die Mutterliebe ist darum unmoralisch, weil sie kein Verhältnis zum fremden Ich ist, sondern ein Verwachsensein von Anfang an darstellt; sie ist, wie alle Unsittlichkeit gegen andere, eine Grenzüberschreitung.

Plötzlich hatte sie das Gefühl, dass sich noch jemand in dem Raum befand. Doch sie war wie gebannt von der Bösartigkeit des Textes. Statt sich umzudrehen, las sie weiter.

Es gibt ein ethisches Verhältnis nur von Individualität zu Individualität. Die Mutterliebe schaltet die Individualität aus, indem sie wahllos und zudringlich ist …

Weiter kam sie nicht. Blitzschnell wurde ihr von hinten ein Seidentuch um den Hals gelegt. Mit einem energischen Ruck zog es sich zu. Die Baronin kämpfte um

Luft. Sie krallte ihre Finger in die Seide. Sie strampelte und krächzte. Vergebliche Versuche, das Tuch zu lockern. Luft! Rudernde Arme. Hilfe! Hysterisches Röcheln. Ein umfallender Kerzenleuchter. Stille.

XIII/3.

Leo Goldblatt schwitzte. Im Gegensatz zu seinen sonstigen Gewohnheiten schwitzte er nicht beim In-die-Luft-Schauen. Nein, er schwitzte bei der Arbeit. Wie ein Besessener schrieb er, brütete über dem Geschriebenen, schob es zur Seite oder zerknüllte es verärgert. Seine Schreibbemühungen galten der letzten – mit Nechyba im Café Sperl durchdiskutierten – Nacht sowie den Geschehnissen des darauffolgenden Vormittags. Er arbeitete an einem Artikel über die Naschmarktmorde. Darum ging es vordergründig – berufsbedingt.

Tatsächlich aber ging es ihm um mehr: Leo Goldblatt rang mit der Wahrheit. Denn Wahrheit – das wurde Goldblatt bei seinen Schreibversuchen schmerzlich bewusst – war kein auf objektiven Fakten basierender Sachverhalt, den es niederzuschreiben galt. Die Wahrheit war vielmehr ein Sammelsurium von Fakten, das je nach Betrachtungsweise ein anderes, wahres Gesamtbild ergab. Die Wahrheit hatte im Fall der Naschmarkt-morde mehrere Gesichter, und Goldblatt wusste nicht, welches Gesicht er nun porträtieren sollte.

Bei seinen verzweifelten Anstrengungen wurde ihm eines immer klarer: Seine Leser wollten sicher nicht ein Sowohl-als-auch, eine Variation von möglichen Wahrheiten serviert bekommen. Sie gierten vielmehr nach der einen, einzigen Wahrheit. Als Goldblatt in seinen Überlegungen an diesem Punkt angelangt war, beschloss er, folgende Vorgangsweise zu wählen: sich strikt an die Fakten zu halten, Spekulationen und Vermutungen weitestgehend auszuschalten, gleichzeitig aber nicht die ganze, wahre Wahrheit zu berichten. Also schrieb er:

An der Türklingel einer herrschaftlichen Wohnung des Hauses Fichtegasse 8, Innere Stadt, läutete am Vormittag des 16. Septembers der k. k. Polizeiinspector Joseph Maria Nechyba. Als nach mehrmaligem Läuten niemand die Tür öffnete, erkundigte sich der Inspector bei der Hausmeisterin, ob denn niemand in der Wohnung anwesend sei. Er erhielt die Auskunft, daß der junge gnädige Herr heute Morgen mit umfangreichem Gepäck – welches ein Dienstmann in einen Fiaker eingeladen hatte – das Haus mit unbekanntem Ziel verlassen hätte. Nichtsdestotrotz müßten aber die Frau Baronin sowie das Dienstmädchen in der Wohnung anwesend sein, denn beide hätte die Hausmeisterin heute noch nicht das Haus verlassen sehen. Diese Zeugenaussage stimmte den Inspector nachdenklich, und er schickte die Hausmeisterin einen Schlosser holen, der kurze Zeit später die Wohnungstür mittels eines Dietrichs öffnete. Hierauf betrat der Polizist – gefolgt von der Hausmeisterin und dem Schlosser – die geräumige Wohnung.

Bis hierher gelangte Goldblatt ohne Probleme mit seiner Version der Wahrheit. All das war zweifelsfrei wahr. Und doch wiederum nicht. Denn eines verschwieg Goldblatt aus gutem Grund: seine persönliche Anwesenheit während der gesamten Amtshandlung. Goldblatt überlegte kurz, kratzte sich am Schädel und fuhr folgendermaßen mit dem Artikel fort:

Das lange, gangartige Vorzimmer der Wohnung führte zu einer Reihe von Räumen, deren Türen alle – bis auf eine – verschlossen waren. Inspector Nechyba ignorierte die geschlossenen Türen und steuerte – seinem kriminalistischen Instinkt folgend – auf die offene Tür zu, die in den Salon führte. Hier bot sich dem Eintretenden ein Bild des Grauens: Auf dem Fußboden vor dem großen Tisch, der in der Mitte des Salons stand und auf dem sich ein Kerzenleuchter mit abgebrannter Kerze sowie ein aufgeschlagenes Buch befanden, lag der mit einem Morgenmantel und einem Seidennachthemd bekleidete reglose Körper der Baronin Gottburga von Schönthal-Schrattenbach (geborene Gräfin Hainisch-Hinterberg, Cousine zweiten Grades des k. u. k. Obersthofmeisters seiner Exzellenz, Fürst Montenuovo). Um den Hals der Baronin war ein Seidenschal geschnürt und verknotet, der den Hals strangulierte, neben der Toten lag ein weiterer Kerzenleuchter. Inspector Nechyba wies den Schlosser und die Hausmeisterin aus der Wohnung. Letztere schickte er auf das nächste Polizeikommissariat, um einen Polizeiarzt sowie zur Untersuchung des Tatortes Polizeiagenten seiner Gruppe holen zu lassen. Nach Eintreffen der Verstärkung begann die penible Untersuchung aller Räume, die zu einer weiteren grausigen Entdeckung führte: In einem Kämmerchen hinter der Küche, in dem normalerweise Besen und andere hauswirtschaftliche Geräte aufbewahrt wurden, fand man eine weitere Leiche. Bei dieser ebenfalls strangulierten weiblichen Person handelte es sich um das Dienstmädchen Theresia Schindel.

Hier hielt Goldblatt abermals inne. Viel hätte er darum gegeben, die Wahrheit schreiben zu dürfen. Dass nämlich er persönlich die zweite Leiche in der Besenkammer entdeckt hatte. Aber diese Wahrheit durfte, konnte, wollte er nicht schreiben. Schließlich hatte er Nechyba sein Wort gegeben, den Artikel so zu verfassen, dass seine eigene Anwesenheit mit keinem Wort erwähnt werden würde. Alles andere hätte Nechyba ärgste Probleme bereitet. Die Hausmeisterin und der Schlosser hielten Goldblatt übrigens für einen Polizeiagenten! Ein Polizeiagent, der sich kurz vor dem Eintreffen seiner Kollegen aus dem Staub gemacht hatte …

Die weiteren Fakten für die Fortführung des Artikels hatte Goldblatt von Nechyba erzählt bekommen, als sie sich nach Beendigung der Amtshandlung im Beisl Zu den 3 Hacken in der Singerstraße trafen. Dort nahmen Goldblatt und Nechyba als Gabelfrühstück ein Gulasch und ein Bier zu sich. Das dicke Buch, das offen auf dem Tisch des Salons gelegen hatte, trug den Titel ›Geschlecht und Charakter‹ und war von einem gewissen Dr. Otto Weininger verfasst worden. Weiters zeigte ihm Nechyba einige Karten und Briefe, die Weininger an Schönthal-Schrattenbach geschrieben hatte. Neben Urlaubsgrüßen enthielten sie eine Reihe von frauen- und judenfeindlichen Bemerkungen, die Nechyba als degoutant bezeichnete. Aufgrund der nahezu identischen Art der Ermordung der Gräfin, der beiden Dienstmädchen sowie der Baronin – Letztere trug das Mordwerkzeug noch um den Hals – war evident, dass Schönthal-Schrattenbach der gesuchte Mörder vom Naschmarkt war.

Zu diesem Schluss waren Nechyba, Goldblatt und Lang übrigens auch im Laufe ihrer nächtlichen Sitzung im Café Sperl gekommen. Schönthal-Schrattenbach war der einzige Mensch im Bekanntenkreis der beiden ersten Mordopfer, der sowohl die Gräfin als auch das Dienstmädchen Mizzi persönlich kannte. Das war wahrscheinlich auch Schönthal-Schrattenbachs Motiv, Mizzi zu ermorden. Er wollte die einzige Zeugin, die von der Affäre zwischen Gotthelf und seiner Cousine wusste, aus dem Weg räumen. Gleichzeitig lenkte er mit dem Mord vor Gotthelfs Haustür den Verdacht auf den

Planetenverkäufer. Alles in allem ergab das ein schlüssiges Bild. Hinzu kam Schönthal-Schrattenbachs Frauenhass, der offensichtlich von Otto Weininger kräftig angestachelt worden war. Dieser Teil der Wahrheit führte jedoch zu weit, und deshalb konzentrierte sich Goldblatt auf die Person des Tatverdächtigen:

Dringend gesucht wird aufgrund des vierfachen Mordverdachtes Baron Aloysius von Schönthal-Schrattenbach. Die grausame Art des Strangulierens sowie das Tatwerkzeug – ein Seidenschal – legen die Vermutung nahe, daß der Baron von Schönthal-Schrattenbach auch der seit Langem gesuchte Naschmarktmörder ist. Das erste Opfer dieser unheimlichen Serie war übrigens seine eigene Cousine, die Gräfin Hainisch-Hinterberg. Auch das zweite Opfer stand wahrscheinlich in einer Beziehung zu dem Gesuchten.

Der Baron hatte am Morgen nach der Mordnacht die mit seiner Mutter gemeinsam bewohnte Wohnung mit unbekanntem Ziel verlassen. Die Polizei konnte weder dessen persönliches Reisegepäck noch dessen Kleidung in der Wohnung auffinden. Unter den wenigen persönlichen Sachen, die er zurückgelassen hatte, fand die Polizei Schriftstücke und Publikationen, die zur Vermutung Anlaß geben, daß der Baron einen tief sitzenden Haß gegenüber Frauen empfindet. Letzterer scheint das Motiv für seine schier unbegreiflichen Taten gewesen zu sein.

Auch hier hielt Goldblatt inne. Schönthal-Schrattenbachs Frauenfeindlichkeit war sicher nicht das einzige Motiv. Wie er mittlerweile aus verschiedenen Quellen erfahren hatte, war Schönthal-Schrattenbach ein manischer Spieler. Er schuldete Adalbert Graf Sternberg sowie einigen anderen Leuten einen schönen Batzen Geld. Weiters hatte Goldblatt herausbekommen, dass die einzige wirklich vermögende Person in der Schönthal-Schrattenbach'schen Familie die Gräfin Hainisch-Hinterberg war. Nach deren Tod trat nun Schönthal-Schrattenbachs Mutter als deren nächste Verwandte die Erbschaft an. Das klang für den mit allen Wassern gewaschenen Gerichtssaalreporter Leo Goldblatt schon eher nach einem Mordmotiv. Auch wenn diese Vermutung der Wahrheit oder einem der vielen Gesichter der Wahrheit entsprach, beweisen konnte er sie nicht. Wahr oder nicht wahr, wer weiß? Schönthal-Schrattenbachs Frauenfeindlichkeit gab den Morden vom Naschmarkt eine gruselig psychopathische Note – was man von aus Habgier begangenen Morden nicht gerade behaupten konnte. Also schrieb Goldblatt:

Gewarnt seien alle allein reisenden Frauenspersonen. Der flüchtige Baron von Schönthal-Schrattenbach ist circa 1,78 Meter groß, schlank, dunkelblond und von blassem Teint. Er trägt einen schmalen, sorgfältig gestutzten Mustache. Die Polizei nimmt an, daß sich der Gesuchte per Eisenbahn ins benachbarte Ausland absetzen will. Alle Grenzen werden strengstens kontrolliert. Um sachdienliche Hinweise wird gebeten.

Nachdem Goldblatt das zu Papier gebracht hatte, überflog er den Artikel noch einmal und befand ihn für gut. Bis auf ein Detail: Er musste die Spur von Nechyba ablenken, sodass niemand in der Polizei-Direction auf den Gedanken kommen könne, Goldblatt habe von Nechyba die vertraulichen Informationen erhalten. Als er hin und her überlegte, steckte der leitende Redakteur Lipschütz seine Nase in Goldblatts Kammerl und raunzte: »Na, Goldblatt, was wird denn das für ein sensationeller Artikel, an dem du so besessen schreibst? Hat dir am Ende der Pospischil wieder einen Zund gegeben?«

Goldblatt wimmelte Leopold Lipschütz ab, kratzte sich am Schädel und schmunzelte. Das war die Lösung! Nechyba hatte nämlich erwähnt, dass ausnahmsweise auch Pospischil am Tatort anwesend war und bei den Ermittlungen geholfen hatte. Das war's! Sorgfältig baute Goldblatt Pospischils Namen in Zusammenhang mit dem Fund der zweiten Leiche in den Artikel ein. Ja, Pospischil ließ er die zweifelhafte Ehre zuteil werden, die Leiche der Theresia Schindel gefunden zu haben. Diese Erwähnung müsste genügen, um ihn in den Augen seiner Vorgesetzten als abermaligen Informanten der Presse zu entlarven. Das war Pospischil gegenüber natürlich höchst ungerecht und hatte mit der wahren Wahrheit nichts zu tun.

In Summe war die Goldblatt'sche Version der Wahrheit sehr plausibel und würde nicht nur in der Zeitung, für die er schrieb, sondern auch in anderen Blättern abgedruckt werden. Schließlich schrieben immer alle Zeitungen voneinander ab … Durch diesen Schneeballeffekt würde Goldblatts Wahrheit für die Öffentlichkeit die wahre Wahrheit werden.

Die Folgen meiner Wahrheit, sinnierte Goldblatt weiter, könnten für Pospischil äußerst unangenehm werden. Andererseits würde eine Bestrafung Pospischils dem dicken Nechyba glatt ein schadenfrohes Grinsen entlocken …

XIV/3.

Knarrend öffnete sich die Schlupftür des mächtigen Tores. Der Beamte gab ihm zum Abschied den Rat, sich hier nicht mehr blicken zu lassen, brav zu bleiben und einer ehrlichen Arbeit nachzugehen. Und dann stand er draußen im grellen Sonnenlicht. Hinter sich das festungsartige Gebäude des Landesgerichts, vor sich die Freiheit.

Und als er zögernden Schrittes sich in Bewegung setzte, dachte er an all die schrecklichen Erlebnisse, die er im Laufe des letzten Monats gehabt hatte. Zuerst die Verhaftung am Naschmarkt durch den brutalen Nechyba. Dann die endlosen Verhöre im Polizeigefangenhaus, die Vorführung vor den Untersuchungsrichter, die Überstellung ins Landesgericht und das grauenhafte Loch von einer Zelle, in das kaum Tageslicht schien. Dazu übler Gestank vom schmutzstarrenden Abort – ein verschissenes Loch in einem Zelleneck – sowie von den verwahrlosten Körpern seiner Mithäftlinge. Darüber hinaus die widerlichen sexuellen Avancen, die ihm seine Mitgefangenen machten und denen er nur mit allergrößter Mühe entkommen konnte. Dem lästigsten unter ihnen stieß er eine Gabel, die er beim Essen abgezweigt hatte, mehrmals in den Hoden, dass das Blut nur so spritzte. Zu seinem Glück mischte sich die Justizwache in solche internen Querelen nicht ein, der verletzte Mitgefangene wurde in den Spitalstrakt verlegt. In einer Notoperation nahm man ihm noch in derselben Nacht beide Hoden ab. Seit diesem Zwischenfall wurde er von den Mitgefangenen mit Respekt behandelt.

Schlimmer als diese Episode waren die Vorführungen bei Gericht. Der Staatsanwalt – ein kahlköpfiger Mann mit dünnen Lippen und einer geierförmigen Nase – beschuldigte ihn des Doppelmordes. Als Strafe für diese Kapitalverbrechen forderte er den Tod durch den Strang. Als er das zum ersten Mal hörte, war der Planetenverkäufer nahe daran, die Wahrheit zu sagen. Nämlich, dass er in der Nacht des ersten Mordes mit der

Oprschalek geschnaxelt und dass er sich während des zweiten Mordes in Gesellschaft von Henriette Hugo befunden hatte. Aber dann gab er sich innerlich einen Ruck und dachte: Ein Kavalier genießt und schweigt. Es schickte sich auf keinen Fall, die beiden Damen vor Gericht zu kompromittieren. Was immer das auch für schreckliche Konsequenzen haben würde …

So dachte er am Anfang. Als ihm aber im Laufe der Untersuchung und der nahenden Gerichtsverhandlung angst und bang wurde, entschloss er sich, die Wahrheit zu sagen. Allein – weder der Untersuchungsrichter noch der Staatsanwalt glaubten die Wahrheit. Sie hielten seine Alibis für erstunken und erlogen. Deshalb wurden sie auch nicht überprüft. Nun begann die schlimmste Zeit für den Stani. Er fing an, schlecht zu schlafen. Schreckliche Albträume quälten ihn. Er hatte kaum mehr Appetit. Das Wenige, das er zu sich nahm, erbrach er wieder. Die Angst um sein Leben machte ihn fast wahnsinnig.

Das alles war nun Gott sei Dank vorbei. Die Wahrheit war endlich ans Licht gekommen, und er war frei. Bevor man ihn entlassen hatte, bekam er sein tadelloses Gewand sowie den Kasten mit den Horoskopzetteln zurück. Einzig sein Papagei wurde nicht rückerstattet. Die Beamten hatten keine Ahnung, wo der steckte. Einer gab ihm den Tipp, sich im Haus des Wiener Tierschutzvereins, das im 16. Wiener Gemeindebezirk war, zu erkundigen. Traurigkeit überkam Gotthelf. Der Toni war ihm im Laufe der Jahre ans Herz gewachsen, und er vermisste ihn sehr. Immer trauriger werdend, schlurfte er wie in Trance vor sich hin.

Plötzlich befand er sich am Naschmarkt. Einige Fratschlerinnen schauten ihn groß an, andere steckten die Köpfe zusammen und tuschelten. Der Stani aber stellte sich an seinen Stammplatz ans Eck eines gemauerten Standes. Und da er nichts Besseres zu tun hatte, ließ er sich mit geschlossenen Augen die Sonne ins Gesicht scheinen. Plötzlich zupfte ihn wer am Ärmel. Blinzelnd nahm er die vertraute Gestalt des Gymnasiasten Alphonse Schmerda wahr. Verlegen grinsend sagte dieser: »Servus, Stani. Bist aus dem Häfen* endlich heraußen. Ich hab schon vor Tagen dem bladen** Inspector gesagt, dass du unmöglich die Mizzi umgebracht haben kannst. Ich hab dich und die Frau Hugo nämlich beobachtet, wie ihr zuerst im Sperl wart und dann bei ihr in der Wohnung. Ich hab ihm ausdrücklich g'sagt, dass du's nicht warst.«

Stani klopfte dem Gymnasiasten dankbar auf die Schulter. Just in diesem Moment tauchte Henriette Orliczek auf. Sie sah die freundschaftliche Geste, stürzte auf Gotthelf zu und zischte: »Na, vergreifst dich jetzt auch an jungen Buben. Hast das im Gefängnis gelernt?«

Mit einem Ruck hakte sie sich bei Alphonse unter und sagte: »Komm, mein Hübscher. Dieser Planeten-

---

* Gefängnis

** dick

verkäufer ist kein Umgang für dich. Hilf mir lieber ein bisschen, Obst einzukaufen. Du darfst es mir dann in die Wohnung tragen …«

Alphonse bekam einen roten Kopf. Ohne Widerstand ließ er sich von der von ihm verehrten Frau abführen. Stani schüttelte nur den Kopf und dachte sich: Hoffentlich lässt sie die Finger von ihm …

Gerade als er sich auszumalen begann, wozu die Orliczek fähig sei, hörte er eine vertraute Frauenstimme, die ihn freundlich grüßte. Er blinzelte und erkannte die dicke Frau Endlweber, die sehr oft Horoskopzetteln bei ihm gekauft hatte.

»Wie geht's denn immer so? Ein bisserl blass schaun S' aus. Na ja, das war sicher kein Zuckerschlecken, so lange unschuldig in einer Zelle zu sitzen. Wissen S' schon das Neueste? Ihre Planetenzetterln haben mir Glück gebracht. Ich bin jetzt – so wie es mir die Planeten vorausgesagt haben – glücklich liiert. Sagen S', Herr Gotthelf, wo haben S' denn Ihren Papagei? Ich würd' Ihnen nämlich gerne wieder ein Zetterl abkaufen. Um ein bisserl in die Zukunft zu schaun …«

Dienstbefliessen klappte Stani den Kasten mit den Planetenzetteln auf. Und da er nicht selber die Rolle Fortunas übernehmen wollte, pfiff er einen zaundürren Bengel, der gerade über den Markt streifte, zu sich her.

»Gnädige Frau, mein Papagei steht Ihnen heute umständehalber nicht zur Verfügung. Aber wie es das Glück so will, hab ich ein Waisenkind an der Hand, das für Sie das Glücksengerl spielen wird.«

Dem staunenden Buben band er sein Stecktuch um die Augen und ließ ihn dann ein Zetterl ziehen. Die dicke Endlweber bekam bei dieser Zeremonie vor Aufregung rote Backerln. Hoch beglückt, zahlte sie und zog von dannen. Zwei Ecken weiter traf sie eine Bekannte, der sie von dem aus der Haft entlassenen Gotthelf und seinem Waisenkind erzählte. Und so kamen an diesem Tag viele alte Kundinnen zu Gotthelf, um ihr Glück zu erforschen und um zu schauen, wie der Stani die Haft überstanden hatte.

Abends nahm Gotthelf den Bengel in die Gastwirtschaft Zur goldenen Glocke mit. Schweigsam saßen die beiden bei Tisch. Der Bengel bestellte exakt das, was sich der Gotthelf bestellte. Als beide satt und zufrieden waren, fragte er den Buben: »Wie heißt denn?«

»Pepi …«

»Und seit wann treibst dich am Naschmarkt herum?«

»Seit meine Frau Mutter tot ist.«

»Und seit wann ist sie tot?«

Dem Buben traten die Tränen in die Augen. Er schluckte und stieß schließlich trotzig hervor: »Unlängst. Aber das geht Ihnen nix an …«

Gotthelf grinste ob dieser Antwort. Irgendwo begann er, den Buben zu mögen.

»Bist also ein Waisenkind?«

Der Bub wischte sich die Tränen von den Wangen und nickte. Gotthelf gratulierte sich im Stillen zu seinem Glück. Er hatte als Partner für sein Geschäft ein echtes Waisenkind engagiert. Der Bub stand plötzlich auf und wollte gehen. Zögernd fragte er: »Könnt' ich ein paar Heller für meine Hilfe bekommen?«

Gotthelf schaute ihn an, grinste und schüttelte den Kopf.

»Geld kriegst vorerst keins in die Hand. Komm, setz dich wieder, ich mach dir einen Vorschlag.«

Und dann bot der Gotthelf dem Pepi an, sein Partner im Planetenverkaufsgeschäft zu werden – Schlafplatz inklusive! Mit ihm als Waisenkind könnten sie sicher eine Zeit lang die Kundschaft zufriedenstellen. Außerdem könnte er ihm beim Suchen nach dem Toni behilflich sein. Und falls sie den Toni wirklich fänden, hätte Pepi – nach einer gewissen Einschulungszeit – die Chance, ihn beim Planetenverkaufen zu vertreten. Der Bub hörte mit großen Augen seinen Ausführungen zu und fragte schließlich: »Aber warum, gnädiger Herr, wollen S' das für mich tun?«

Da wurde Stanislaus Gotthelf still. Er bestellte sich beim Ober einen doppelten Trebernen, schüttete ihn auf einen Sitz runter und sagte nach einer längeren Pause: »Weil bei mir auch wer g'storben ist.«

Und während er dasaß und mit den Tränen kämpfte, dachte er an seine geliebte Minerl. Und natürlich auch an die kleine Mizzi. Wobei die ihm am meisten leidtat. Denn die kam völlig unschuldig ums Leben.

4. Teil

Amtsblatt der k. k. Polizei-Direction in Wien:

Policei-Directions-Erlass vom 28.September 1903, Z. 88.689/A.B.

Laut einer Mitteilung der hiesigen Gesandtschaft der Vereinigten Staaten von Mexico an das k. u. k. Ministerium des Äußeren wird von dieser Mission für jede Legalisierung eine Taxe von 4 mexikanischen Pesos = 19 K eingehoben.

Sein Frnak* wurde von der herbstlichen Sonne dermaßen gekitzelt, dass er laut niesen musste. Erschrocken schauten Passanten ihn ob der trompetenhaften Explosion seines Gesichtserkers an, doch das kümmerte ihn wenig. Er war einfach viel zu müde. Bedächtig setzte er seinen Weg fort, der ihn vom Schottenring über das Schottentor den Franzensring entlangführte. Obwohl man schon den 4. Oktober schrieb, zeigte sich der Herbst von seiner milden, teils sonnigen, teils bewölkten Seite. Als ihm der Begriff Altweibersommer durch den Schädel geisterte, musste er plötzlich wieder an die alte strangulierte Frau denken, die er vor drei Wochen in der Fichtegasse Nummero 8 gefunden hatte. Natürlich kam ihm auch wieder der mutmaßliche Mörder, der Baron von Schönthal-Schrattenbach, in den Sinn. Er hatte es geschafft, sich dem Zugriff von Polizei und Justiz zu entziehen. Wie vom Erdboden verschwunden war er. Und zwar seit dem Vormittag des 16. Septembers, als er dabei beobachtet worden war, wie er sein Gepäck in einen Fiaker verladen ließ und wegfuhr. Trotz sofort eingeleiteter Fahndung und umfassenden Ermittlungen hatte die Polizei ihn nicht verhaften können. Es konnte einzig festgestellt werden, dass der Baron am selben Vormittag das Bankhaus der Familie Hainisch-Hinterberg besucht, dort eine Bankvollmacht seiner Mutter – der Erbin des Hainisch-Hinterberg'schen Vermögens – vorgelegt und eine sehr hohe Summe Bargeld abgehoben hatte. Danach konnte kein weiterer Schritt

---

* Nase

des mutmaßlichen Vierfachmörders eruiert werden. Ein Umstand, der Nechyba nach wie vor ärgerte. Dieser Ärger konnte aber nicht seinen Appetit zügeln. Und so beschloss der Inspector, sich in den zum Glück noch in Betrieb befindlichen Schanigarten des Café Landtmann zu setzen. Er hatte einen Riesenhunger, obwohl es noch nicht einmal 11 Uhr vormittags war. Zeit für ein Gabelfrühstück!

Nechyba ließ sich auf einem der Holzstühle nieder, genoss die herbstlichen Sonnenstrahlen und wunderte sich, warum er ausgerechnet jetzt an die grauslichen Naschmarktmorde dachte. Und das nach einem aufreibenden Nachtdienst, bei dem er frühmorgens zu einem Selbstmord in die Schwarzspanierstraße 15 hatte ausrücken müssen. Dort – in Beethovens Sterbehaus – hatte sich ein junger Schriftsteller eine Kugel ins Herz gejagt. Da man zwei Abschiedsbriefe fand und die ganze Situation sehr eindeutig war, gab es an dem Tatbestand des Selbstmordes keine Zweifel. Der junge Mann hieß Otto Weininger. Dieser Name kam ihm irgendwie bekannt vor, obwohl er im Moment nicht sagen konnte, warum.

»Der Herr wünschen?«

Ein Kellner riss Nechyba aus seinen Grübeleien. Und da ein anständiger Mensch im Kaffeehaus, wenn er Hunger hat, nichts anderes als ein Eiergericht bestellt, orderte der Inspector zwei Eier im Glas, einen doppelten Mokka sowie ein Butterbrot. Danach erhob er sich ächzend und begab sich im Inneren des Cafés auf die

Suche nach einer Tageszeitung. Er ergatterte ein Exemplar der Wiener Zeitung und kehrte an seinen Tisch zurück. Im Lokalteil las er folgende Meldung:

›In den ersten drei Quartalen des heurigen Jahres sind im Wiener Polizeirayon 337 Selbstmorde, davon 62 von Personen weiblichen Geschlechts, gegen 348 in der gleichen Periode des Vorjahres vorgekommen. Auf die einzelnen Monate verteilt sich die Zahl wie folgt: Jänner 26, Februar 34, März 46, April 25, …‹

Jetzt, da sein Hirn abgelenkt und sein Unterbewusstsein von der Leine der Gedanken losgelassen worden war, kam ihm plötzlich die Erleuchtung: »Kruzitürken! Dass ich da nicht schon früher draufgekommen bin! Der Weininger ist ja der Frauenhasser!«

Mit diesem Gefühlsausbruch erschreckte er den Pikkolo, der ihm gerade den doppelten Mokka mit einem Glas Wasser servierte. Doch Nechyba nahm davon keine Notiz. Vielmehr war ihm nun klar, warum er die ganze Zeit an die Naschmarkt-Morde gedacht hatte. Weininger! Das war die Verbindung! Und diese Erkenntnis erleichterte den Inspector. Nicht nur, weil in seinem Hirnkastel jetzt wieder alles geordnet war. Sondern auch deshalb, weil Weininger es augenscheinlich mit sich selbst und der Welt nicht mehr ausgehalten und sich erschossen hatte. Das war ein klares Motiv. Nechyba bedauerte ihn nicht. Einer, der die Frauen so hasste, wer weiß, was der noch alles angestellt hätte? Den Schönthal-Schrattenbach hatte der Weininger ja auch äußerst negativ beeinflusst.

»Ja, ja, die Frauen …«, murmelte Nechyba und nahm einen Schluck Kaffee.

»Habe die Ehre, grüß Gott, Herr Inspector. Erlauben Sie, dass ich mich kurz zu Ihnen setze?«

Zum zweiten Mal wurde Nechyba aus seinen Gedanken gerissen. Verwundert nahm er zur Kenntnis, dass sich der Graf Borowicz an seinem Tisch niederließ.

»Aber selbstverständlich …«, murmelte er und überlegte, was der Borowicz von ihm wollen könnte. Irgendetwas brannte dem auf der Seele. Anders war es nicht zu erklären, dass der sich an seinen Tisch setzte. Man kannte sich ja vom Café Sperl, man grüßte einander, aber das war es dann auch schon. Nechyba wurde nicht lange auf die Folter gespannt, denn der Graf plauderte frisch von der Leber weg: »Wissen Sie, Herr Inspector, ganz unter uns: Seine Freunde kann man sich aussuchen, seine Familie aber nicht. Und weil das nun einmal so ist, bin ich jetzt mit einem polizeilich gesuchten Vierfachmörder verwandt. Eine äußerst peinliche Angelegenheit … Also ich hätte ja dem Loysi einiges zugetraut, aber dass er gleich massenweise die Weiber massakriert, Pardon, das nicht. Dass er zu so etwas fähig ist … Wer hätte sich das gedacht? Bringt sogar seine eigene Frau Mama um! Quel scandale! So was tut man doch nicht …«

Nechyba dachte sich, wie ausgerechnet er dazu kam, dass ihm Borowicz seine familiären Probleme erzählte. Diese Raunzereien konnte er doch viel besser in seinen eigenen Kreisen loswerden, dazu musste er nicht einen hundemüden Staatsdiener behelligen. Einen hart arbeitenden Beamten, der nach der Nachtschicht in Ruhe Kaffee trinken und Eier im Glas essen wollte. Also löffelte er wortlos die weichen Eier, biss mit Genuss ins Butterbrot und schenkte dem Borowicz'schen Geschwätz keine Aufmerksamkeit. Das änderte sich, als Borowicz ihm die Ansichtskarte von einem Ozeandampfer über den Tisch schob.

»Schauen Sie, Herr Inspector, der Loysi, der unverschämte Kerl, lässt mich nicht einmal jetzt nach seiner Flucht in Ruhe. Der besitzt doch glatt die Frechheit und schreibt mir eine Ansichtskarte. So wie wenn überhaupt nix passiert wäre. Was sagt man dazu?«

Dazu fiel Nechyba vorerst auch nicht viel ein. Er nahm die Karte, drehte sie um und las:

Lieber Franci!

Im Zuge meiner Reisetätigkeit bin ich nun in Plymouth, Großbritannien, angelangt. Hier hab ich entschieden, daß mir Good Old Europe auf Dauer doch ein bisserl fad wird. Die neue Welt – insbesondere Mexico – scheint mir da mehr Möglichkeiten zu bieten. Deshalb hab ich gestern ein Ticket für eine Schiffspassage erstanden. Morgen geht es los! Mit der City of Birmingham – einem veritablen Luxusliner. Hoffe, Dir geht es gut! Laß bitte daheim alle lieb grüßen.

Dein
Aloysius

Diese Unverfrorenheit überraschte auch den Inspector. Nun konnte er Borowicz' Echauffiertheit besser verstehen. Dieser betonte, dass er mit der Ansichtskarte ein wichtiges Beweisstück für die Verfolgung eines gesuchten Verbrechers der Polizei übergeben hätte. Damit sei er seiner Pflicht als aufrechter Staatsbürger und Untertan seiner apostolischen Majestät nachgekommen. Als Nechyba dieses korrekte Verhalten lobte, strahlte Borowicz, erhob sich, wünschte einen schönen Tag und stolzierte davon. Nechyba aß nun in Ruhe sein Butterbrot und die Eier auf, bestellte noch einen doppelten Mokka sowie einen Cognac und widmete sich dem Studium der Zeitung. Es gelang ihm aber nicht, sich so richtig auf das Lesen zu konzentrieren. Seine Gedanken schweiften immer wieder ab. Vor seinem geistigen Auge sah er den Vierfachmörder am Sonnendeck des Luxusdampfers faulenzen und sich auf ein neues, nicht so fades Leben in Mexico freuen. Diese Vorstellung erboste Nechyba. Verärgert legte er die Zeitung zur Seite, lehnte sich zurück, schloss die Augen und genoss die herbstlichen Sonnenstrahlen.

Da schoss ihm plötzlich ein Gedanke durch den Kopf, der ihm die ärgerliche Geschichte in einem neuen, erträglicheren Licht erscheinen ließ: Mexico war nicht unbedingt ein gutes Pflaster für adelige Europäer. Eine Erfahrung, die schon der Bruder seiner apostolischen Majestät, der Erzherzog Ferdinand Maximilian, gemacht hatte*. Vielleicht ging es da drüben dem

* Erzherzog Ferdinand Maximilian nahm 1864 die ihm angetragene Kaiserkrone Mexicos an. Nach einem Bürgerkrieg wurde er 1867 gefangen genommen, zum Tode verurteilt und erschossen.

Schönthal-Schrattenbach ebenfalls an den Kragen? Wer weiß? Ein Umstand, der im Bereich des Möglichen lag. Schließlich hatte er die Nachricht von Graf Borowicz erfahren. Einem Mann, dem der Ruf eines veritablen Unglücksbringers vorauseilte …

ENDE

Glossar der Wiener Ausdrücke

ang'fressen verärgert, frustriert

Bassena Am Gang befindlicher Wasserleitungshahn mit Becken

Beisl Kneipe, Gasthaus

Brandineser Branntweinkneipe

Brimsen streichfähiger Frischkäse aus Schafsmilch

Erdäpfel Kartoffeln

Fadesse gelangweilte Laune

Fleischer/Fleischhauer Metzger

Fratschlerin Marktfrau

Frnak Nase

Germknödel mit Powidl gefüllter Hefekloß

Greislerei Tante-Emma-Laden

Gretzl nahe Umgebung, städtisches Viertel

gschert/Gscherte vom Land (nur beleidigend!)

Gschloder schlecht schmeckende Flüssigkeit

Gugelhupf Mehlspeise bzw. Narrenturm

Habe die Ehre! Altwiener Gruß bzw. Ausruf der Verwunderung

Jessasmarandjosef Ausruf der Bestürzung

Jourgebäck Kleinstgebäck

Kaisersemmerl Brötchen

Kiberer Kriminalbeamter, Polizeiagent

Krakauer Schinkenwurst

Krapfen Schmalzgebäck

Krügel großes, offenes Bier

Lavoir Waschschüssel

Malakofftorte Torte mit rumgetränkten Biskotten und Schlagsahne

Marille Aprikose

Marqueur Zahlkellner in einem Billardcafé

Marmelade Konfitüre

Menagereindl verschließbares Metallgeschirr

Pamperletsch Kind

Pogatscherln Hefeteig-Brötchen mit Grieben

Powidl Zwetschkenkonfitüre

Prater Wiener Erholungs- und Grüngebiet samt Vergnügungspark

Rotzbub Rotzlöffel

Salettl Gartenhaus

Schmäh/Schmäh führen Aufschneiderei/sich mit jemandem

unterhalten

Seiterl/Seitl kleines, offenes Bier

speiben kotzen

Treberner Tresterbrand (Grappa)

Tratsch/tratschen Rederei/üble Nachrede/reden, plaudern

Topfen Quark

Trafik Tabakwarenladen

Tröpferlbad öffentliches Brausebad

Tschapperl Kind/hilfloser Mensch

Wachauerlaberl Brötchen mit Kümmel

wurscht egal

Zund Hinweis, Tipp

Weitere Romane finden Sie auf den folgenden Seiten oder im Internet: www.gmeiner-verlag.de

GERHARD LOIBELSBERGER

Reigen des Todes

324 Seiten, Paperback.
ISBN 978-3-8392-1068-0.

DIE SPUR DES TODESENGELS Wien 1908. Als am Ufer des Donaukanals ein abgetrennter Unterarm entdeckt wird, wittert Gerichtsredakteur Leo Goldblatt die große Story. Doch nicht nur diese mysteriöse Angelegenheit schlägt dem Inspector und ausgewiesenen Gourmet Joseph Maria Nechyba gewaltig auf den Magen, sondern auch die Suche nach dem seit Tagen vermissten Oberstleutnant Vestenbrugg. Bewegung kommt erst in den Fall, als Vestenbruggs abgeschnittener Kopf auftaucht und sich herausstellt, dass er eine junge Geliebte hatte: Steffi Moravec, deren amouröse Fähigkeiten auch andere Herren der Wiener Gesellschaft sehr zu schätzen scheinen …

UWE KLAUSNER

Die Bräute des Satans

315 Seiten, Paperback.
ISBN 978-3-8392-1072-7.

MEIN IST DIE RACHE Das Kloster Maulbronn, im Jahre 1417. Die Hennen legen nicht, die Kühe geben kaum Milch, der Wein schmeckt wie Essig. Und als das Bauernmädchen Mechthild der Zauberei verdächtigt wird, ist die Krise perfekt. Bruder Hilpert, der erst vor ein paar Wochen ins Kloster heimgekehrte Bibliothekar, tut alles, um die Gemüter zu besänftigen. Doch das Unheil nimmt seinen Lauf. Kaum hat er mit seinen Ermittlungen begonnen, wird der verkohlte Leichnam eines Mitbruders gefunden. Vom Täter, der auf einem Pergamentröllchen die Buchstaben EST hinterlassen hat, fehlt dagegen jede Spur …

GMEINER

Wir machen's spannend

SEBASTIAN THIEL

Die Hexe vom Niederrhein

273 Seiten, Paperback.
ISBN 978-3-8392-1076-5.

HEXENJAGD Kempen, im Winter 1642. Am Niederrhein tobt der Dreißigjährige Krieg.

Nach einem Kirchgang rettet der junge Schmied Lorenz die Tochter des Statthalters vor zwei durchgehenden Pferden. Die schöne Elisabeth macht ihrem Retter von der ersten Minute an eindeutige Avancen. Doch nicht sie ist seine Auserwählte, sondern ihre schüchterne und geheimnisvolle Adoptivschwester Antonella. Als hessische Söldner Kempen belagern und einnehmen, bricht das Chaos aus. Und die kräuterkundige Antonella wird von der gesamten Stadt als Hexe denunziert …

DAGMAR FOHL

Die Insel der Witwen

271 Seiten, Paperback.
ISBN 978-3-8392-1070-3.

INSELLIEBE Taldsum, eine Insel im friesischen Wattenmeer, Mitte des 19. Jahrhunderts. Das Leben der Bewohner ist geprägt von der Seefahrt, dem Tod und bitterer Armut. Als ein Leuchtturm auf dem Eiland errichtet werden soll, schlagen die Wogen der Empörung hoch. Auch die junge Seemannswitwe Keike Tedsen, die wie viele Frauen von der Strandräuberei lebt, fürchtet um ihr karges Auskommen. Dann aber verliebt sie sich in den Hamburger Ingenieur Andreas Hartmann, der mit dem Leuchtturmbau beauftragt ist. Es ist eine schicksalhafte Liebe, die das Leben der beiden für immer verändern soll …

GMEINER

Wir machen's spannend

Alle Gmeiner-Autoren und ihre Romane auf einen Blick